Gaspard .... Zwangsläufig

von

Orgeval Monet

Die Kindheit hat ihn geschmiedet.
Die Gerechtigkeit hat ihn verzehrt.
Das Schicksal hat ihn verraten!

O ihr alle, mein Schmerz ist tief
Betet für den armen Gaspard!
Paul Verlaine

© 2025 Orgeval Monet
Verlag: BoD · Books on Demand GmbH, Überseering 33,
22297 Hamburg, bod@bod.de
Druck: Libri Plureos GmbH, Friedensallee 273, 22763 Hamburg
ISBN: 978-3-8192-3105-6

Gesetzliche Hinterlegung: Mai 2025

Wenn es keine Ungerechtigkeit gäbe,
würde man nicht einmal den Namen der Gerechtigkeit
kennen.
Heraklit von Ephesus

Prolog

1956, Sainte-Soulle, ein kleines, ruhiges Dorf, das sich nur wenige Kilometer von La Rochelle entfernt an die Küste schmiegt. Der Wind weht sanft über die Landschaft der Charente, und die Geräusche der Natur verflechten sich mit dem Dröhnen eines Motors, der das Herz der Luft wie das eines wilden Tieres schlagen lässt. Ein schwarzer Jaguar XK140 Roadster, der im sanften Licht des Nachmittags leuchtet, rast die kurvenreiche Straße nach La Rochelle entlang. Am Steuer sitzt Jean-Eudes Marly de La Rochefoucault, ein Mann von imposanter Statur, der mit einer natürlichen Eleganz gekleidet ist, die auf ein Leben voller Privilegien hindeutet. Neben ihm steht Marie-Adeline, seine Frau, eine 44-jährige Frau mit fast silberblondem Haar, die im Wind bläst. Ihr Blick ist auf den Horizont gerichtet, in ihren Augen liegt ein entschlossener Glanz. Ihr Gesicht, das gleichzeitig gelassen und ein wenig von den Jahren des Schmerzes und der Resignation gezeichnet ist, lässt eine Frau durchscheinen, die viel komplexer ist, als es den Anschein hat.

Madame Marie-Adeline Marly de La Rochefoucault, geborene De Laminardiaise, gehört einer alten aristokratischen Familie aus der Region an. Seit 1652 hatten die De Laminardiaise dem Land der Charentes-Maritime ihren Stempel aufgedrückt und regierten ihre Ländereien mit edler Gesinnung und edlem Herzen. Sie heiratete Jean-Eudes, der sicherlich ein Mann ihres Standes war, aber auch ein brillanter Geschäftsmann, der als Unternehmer in der florierenden Import-Export-Branche im autonomen Hafen von La Rochelle tätig war. Gemeinsam führen sie ein beneidenswertes Leben auf einem großen, zwei Hektar großen Anwesen, das mitten auf dem Land liegt und in einem riesigen Haus, einem schönen Gebäude aus dem 18. Das Haus zeichnet sich durch seine klassischen Linien, einen französischen Garten, der mit dem Schönsten, was Versailles hervorbringt, konkurriert, und einen diskreten Luxus aus, der ein Erbe vergangener Generationen ist.

Doch unter dieser scheinbaren Perfektion verbirgt sich eine Leere. Marie-Adeline trägt trotz ihrer Bildung und ihres Status einen unsagbaren Schmerz in sich: die Unfähigkeit, Kinder zu bekommen. Die Mutterschaft, dieser süße Traum, hatte sich viel zu früh in Luft aufgelöst. Die Ärzte hatten ungeschminkt von "Unfruchtbarkeit" gesprochen, aber sie wusste, dass es nicht nur ein medizinisches Wort war. Es war ein tiefer Kummer, ein Riss, der sich nie wieder schließen würde. Eine Leere, die sie nicht füllen konnte. Sie liebte ihren Mann, aber da war diese Abwesenheit, dieser Mangel, den keine Liebe und kein Reichtum auslöschen konnte.

Heute jedoch keimte in ihr eine Hoffnung auf. An jenem Morgen hatte sie eine Entscheidung getroffen, von der sie wusste, dass sie endgültig war. Sie wollte ein Kind, einen kleinen Jungen. Nicht irgendeinen Säugling, nein. Ein blondes, kaukasisches Kind, einen Jungen mit klaren Augen und einem reinen Lächeln. Ein kleines Wesen, ein paar Monate alt, weniger als ein Jahr alt, vielleicht eineinhalb Jahre alt, aber vor allem ein Baby, bei dem die Geburt unter Zwang ein entscheidendes Kriterium sein würde. Ihre Entscheidung war unwiderruflich. Sie wollte kein Kind, das aufgrund sozialer oder wirtschaftlicher Umstände ausgesetzt wurde, sondern ein kleines Wesen, das durch seine Geburt außerhalb der gesellschaftlichen Normen stehen würde, rein und ungebunden, wie sie selbst.

Jean-Eudes, der sich der Stärke dieses Willens bewusst war, fuhr schweigend und beobachtete seine Frau von Zeit zu Zeit. Sie fuhren in Richtung des Waisenhauses von Pièdemont, wo Marie-Adeline hoffte, das zu finden, was sie sich wünschte. Sie hatte eine Woche zuvor einen Anruf von diesem Kinderheim erhalten, das ihr die Möglichkeit einer Adoption anbot, die ihren Wünschen entsprach. Das Waisenhaus war mehr als nur eine Institution; es war ein Ort des Trostes für verlorene Seelen und ein Zufluchtsort für unter Zwang geborene Babys, die das Schicksal eines Tages verstoßen hatte, die aber in einem Heim wie dem ihren ein neues Leben finden konnten. Und an diesem Tag spürte Marie-Adeline in sich, als ob sie wüsste, dass sich an diesem Tag ihr Leben ändern würde.

Der Wind wehte durch das Haar der "Gräfin", so wurde sie bei gesellschaftlichen Anlässen aufgrund ihres Auftretens von der Umwelt apostrophiert. Ein Schauer lief ihr über den Rücken. Sie hatte den kleinen Jungen noch nicht gesehen, aber sie wusste, dass er irgendwo da draußen war und darauf wartete, ausgewählt zu werden, wie ein Juwel, das in einer staubigen Schatulle vergessen wurde, aber bereit war zu glänzen.
Sie drehte den Kopf leicht zu ihrem Mann und ihre Blicke trafen sich. Er verstand ohne Worte, dass sie alles für dieses Kind tun würde. Zu allem, um die Familie zu gründen, die sie sich immer gewünscht hatte, auch wenn das bedeutete, dass sie ihren eigenen Weg wählen musste, weit weg von Traditionen und Erwartungen. Sie waren bereit, gemeinsam eine neue Tür zu öffnen. Ein Kind, einen kleinen Jungen. Ihre Zukunft lag nun in ihren Händen.
Der Jaguar fuhr weiter, eine elegante schwarze Silhouette, die sich durch die grüne Landschaft schlängelte. Und in

der Luft schien der Duft des Schicksals zu schweben, geheimnisvoll und undefinierbar.

Marie-Adeline ließ sich von der sanften Frühlingsluft, die sich lauwarm und gischtartig auf ihr Gesicht legte, in den Schlaf wiegen und träumte, stellte sich vor, plante diesen Besuch, bis sie die Realität, die sich ihr bieten würde, fast streifte.

Marie-Adeline schloss für einen Moment die Augen und ließ den Hauch des Frühlingswindes über ihre Wangen streichen, die sanfte und frische Luft, die sich mit dem salzigen Geruch der Gischt vermischte, die von der Meeresbrise getragen wurde. Der Duft der Blumen, die um sie herum auf dem Anwesen der Marly de La Rochefoucault zu blühen begannen, vermischte sich mit ihren Gedanken. Sie fühlte sich seltsam beruhigt, als ob die Außenwelt nicht mehr existierte und sie allein war, schwebend zwischen Realität und Traum, im schwebenden Raum der Zeit. Der Motor des Jaguars schnurrte in einem ruhigen Takt, wie eine vertraute Melodie, die ihren Geist wiegte. Sie überließ sich ihren Gedanken und ließ sie sich wie einen leichten Schleier ausbreiten, der sich tief in ihr Herz bahnte, wo ihre größten Wünsche lagen.

"Er wird bald hier sein", dachte sie mit leiser Aufregung. Bald wird ein kleines Wesen dieser Welt beitreten, und es wird mein Sohn sein. Ein Schauer lief ihr über den Rücken bei diesem Gedanken, der so zart wie ein Versprechen und so leicht wie ein Atemzug war. Alles war bereits vorbereitet, alles war bereits in ihrem Kopf erstarrt, das Haus wartete nur noch auf seine Ankunft. Marie-Adeline hatte alles organisiert, jedes Detail mit einer fast zwanghaften Genauigkeit vorbereitet. Nichts durfte fehlen. Nichts durfte dem Zufall überlassen werden.

Sie projizierte sich selbst in dieses Zimmer, in dem er schlafen und aufwachsen würde. In ihrem Geist sah sie es genau vor sich, so greifbar, als wäre es bereits vor ihren Augen. Das Zimmer, ein wahrer Kokon, war für einen Prinzen entworfen worden. Sie hatte es im oberen Stockwerk des Hauses, im privatesten Flügel, untergebracht, wo es vor dem Trubel und den Blicken der anderen geschützt war. Eine große Fensterfront führte in einen geheimen Garten, der mit alten Rosen und wolkenförmigen Sträuchern bepflanzt war. Die Atmosphäre dort wäre immer ruhig, fast märchenhaft, in weiches Licht getaucht, das durch die ecrufarbenen Leinenvorhänge gedämpft wurde.

In der Mitte des Raumes stand eine Wiege mit Baldachin, eine der raffiniertesten, die man finden konnte. Die Vorhänge des Baldachins aus elfenbeinfarbener Seide hingen elegant herab und glitten wie ein Schleier der Reinheit um die Wiege herum. Das Holz der Wiege war in gebrochenem Weiß gestrichen und zart mit handgeschnitzten Mustern verziert, die stilisierte Blumen darstellten, die fast lebendig wirkten. Die Kissen und die Matratze waren absolut bequem und mit einem fein bestickten Baumwollbezug bezogen, der mit Spitze eingefasst war. Sie hatte darauf geachtet, einen weichen und atmungsaktiven Stoff zu wählen, damit ihr kleiner Sohn seine Nächte in einem leichten und ruhigen Schlaf darauf verbringen konnte.

Um die Wiege herum war der Raum mit subtiler und zeitloser Eleganz eingerichtet. Die Wände waren in einem blassen, fast himmlischen Blau gehalten, was eine sanfte und beruhigende Atmosphäre schuf. Weiß gestrichene Regale aus geschnitztem Holz beherbergten alte Puppen und Holzspielzeug, die alle sorgfältig wegen ihrer Schlichtheit und klassischen Schönheit ausgewählt worden waren. Es gab auch ein Regal mit Büchern, obwohl es noch leer war. Sie sagte sich, dass sie es mit Geschichten und Märchen für ihren Sohn füllen würde, Bücher, die er mit ihr lesen würde, wenn er älter ist.

Ein flauschiger Teppich bedeckte den Boden, ein beigefarbener Wollteppich mit Blumenmuster, der sich weich anfühlte und den Marie-Adeline von lokalen Handwerkern hatte weben lassen. Neben der Wiege wartete ein holzgeschnitzter, mit hellblauem Samt bezogener Schaukelstuhl auf die langen Stunden, in denen sie oder vielleicht Jean-Eudes dort stehen und das schlafende Baby in den Schlaf wiegen würden, verloren in unendlicher Sanftheit.

Die Decke war mit einem zarten Fresko geschmückt, das Engel darstellte, die in Pastelltönen handgemalt waren. Goldene Akzente waren dezent auf die Flügel und Heiligenscheine aufgetragen, wie Lichtblitze, die in einem friedlichen Himmel hängen. Der gesamte Raum, das Schlafzimmer und seine Accessoires, vermittelten ein Gefühl von Ruhe und Sicherheit, eine geschlossene Welt, in der nichts die Ruhe des ungeborenen Kindes stören konnte.

Marie-Adeline stellte sich bereits vor, wie sie jeden Abend in diesem Zimmer bei gedämpftem Licht ihren kleinen Sohn beobachtete, der friedlich in seiner Wiege einschlief. Ihre Gedanken liefen weiter und verwickelten sich in einen hektischen Tanz aus Liebe und mütterlicher Sehnsucht. Er wird alles haben, was es gibt, sagte sie sich immer wieder, alle Pflege, alle Aufmerksamkeit. Ich werde auf ihn aufpassen, ich werde ihn mit all der Liebe umgeben, die ich zu bieten habe.

Sie ertappte sich dabei, wie sie sanft lächelte und eine wohlige Wärme ihr Herz durchflutete. Sie sah sich selbst, wie sie ihn an sich drückte, wie sie ihn zum ersten Mal lachen hörte, wie er aufwuchs, wie er laufen und sprechen lernte und wie er die Welt unter ihren schützenden Augen entdeckte. Und vor allem würde er ihr gehören. Ihr eigenes, das sie sich aussuchen würde. Es gab keinen Platz für Zweifel, nur eine absolute Gewissheit: Dieser kleine Junge, dieses Kind, davon träumte sie schon so lange. Er würde das Licht ihres Lebens sein.

In dem riesigen Raum war alles geordnet, alles hatte seinen Platz und jeder Gegenstand schien fast ungeduldig auf den Moment zu warten, in dem er von der Gegenwart eines Kindes erfüllt sein würde. Der Geruch von Holz, frischer Farbe, weißer Wäsche - all das harmonierte und bildete das perfekte Schmuckkästchen. Marie-Adeline schwor sich, dass nichts, niemals, den Frieden dieses Ortes stören würde. Alles hier war vorbereitet, alles war an seinem Platz und sie wartete gelassen, aber ungeduldig auf den Tag, an dem ihr Traum endlich Wirklichkeit werden würde.

Der Wind wehte weiter und Marie-Adeline starrte auf die Straße, die an ihr vorbeizog, und ließ sich wieder einmal von dem Gedanken an den kleinen Jungen, der in Kürze Teil ihres Lebens sein würde, in den Schlaf wiegen.

Kapitel 1

Der Beginn eines Lebens

Ein neuer Anfang

Gaspard war ein winziges Baby von knapp vier Monaten, als Marie-Adeline und Jean-Eudes, ein alteingesessenes Aristokratenpaar, ihn in ihrem großen Haus willkommen hießen. Das Herrenhaus, ein imposanter Bau aus altem Stein, wirkte auf das Kleinkind fast wie eine Festung. Als er ankam, spürte er jedoch keine Angst, sondern nur eine umhüllende Wärme, ein Gefühl der Geborgenheit, das schon bei der ersten Berührung von Marie-Adelines Armen entstand.

Marie-Adeline, obwohl ihr Herz lange auf diesen Augenblick gehofft hatte, schien noch gerührter zu sein als Gaspard selbst. Als sie ihn zum ersten Mal in die Arme nahm, zitterten ihre Arme vor Glück und Angst. Die Weichheit seiner Haut, die Wärme seines zerbrechlichen Körpers, alles schien so perfekt zu sein. Sie beugte sich über ihn, küsste ihn auf die Stirn und murmelte Worte der Liebe, während sie ihm durch das Haar strich. Gaspard, der noch nicht gelernt hatte, die Welt zu verstehen, spürte diese Liebe im regelmäßigen Herzschlag seiner Adoptivmutter, in der Wärme ihrer Umarmung und in der Zärtlichkeit jeder Geste.

Die ersten Monate vergingen in einem Strudel aus Sanftheit und Fürsorge. Gaspard lernte Marie-Adelines Stimme kennen, um sie besser erkennen zu können, seine Mutter, die oft summend mit ihm sprach und dabei mit unerschütterlicher Hingabe über ihn wachte. Sie hatte keine anderen Kinder und ihre Liebe zu ihm war bedingungslos. Die Nächte waren voll von beruhigenden Wiegenliedern. Jeden Morgen erwachte er in den Armen von Marie-Adeline, die ihm ein strahlendes Lächeln schenkte. Sie sprach sanft zu ihm und erklärte ihm die Welt mit unendlicher Zärtlichkeit, auch wenn er ihre Worte noch nicht verstand. "Du bist mein Schatz, Gaspard", sagte sie oft, "und du wirst immer mein Kind sein, egal woher du kommst".

Gaspards erste Worte waren wenig überraschend "Mama", zaghaft ausgesprochen, aber mit einer für sein Alter verblüffenden Deutlichkeit. Marie-Adeline war überglücklich über diesen ersten Schritt, und jeder kleine Fortschritt des Babys erfüllte sie mit Freude. Sie lobte es immer wieder, hielt es an sich gedrückt und streichelte ihm über das Gesicht, die Arme und den Bauch. Sie beobachtete, wie er sich in seinem Bettchen umdrehte und seine Augen vor Neugierde funkelten. Gaspard wuchs schnell heran und nahm die Welt mit seinen weit geöffneten Augen in sich auf, fasziniert von den Farben, Formen und Geräuschen um ihn herum.

Jean-Eudes, ihr Ehemann, war seinerseits eher distanziert. Er war ein prinzipientreuer und verantwortungsbewusster Mann, der sich um seine Geschäfte und die Leitung des Familienunternehmens kümmerte. Obwohl er manchmal im Haus anwesend war, waren seine Gesten gegenüber Gaspard selten und eher förmlich. Er betrachtete ihn mit einer Art Reserviertheit, als ob er noch immer versuchte, seine Rolle als Adoptivvater zu verstehen. Manchmal konnte Gaspard einen kalten Blick wahrnehmen, eine Distanz, die von der Strenge seiner Erziehung geprägt war. Dieser Blick blieb jedoch diskret, denn Jean-Eudes wusste, dass seiner Frau viel an diesem Kind lag und dass sein Glück mit dem ihren verbunden war.

Gaspards erste Monate waren von einem ruhigen Rhythmus geprägt, der vom Wechsel der Jahreszeiten bestimmt wurde. Als er zu krabbeln begann, erkundete er die weiten Räume des Herrenhauses mit staunendem Interesse, wobei seine kleinen Hände nach allem um ihn herum griffen. Marie-Adeline war immer aufmerksam und sorgte dafür, dass er sich nie verletzte, und sie passte die Räume des Hauses so an, dass alles in seiner Reichweite war. Die Morgen wurden oft damit verbracht, gemeinsam im großen Wohnzimmer zu spielen. Die Samtvorhänge fielen anmutig von den Fenstern und ließen das weiche Licht, das den Raum durchflutete, herein. Gaspard schien in seinen ersten Lachanfällen dieses Licht einzufangen, während Marie-Adeline ihn ermutigte, aus seinen ersten Schritten einen fröhlichen Tanz zu machen.

Mit sechs Monaten begann Gaspard zu stehen, gestützt auf die Arme seiner Mutter, aber seine noch zarten Beine waren noch nicht bereit, ihn zu tragen. Dennoch fand er großen Stolz in seinen Fortschritten. Marie-Adeline lachte, während sie ihn hielt, und ihre Augen funkelten vor Freude. "Du wächst so schnell", sagte sie mit gerührter Miene zu ihm, während Gaspard mit unschuldiger Begeisterung in die Hände klatschte. Er konnte zwar noch nicht laufen, aber sein neugieriger Geist trieb ihn dazu, jeden Tag etwas Neues auszuprobieren.

Die Momente in den Armen von Marie-Adeline waren die süßesten seiner Kindheit. Der Geruch ihrer Haut, die Wärme ihrer Umarmung und die Geborgenheit, die sie ihm bot, waren alles, was er brauchte. Gaspard fühlte sich geliebt, selbst in seinen stillen Momenten. Er lernte, Stimmen, Gesten und Zärtlichkeiten zu erkennen. Seine Welt war eine Welt der Sanftheit und Aufmerksamkeit, eine von der Außenwelt abgeschirmte Realität, in der er er selbst sein konnte, ohne jemals Ablehnung befürchten zu müssen.

Jean-Eudes, obwohl er noch keine echte Bindung zu seinem Adoptivsohn aufgebaut hatte, zeigte manchmal

Zeichen von Wohlwollen. Er beobachtete Gaspard aus der Ferne, aber sein Blick war von der Gleichgültigkeit geprägt, die er für liebevolle Gesten empfand. Er wirkte distanziert und war mit seiner Arbeit, seinem Namen und dem Fortbestand seines Unternehmens beschäftigt. Aber Gaspard war in seiner so unschuldigen Naivität nicht in der Lage, diese Kälte, die erloschenen Gefühle dieser Person, die er nur durch ihre Anwesenheit kannte, zu verstehen. Er schwelgte nur in der Liebe zu Marie-Adeline, und für ihn bestand die Welt nur aus seiner Mutter und den tröstenden Armen, die sie ihm anbot.

Als Gaspard wuchs, begann er, seinen eigenen Körper und seine Fähigkeiten zu entdecken. Mit einem Jahr und ein paar Wochen stand er endlich auf eigenen Beinen, wankte und stürzte zwar immer wieder, verlor aber nie die Begeisterung seiner ersten Erfolge. Marie-Adeline war immer da, um ihn zu unterstützen, ihm auf die Beine zu helfen und ihn in seinen entmutigenden Momenten zu trösten. Seine ersten Schritte waren ein echtes Ereignis, das mit Lächeln und ehrlichem Lachen gefeiert wurde. Diese Momente reinen Glücks, die er mit seiner Mutter teilte, markierten den Beginn seines Lebensweges, einen Weg, den er immer mit dem Blick eines staunenden Kindes auf die Welt fortsetzen würde, selbst wenn er mit den dunkleren Prüfungen des Lebens konfrontiert werden würde.

Gaspards sehr junges Alter, auch wenn es noch ganz von Abhängigkeit und Sanftheit durchdrungen war, markierte die ersten Anzeichen eines Lebens voller Entdeckungen, Beziehungen und einer Welt, die sich schließlich als weitaus komplexer erweisen würde, als er sich vorstellen konnte. Aber in diesem Moment war er einfach ein glückliches, geliebtes Baby, getragen von der bedingungslosen Liebe einer Mutter, die wusste, dass er eines Tages mehr als nur ein gewöhnliches Kind sein würde.

Jean-Eudes beobachtete Gaspard mit einer Kälte, die an Gleichgültigkeit grenzte, und seine harten Augen musterten den kleinen Jungen, der für ihn nur ein Eindringling in seinem perfekt geordneten Leben war.

Adoption, so dachte er oft, war zwar eine selbstlose Geste, aber auch eine aufgezwungene Last. "Das ist nicht das, was ich mir für meine Familie vorgestellt habe", dachte er. Er empfand keine Leidenschaft oder Begeisterung für die Idee, ein Kind aufzunehmen, das nicht von seinem Blut war. Er hatte sich mit der Rolle des Adoptivvaters abgefunden, aber das war nur eine Pflicht, eine gesellschaftliche Notwendigkeit, um die Fassade einer geeinten, respektablen Familie aufrechtzuerhalten. Ein Erbe... Ein Erbe, ja, aber er wird niemals mein Erbe sein, nicht so, wie ich es mir vorstelle.

Die Kälte seines Blicks, dem oft jegliche Wärme fehlte, richtete sich auf den Kleinen, und sein Herz verweigerte sich jeder aufrichtigen Emotion. Er begnügte sich mit mechanischen Gesten, erzwungenem Lächeln und Worten, die er für notwendig hielt, um dieses Vaterbild aufrechtzuerhalten, aber sein Geist, der immer noch in die Welt der Geschäfte und der althergebrachten Werte eingetaucht war, fand keinen Platz für Zärtlichkeit. Marie-Adeline übertreibt es, sie lässt sich mitreißen. Sie glaubt an die Liebe dieses Kindes, aber sie vergisst, dass nicht er unseren Namen tragen wird, nicht er der würdige Erbe des Unternehmens sein wird. Er, er hat nichts von dem edlen Blut, das in unseren Adern fließt. Er hat nicht unser Schicksal.

Jean-Eudes fühlte sich oft irritiert und eine leichte Bitterkeit keimte in seinen Gedanken auf, wenn er den zärtlichen Blick seiner Frau auf den kleinen Gaspard sah. Warum muss sie so sorglos sein? Warum sieht sie nicht, dass sie ihn zu einem König auf einem Podest aus Sand macht, einem illusorischen Thron? Diese Adoptionsgeschichte ist nicht natürlich. Ein Kind muss mit Respekt vor den Traditionen, mit Arbeit und Strenge erzogen werden. Dieses Kind - dieses Kind ist nur ein Spielzeug in ihren Händen. Sie sollte wissen, dass

Sanftmut nichts nützt, wenn es um die Aufrechterhaltung einer Blutlinie geht.

Wenn Gaspard sich ihm mit seinen ersten zögerlichen Worten oder Gesten vorstellte, konnte Jean-Eudes sich eines Gefühls der Verärgerung nicht erwehren. Er ist gerade einmal anderthalb Jahre alt und schon schaut er mich an, als wäre ich eine Vaterfigur. Aber er kennt mich nicht. Er weiß nichts davon, was es bedeutet, den Namen der Marly de La Rochefoucault zu tragen, die Familienehre über Generationen hinweg aufrechtzuerhalten. Ein Name, eine Blutlinie, das sind Werte, die er nie verstehen wird, nicht er. Wie sollte er es auch verstehen? Die Vorstellung, dass ein Kind, das nicht sein Blut teilte, als gleichwertig in der Unternehmensnachfolge gesehen werden könnte, erschien ihm verrückt. Er war besessen davon, das Familienerbe zu bewahren, und diese Besessenheit ließ ihn bei jeder Interaktion mit Gaspard eine tiefe Verbitterung empfinden.

Er fühlte sich ertappt, als würde seine eigene Identität durch dieses kleine Wesen, das er nicht als Sohn, als seinen Sohn betrachten konnte, auf die Probe gestellt. Das Ganze ist eine Farce. Marie-Adeline glaubt an den Traum einer perfekten Familie, aber sie vergisst das Wesentliche. Die Familie ist keine Ansammlung von zarten Gefühlen, sondern eine Institution. Es geht um Macht und soziale Stellung. Ein Kind sollte ein Werkzeug sein, keine Quelle emotionaler Schwäche. Wenn er mit ihr sprach, tat er dies manchmal in einem trockenen, ja sogar distanzierten Tonfall, ohne jemals auch nur die geringste Zuneigung erkennen zu lassen. Die mechanischen Gesten und die scheinbare Kälte waren seine Art, Distanz zu markieren und sich zu schützen.

Gaspard verstand in seiner Unschuld diese Kälte wahrscheinlich nicht und hatte dennoch keine abstoßende Haltung gegenüber seinem Vater. Aber Jean-Eudes wusste, dass er eines Tages eine wichtige Entscheidung treffen musste. Wenn der Junge eines Tages eine Rolle im Unternehmen beanspruchen sollte, wäre er nicht in der Lage zu verstehen, was es bedeutet, diese Last zu tragen. Er hat diese Kraft nicht in sich. Und was wäre mit Marie-Adeline? Sie würde ihn wieder verwöhnen. Sie hat keine Ahnung, aber eines Tages muss man ihr die Wahrheit klarmachen. Ich werde die Entscheidung treffen. Ich bin es, die dafür sorgt, dass das Unternehmen in der Familie bleibt. Und wenn das Kind nicht hineinpasst, werde ich nicht zögern, es ihm mitzuteilen.

Jean-Eudes nährte jedes Mal, wenn er mit seinen Gedanken allein war, diese Bitterkeit, dieses Gefühl, dass alles, was er aufgebaut hatte, unter dem Gewicht der Ungewissheit, die Gaspard darstellte, zusammenbrechen könnte. Für ihn teilte sich die Welt nicht in manieristische Liebe und Zuneigung, sondern in Verantwortung und Vermächtnis. Und wenn der Kleine nicht bereit war, diese Last zu tragen, dann hatte er keinen Platz in ihrer Mitte.

Von klein auf empfand Gaspard widersprüchliche Empfindungen, Emotionen, die er noch nicht benennen konnte, die er aber tief in seinem Wesen wahrnahm. Die Sanftheit von Marie-Adeline, diese unendliche Wärme, die sie ihm jeden Tag schenkte, stand in so starkem Kontrast zu Jean-Eudes' distanzierter Kälte, dass er oft verwirrt war, ohne wirklich zu verstehen, warum.

Die Zärtlichkeit seiner Mutter war in jeder Geste, jedem Wort und jedem Blick spürbar. Wenn sie ihn in den Armen hielt, fühlte er sich sicher und geborgen, als würde die ganze Welt auf sie reduziert. Ihr leichter Duft, die

Weichheit ihrer Haut, die Wärme ihrer Umarmung - alles war perfekt. Gaspard hatte noch keine Worte, um Liebe zu definieren, aber er wusste bereits, dass seine Mutter ihn mit einer tiefen, unerschütterlichen Liebe liebte. Er hatte das Gefühl, dass nichts diese Zuneigung brechen könnte. Jeden Morgen, wenn sie ihn von seinem Bett abholte, vermittelte ihm ihr strahlendes Lächeln ein Gefühl des absoluten Trostes. "Guten Morgen, mein Liebster", sagte sie und küsste ihn auf die Stirn. Gaspard hatte noch nicht gelernt zu antworten, aber er wusste instinktiv, dass es ihm gut ging, dass er in Sicherheit war und geliebt wurde.

Er spürte Marie-Adelines Zärtlichkeit in jedem gemeinsam verbrachten Moment. Ihre Umarmungen waren eine Quelle der Ruhe, ihre Lieder eine Melodie, die ihn beruhigte. Wenn sie ihn in den Schlaf wiegte, spürte Gaspard, wie sein Herz vor Glück anschwoll und seine kleinen Hände instinktiv nach ihr griffen, als ob er bereits wüsste, dass seine Mutter alles war, was er zum Wachsen brauchte. Sie sprach oft mit ihm, auch wenn sie wusste, dass er die Worte noch nicht verstand. Aber er nahm im Tonfall ihrer Stimme eine unendliche Sanftheit wahr, eine reine Liebe. Sie erzählte ihm Geschichten, auch wenn er die Erzählungen noch nicht verstehen konnte. Aber die Zärtlichkeit ihrer Stimme war alles, was für ihn wichtig war.

Aber da war eine Leere, eine Distanz, die er nicht ignorieren konnte und die jedes Mal auftauchte, wenn er Jean-Eudes' Blick begegnete. Die Kälte des Blicks seines Adoptivvaters war ein Gefühl, das ihn erstarren ließ. Wenn Jean-Eudes ihn ansah, war es nie mit der Begeisterung oder Zuneigung, die er für seine Mutter empfand. Nein, es war ein distanzierter Blick, fast ein Blick der Gleichgültigkeit, als wäre er nur ein Wesen, das in diesem großen Haus auf der Durchreise war. Gaspard, obwohl er noch jung war, begann diesen Unterschied zu spüren. Er war nicht blind für das Fehlen einer echten Wärme in Jean-Eudes' Gesten oder für die Kälte in der Art und Weise, wie er ihn oft beiseite ließ, als hätte er nichts mit ihm zu teilen.

Er verstand es nicht ganz, aber er spürte diese Diskrepanz. Das Haus schien voller Gegensätze zu sein: auf der einen Seite die Liebe und Wärme von Marie-Adeline und auf der anderen Seite die Kälte und Distanz von Jean-Eudes. Letzterer schien nur ein Fremder zu sein, ein erstarrtes Gesicht, das er nicht berühren konnte, das er mit seiner Unschuld und seinem Lächeln nicht erwärmen konnte.
Wenn Gaspard den Blick von Jean-Eudes suchte, wurde er nie so empfangen wie von seiner Mutter. Im besten Fall gab es eine stille Gleichgültigkeit. Im schlimmsten Fall ein kalter, distanzierter Blick, als wäre Jean-Eudes unfähig gewesen, in ihm ein Kind zu sehen, ein Wesen, das der Aufmerksamkeit würdig war. Diese Kälte ließ Gaspard manchmal leicht beunruhigt und auch ein wenig traurig zurück. Er wusste nicht warum, aber er wusste, dass etwas fehlte, etwas, das er bei Marie-Adeline fand, aber nie bei Jean-Eudes.

Marie-Adeline war jedoch immer da, um ihn zu trösten. Sie wusste, dass Gaspard die Distanz zwischen seinem Vater und ihm noch nicht ganz verstand, aber sie nahm seine neugierigen Blicke wahr, seine kleinen Hände, die er Jean-Eudes entgegenstreckte, in der Hoffnung, ein wenig Aufmerksamkeit zu erhalten. Jedes Mal, wenn sie sah, dass ihr kleiner Junge diese Zuneigung suchte, die ihm scheinbar entging, zog sie ihn näher zu sich heran und drückte ihn mit all der Zärtlichkeit, die sie in sich trug, an ihr Herz. "Mach dir keine Sorgen, mein kleiner Liebling. Mama ist da", flüsterte sie ihm ins Ohr und ihre Arme schlossen sich wie ein Kokon um ihn.

Wenn er sich traurig oder durch Jean-Eudes' Gleichgültigkeit verwirrt fühlte, wusste Marie-Adeline genau, wie sie ihn trösten konnte. Sie nahm ihn in den Arm und küsste ihn und wiegte ihn sanft wie ein süßes Lied, das die Traurigkeit wegwischte. "Du bist mein Schatz", sagte sie oft zu ihm und schaute ihm dabei in die Augen, als würde sie ihm die ganze Tiefe ihrer Liebe vermitteln. Sie wusste, dass Gaspard noch nicht die Worte hatte, um all seine Gefühle zu verstehen, aber sie wusste auch, dass ihre liebevollen Gesten ihm ein Gefühl der Geborgenheit vermittelten.

Gaspard fühlte sich trotz allem geliebt, und es war die Liebe von Marie-Adeline, die sein Anker in dieser Welt war, die für ihn noch voller Geheimnisse war. Ihre Zärtlichkeit war wie ein Schutzraum, eine Zuflucht, in der er sich beschützt fühlte, egal wie viel Kälte von der anderen Seite, von Jean-Eudes, ausging. Er konnte nicht erklären, warum er nicht dasselbe für seinen Adoptivvater empfand, aber er wusste, dass seine Welt, solange seine Mutter da war, ein sicherer Ort voller Sanftheit und Wärme blieb.
Schon in seinem zarten Alter verstand Gaspard, dass Liebe viele Formen annehmen kann. Und durch Marie-Adelines Arme wusste er, dass es trotz der Entfernungen, die es um ihn herum geben konnte, nichts Stärkeres gab als die Liebe einer Mutter. Das war die Gewissheit, die er in sich trug, eine grundlegende Verankerung in seinem Herzen.

Gaspard war gerade zwei Jahre alt, als er sein erstes Wort aussprach, ein Wort, das wie ein sanftes Flüstern klang, das Wort, das jede Mutter von ihrem Kind erwartet, das aber die ganze Kraft seiner Liebe und seines Vertrauens zu Marie-Adeline in sich trug. Es war ein einfaches Wort, ein reines Wort: "Mama". Er sagte es mit schüchterner

Klarheit, fast wie eine Frage, aber auch mit einer Überzeugung, die er noch nie bei etwas anderem empfunden hatte. "Mama", dieses Wort stand für alles, was er über Liebe und Geborgenheit wusste, für alles, was er in ihren Armen, ihrem Lächeln und ihren Umarmungen gelernt hatte. Es war eine Erklärung für seine Abhängigkeit, aber auch für sein Glück.

Marie-Adeline, die ihn Tag für Tag beim Wachsen beobachtet hatte, spürte, wie sich ihr Herz mit einer tiefen Rührung füllte. Sie brauchte keine Worte, um zu wissen, wie kostbar dieser Moment war. Sie kniete vor ihm nieder, ihre Augen leuchteten vor Zärtlichkeit und sie umarmte ihn sanft. "Ich bin so stolz auf dich, mein Liebster", flüsterte sie und küsste ihn auf die Stirn. Ihre Arme schlossen sich um ihn und hielten ihn mit all der Liebe, die sie in ihrem Herzen trug, an sich gedrückt.

Gaspard fühlte sich von dieser sanften, unendlich zärtlichen Wärme umhüllt, und sein Herz schlug schneller und klang im Einklang mit der Liebe, die er für sie empfand. Dieses einfache Wort "Mama" hatte seinem sehr jungen Leben einen Sinn gegeben. Es war ein Wort voller Bedeutung, voller reiner Emotionen. Er hatte nicht alles verstanden, was hinter diesem Wort steckte, aber er wusste, dass es jedes Mal, wenn er es aussprach, Marie-Adeline war, die ihn mit dieser unendlichen Zärtlichkeit anschaute. Er fühlte sich in dieser Zuneigung allmächtig, als ob ihn nichts von der Liebe seiner Mutter trennen könnte.

Doch in dieser Unschuld spürte er auch eine kleine Leere. Ein leichter Mangel, der, ohne dass sein noch waches Gehirn ihn wirklich erklären konnte, von Jean-Eudes' entferntem Blick zu kommen schien. In den wenigen

Momenten, in denen er seinem Blick begegnete, hatte er gesehen, dass sein Adoptivvater nicht mit der gleichen Zärtlichkeit und Wärme reagierte. Jean-Eudes blieb oft teilnahmslos, manchmal sogar distanziert, als ob Gaspard in seinen Augen nur ein Fremder wäre. Diese Leere, so unmerklich sie auch sein mochte, ließ Gaspard manchmal nach mehr verlangen, nach etwas mehr, aber er wusste nicht genau, was.

Dann wandte er sich an seine Mutter, als ob er eine Bestätigung für seine Gefühle suchte. Marie-Adeline verstand ihn sofort. Sie konnte die kleinen Runzeln auf seiner Stirn nicht ignorieren, die Momente, in denen er stiller wurde, in denen sein Blick sich im Raum verlor. Sie beugte sich auf seine Höhe und mit einem beruhigenden Lächeln legte sie eine sanfte Hand auf seine Wange. "Mach dir keine Sorgen, mein Schatz. Du bist perfekt, so wie du bist. Du brauchst nichts anderes." Ihre Worte waren wie eine Liebkosung, aber mehr noch, wie ein Versprechen. Ein Versprechen, dass sie immer für ihn da sein würde, egal wie unsicher er sich in dieser Welt fühlte, die manchmal etwas zu groß für einen kleinen Jungen zu sein schien.

Gaspard schloss die Augen unter der sanften Berührung, ließ sich von der Wärme und Sicherheit ihrer Umarmung tragen. Er wusste noch nicht, warum er manchmal einen Mangel spürte, warum er mehr in Jean-Eudes' Augen suchte, aber er wusste, dass er, solange Marie-Adeline da war, alles bewältigen konnte. Die Liebe seiner Mutter war sein Schutzraum, und nichts und niemand könnte sie ihm je aus dem Herzen nehmen.

In diesem Moment war alles da, was Gaspard brauchte: die Gewissheit, dass seine Mutter, Marie-Adeline, ihn liebte und dass er für sie wertvoll war. Die Augen von

Marie-Adeline, die voller Stolz, Sanftheit und Liebe waren, boten ihm eine unvergleichliche Sicherheit. Er war ihre Welt, und in ihren Augen war er ihr Schatz.

Gaspard schmiegte sich ein wenig mehr an seine Mutter, lauschte ihrem Herzschlag und fühlte sich in ihren Armen vollkommen friedlich. Seine kleinen Finger schlossen sich um die ihren, als wollte er ein unausgesprochenes Versprechen besiegeln: Egal, was die Zukunft für ihn bereithielt, er würde immer seine Mutter haben, diese Mutter, die ihn mit einer Intensität liebte, die er nicht verstehen musste, um sie voll zu spüren.

Die ersten Jahre von Gaspards Kindheit verbrachte er auf dem Land, auf dem großen Landgut der Familie. Dieses Anwesen schien geradewegs einem Märchen entsprungen zu sein, mit gepflegten Gärten, von Bäumen gesäumten Alleen und einem imposanten, aber feierlichen Schloss. Jean-Eudes war zwar distanziert, machte aber gerne Spaziergänge mit ihm durch den Park. Doch die wenigen Momente, in denen er mit ihm sprach, waren von Kälte durchdrungen und oft von Belehrungen über Familienwerte, die Bedeutung von Namen und Ansehen begleitet. Gaspard erinnerte sich mehr an den Geruch der Erde und der weiten Grasflächen als an die Worte seines Vaters.

Spaziergänge im Park waren seltene Momente, aber genug, um Gaspard zu prägen. Er erinnerte sich an das Gefühl der leichten Brise, die sein Gesicht streichelte, an den Duft des frisch gemähten Grases und an den Klang der Schritte seines Vaters, die in der Stille der Natur widerhallten. Das große Anwesen schien unendlich, fast magisch, aber Gaspard spürte jedes Mal, wenn er an der Seite von Jean-Eudes ging, eine seltsame Einsamkeit. Seine Schritte waren gemessen, kalt, als wäre jede

Bewegung berechnet, jeder Atemzug kontrolliert. Obwohl Gaspard noch jung war, spürte er bereits diese Distanz, die zwischen ihnen bestand.

Jean-Eudes war kein Mensch, der sprach, um Momente der Vertrautheit zu teilen. Im Gegenteil, seine Worte waren selten, sorgfältig ausgewählt und oft von einer Kälte geprägt, die sich nie abschwächte. Wenn er sich an ihn wandte, dann nur, um ihn an die Größe des Namens zu erinnern, den er trug, an die Bedeutung von Traditionen und Familienwerten. "Der Name der Marly de La Rochefoucault", sagte er oft mit distanzierter Stimme, "muss immer respektiert werden. Dieser Name muss fortbestehen. Er ist nicht nur ein Name, sondern eine Blutlinie, ein Erbe."

Gaspard konnte in seinem kleinen Kinderkopf nicht wirklich die ganze Bedeutung dieser Worte erfassen. Er verstand nur den ernsten, kalten, fast undurchdringlichen Tonfall. Jean-Eudes sprach selten mit ihm über sich selbst, seine Gefühle oder darüber, wie er sich als Vater fühlen könnte. Jede Lektion war eine Erinnerung daran, was er sein sollte: ein Erbe, ein würdiger Mann. Aber für Gaspard klang das in seinem Herzen nicht als etwas Wichtiges, nicht wie die bedingungslose Liebe, die seine Mutter ihm entgegenbrachte.

Bei diesen Spaziergängen betrachtete Gaspard oft einfach nur die Bäume, die Vögel, die über die Alleen flogen, die Erde unter seinen Füßen. Diese Details der Natur spürte er tief in sich. Der Geruch der feuchten Erde, der süße Duft der Wildblumen, all das erfüllte seinen Geist mit einem Gefühl von Ruhe und Gelassenheit. Die Worte seines Vaters glitten durch ihn hindurch wie Wasser über Steine, ohne sich wirklich festsetzen zu können. Er erinnerte sich eher an die Gerüche, Geräusche und Bilder dieser Momente als an die kalten, monotonen Worte von Jean-Eudes. Letzterer schien nicht zu verstehen, dass das Kind nicht an Reden über Erbe, Ruf oder Abstammung interessiert war. Gaspard wollte nur gesehen werden, nur geliebt werden.

Jean-Eudes beobachtete seinen Sohn mit einem distanzierten Blick, als befände er sich auf einem anderen Planeten. Mit jedem Wort, das er aussprach, spürte er, dass er diesen kleinen Jungen führen musste, ihm Strenge, Disziplin und die Regeln beibringen musste, die einen Mann aus der Linie der Marly de La Rochefoucault formten. Doch in Wirklichkeit fiel es Jean-Eudes schwer, auch nur die geringsten tiefen Gefühle für seinen Adoptivsohn zu empfinden. Er akzeptierte ihn als eine Tatsache, eine Familienpflicht, aber nicht als ein Kind, das man hegen und pflegen und in einem Klima der Liebe und des Verständnisses erziehen sollte.

Dieser Junge, dachte Jean-Eudes, als er neben ihm herging, versteht noch nicht, was er sein soll. Er ist zu jung, um die Bedeutung des Ansehens zu begreifen. Zu jung, um zu verstehen, was Familie und Ehre wirklich bedeuten. Aber er muss es lernen, und zwar schnell. Er muss verstehen, dass man diesen Namen nicht leichtfertig trägt. Es ist ein Erbe, eine Verantwortung. Es ist kein Spiel.

Jean-Eudes hatte immer eine pragmatische Sicht auf die Familie gehabt. Für ihn war sie keine Frage von Zärtlichkeit oder Emotionen. Die Familie war eine Säule der Gesellschaft, ein Kitt, der die Kontinuität des Namens und des Erbes garantierte. Kinder waren Erweiterungen dieses Erbes, Träger von Lasten und Pflichten, nicht bedingungslos zu liebende Wesen.

Marie-Adeline, dachte er, sie glaubt, dass er bereits ein Familienmitglied ist, dass man ihm nur Liebe und Zärtlichkeit schenken muss, um ihn zu dem zu machen, was er sein soll. Sie lässt sich von dieser naiven Vorstellung von bedingungsloser Liebe blenden. Der Junge muss verstehen, dass Liebe allein nicht ausreicht. Er muss verstehen, dass er eine Rolle zu spielen hat, dass er nicht einfach die Zuneigung einer Mutter genießen kann, ohne die Härte der realen Welt zu verstehen. Wenn ich einen richtigen Sohn gehabt hätte, wäre er stärker gewesen und hätte besser verstehen können, was auf dem Spiel steht. Aber dieser Junge ... Jean-Eudes fühlte sich frustriert. Er wollte in Gaspard das sehen, was er in einem biologischen Kind gesehen hätte, einen natürlichen Erben, jemanden, der mit der gleichen Weltanschauung und den gleichen Werten aufgewachsen wäre. Aber tief in seinem Inneren wusste er, dass Gaspard niemals so sein würde wie er.

Die mit Gaspard im Park verbrachten Momente waren daher von dieser Distanzierung gefärbt. Jean-Eudes gelang es nicht, sich mit ihm zu verbinden, zu verstehen, dass dieses Kind mehr brauchte als eine Lektion in Würde. Es schien ihm, dass Gaspard nie wirklich antwortete, dass er in diesen Momenten wie ein passiver Zuschauer war. Er hat diese Stärke noch nicht in sich, dachte er. Er ist zu weich, zu naiv. Vielleicht wird das später einmal anders sein, aber im Moment ist er noch zu weit von dem entfernt, was ich als echten Erben sehe.

Gaspard verlor sich unterdessen in seinen kindlichen Gedanken, beobachtete die Natur um ihn herum, spürte das Echo der Worte seines Vaters, verstand aber nicht wirklich, was er von ihm erwartete. Er fühlte sich immer kleiner, wie ein kleines Wesen, das zu schwach war, um die Größe zu verstehen, die sein Vater ihm aufzuerlegen schien. Aber er wurde dieses seltsame Gefühl nicht los, ein diffuses Gefühl, dass etwas nicht ganz richtig war.

Die Nachmittage verbrachte sie oft mit Marie-Adeline. Sie ging mit ihm an den See, erzählte ihm Geschichten von Prinzessinnen und Rittern oder brachte ihm bei, wie man Vögel und Pflanzen erkennt. Er bewunderte sie zutiefst und jedes Lächeln seiner Mutter war für ihn ein Sonnenstrahl in einer Welt, die manchmal ein wenig zu grau war.

Diese milden Nachmittage am See waren für Gaspard Momente reiner Magie. Er fühlte sich leicht, fast so, als würde er schweben, getragen von der sanften Luft und dem Rauschen des Wassers. Die Farben des Himmels und das Glitzern der Sonne, die sich auf der Oberfläche spiegelten, schufen eine bezaubernde Atmosphäre, eine Welt, in der alles möglich schien, eine Welt, in der er sich einfach nur wohl fühlte.

In der Nähe von Marie-Adeline vergaß er alles andere. Der Schatten seines Vaters, der steife und kalte Unterricht, alles verblasste, wenn er bei ihr war. Die Geschichten, die sie ihm erzählte, waren wie Fenster zu anderen Welten, Welten, in denen er ein mutiger Prinz, ein Ritter mit reinem Herzen oder ein Entdecker sein konnte, der auf geheimnisvolle Inseln aufbrach. Mit jedem Wort, jeder Geste spürte er die sanfte Wärme, die von ihr ausging, das Licht, das nie erlosch. Er bewunderte sie vorbehaltlos, wie eine Göttin, mit vollem Vertrauen. Sein Blick war immer auf sie gerichtet, seine Augen leuchteten bei jedem Lächeln, das sie ihm schenkte. Jedes Lachen, jedes süße Wort, jeder Anflug von Zuneigung nährte seine Seele auf eine Weise, die kein anderes Wesen erreichen konnte.

Er hatte das Gefühl, dass bei ihr alles heller war. Seine kleinen Hände suchten immer wieder den Halt bei seiner Mutter, wie um sich zu vergewissern, dass sie nie verschwinden würde. Marie-Adelines Finger berührten sanft die seinen, wie ein stilles Versprechen, dass sie immer da sein würde, präsent, an seiner Seite. Gaspard fühlte sich in diesem Moment unbesiegbar, als ob er in ihren Armen alles überstehen könnte. Nichts hatte Macht über ihn, außer der Liebe, die er empfand und die so deutlich von seiner Mutter ausging.

Der See war ihr Heiligtum. Die Blumen, die das Wasser säumten, die Vögel, die in den Bäumen sangen, alles schien zusammenzupassen und eine Symphonie der Schönheit zu bieten. Gaspard ließ sich von den sanften Worten seiner Mutter und ihren märchenhaften Geschichten in den Schlaf wiegen. Jeder Vogelname, den sie ihm beibrachte, jede Blume, die sie ihm zeigte, bekam eine besondere Bedeutung. Er hatte das Gefühl, ein kostbares Geheimnis zu erfahren, etwas, das ihm nur dieser gemeinsame Moment geben konnte.

Marie-Adeline ihrerseits betrachtete ihren Sohn mit unendlicher Liebe. Sie sah ihn, dieses kleine, unschuldige und zerbrechliche Wesen, das ihr jeden Tag einen Grund bot, für ihn zu kämpfen, einen Grund, da zu sein, präsent zu sein. Sie sah ihn an und sah in ihm eine Reinheit, die sie noch nie woanders gesehen hatte, ein Licht, das alles um sie herum erleuchtete. Die Außenwelt existierte nicht mehr, wenn sie ihn in ihrer Nähe hatte.

"Er ist alles für mich", dachte sie oft und ein zärtliches Lächeln umspielte ihre Lippen. "Mein kleiner Gaspard, mein Schatz. Ich werde alles dafür tun, dass er sich geliebt und beschützt fühlt. Er verdient eine bessere Welt, eine Welt, in der Liebe alles ist, was zählt." Sie spürte in ihrem Herzen eine immense Dankbarkeit, eine tiefe Dankbarkeit für den kleinen Jungen, den sie adoptiert hatte. Er war ihr Lebensinhalt, ihr Stolz, ihr verkörperter Traum.

Die gemeinsame Zeit am See war mehr als nur ein sonniger Nachmittag; es waren heilige Augenblicke. Marie-Adeline hatte nie versucht, Gaspard zum Erben des Familienunternehmens zu machen oder ihm starre Lektionen zu vermitteln. Nein, ihr Ziel war einfacher und reiner. Sie wollte, dass er wusste, dass er es wert war, geliebt zu werden, dass er etwas Besonderes war und dass er immer auf sie zählen konnte, egal was passierte.

Jede Geste, jeder Blick, den sie ihm zuwarf, war eine stille Bekräftigung dieser tiefen, bedingungslosen Liebe. Sie half ihm, die Schönheit des Lebens, den Reichtum der Natur und die Sanftheit der Mutterliebe zu verstehen. Ihre Gedanken waren voll von ihm, von seinem Lächeln, seinem kleinen Lachen und seinen unendlichen Fragen. Marie-Adeline wusste, dass Gaspard in dieser großen und manchmal komplexen Welt nur ihre Liebe brauchen würde, um sich zu entfalten, um zu wachsen.

Wenn sie ihn ansah, sagte sie sich oft, dass sie immer da sein würde, um ihn zu begleiten, ganz gleich, welche Schwierigkeiten er auch haben mochte. Sie würde ihm immer einen Zufluchtsort bieten, einen Schutzraum, in dem er Kraft tanken konnte. Die Liebe, die sie ihm entgegenbrachte, war eine Konstante, eine Präsenz, die alles überdauerte, jenseits aller Prüfungen, jenseits der kalten Blicke ihres Mannes.

"Du bist mein Leben, mein Herz, mein Ein und Alles", dachte sie, während sie in Gaspards Augen blickte. "Nichts und niemand kann je ändern, was ich für dich empfinde. Ich werde immer für dich da sein, meine Liebe."

Die Vögel sangen lauter, und Gaspard lächelte, weil er noch immer die Wärme des Augenblicks spürte. Für ihn war alles perfekt. Bei seiner Mutter brauchte er nichts anderes. Er wusste, dass er geliebt wurde, dass er in Sicherheit war, und das war alles, was zählte.

Die Entdeckung der Macht

Als Gaspard fünf Jahre alt wurde, begann er, seltsame Dinge in sich zu spüren. Eines Tages, als ein älteres Kind aus der Nachbarschaft sich über ihn lustig machte und ihn an den Haaren zog, passierte etwas. Gaspard fühlte sich von einer seltsamen Wärme und einem Druck in seinem Herzen durchdrungen. In einem Augenblick krümmte sich das Kind zusammen, seine starken Schmerzen waren spürbar. Gaspard verstand nichts davon, aber er empfand eine gewisse Befriedigung in dieser Erfahrung. Er wusste nicht genau, was vor sich ging, aber diese seltsame Kraft faszinierte ihn.

Gaspard spielte ruhig im Garten des Anwesens, seine kleinen Füße wühlten im weichen Gras und seine neugierigen Augen verfolgten den Flug der Schmetterlinge. Es war ein ganz normaler Nachmittag, an dem die Sonne sanft auf sein Gesicht schien und die Luft nach feuchter Erde und wilden Blumen roch. Überall um ihn herum schien die Natur in völligem Frieden zu erblühen. Doch an diesem Tag trat eine subtile Veränderung ein.
Ein Nachbarsjunge, Lucas, der ein paar Jahre älter war, stand plötzlich neben ihm. Lucas war die Art von Kind, die gerne ihren Willen durchsetzte. Er näherte sich Gaspard mit einem spöttischen Lächeln, bereit, ihn zu quälen, wie er es oft tat. Mit schelmischem Blick zog er Gaspard kichernd heftig an den Haaren.

"Du denkst, du bist etwas Besonderes, oder? Du bist doch nur ein Baby. Sieh dich an!", warf er verächtlich ein.

Gaspard zuckte vor Schmerz zusammen und spürte das Ziehen in seinen Haaren. Er wollte sich losreißen, aber das angreifende Kind schien nicht aufhören zu wollen. Plötzlich durchströmte ein seltsames Gefühl seinen Körper, wie eine Hitze, die von seinem Unterbauch aufsteigt, durch seine Brust läuft und sich um sein Herz herum konzentriert. Es war eine Wärme, ja, aber keine sanfte Wärme wie die der Sonne. Nein, es war etwas Intensiveres, Beunruhigenderes, fast wie ein Druck. Eine brodelnde, seltsame, aber gleichzeitig mächtige Energie.

Er starrte Lucas intensiv an, sein Blick verhärtete sich schlagartig. Es war, als ob etwas in ihn eindrang, ein Gefühl, das er noch nie zuvor erlebt hatte, das ihm aber vertraut vorkam, als ob diese Energie ein Teil von ihm wäre. Er spürte, wie sein Herz schneller schlug, und ein seltsamer Schauer durchlief seinen Körper. Lucas' Finger, die immer noch sein Haar umklammerten, schienen plötzlich zu zittern, als wären sie kurz davor, den Halt zu verlieren. Aber es war nicht nur wegen des Schmerzes, nein. Da war noch etwas anderes. Es war, als ob die Luft um sie herum dichter und schwerer geworden wäre.

Lucas entfuhr plötzlich ein Schmerzensschrei. Er krümmte sich zusammen und seine Hände wanderten instinktiv zu seinem Schädel, als würde er versuchen, einem stechenden Schmerz zu entkommen. Seine Knie zitterten, und er sank zu Boden und drückte seinen Kopf gegen den Boden.

Gaspard stand wie versteinert da und beobachtete das Schauspiel mit wachsender Verwirrung. Er begriff nicht, was gerade passiert war. Seine Augen weiteten sich und in einer Mischung aus Entsetzen und Faszination bemerkte er, dass Lucas' Schmerz mit ihm verbunden zu sein schien, mit seinem eigenen Willen. Aber er hatte nicht die Absicht gehabt, Lucas Schmerzen zuzufügen. Er hatte nicht einmal daran gedacht. Zumindest glaubte er das. Es war, als hätte er den Schmerz des anderen ohne seinen Willen zugefügt, nur weil er an den Jungen dachte, an die Ungerechtigkeit, die er ihm gerade angetan hatte.

Gaspard kniete sich etwas verloren neben ihn. Er streckte zögernd eine Hand aus, als wolle er Lucas auf die Beine helfen, aber gleichzeitig war ein Teil von ihm nicht sicher, was er gerade erlebt hatte. Warum hatte Lucas solche Schmerzen? Warum dieses intensive Gefühl der Macht, das in ihm aufstieg, wenn er sich auf den Schmerz des anderen konzentrierte?
Der Druck in seinem Herzen ließ langsam nach, und die Luft schien wieder leichter zu werden. Lucas, der immer noch am Boden lag, richtete sich allmählich auf, rieb sich den Kopf und seine Augen waren voller Schrecken und Verwirrung. Er sagte nichts, aber er warf Gaspard einen letzten besorgten Blick zu, bevor er sich eilig entfernte.
Gaspard blickte ihm noch immer geschockt hinterher und wandte sich dann an seine Mutter Marie-Adeline, die gerade aus dem Haus gekommen war, als sie den Lärm hörte.
Sie ging auf ihn zu, ihr Gesicht war von Sorge gezeichnet. "Gaspard, mein Schatz, was ist passiert?", fragte sie und legte ihm eine sanfte Hand auf die Schulter.
Gaspard zögerte, sein Blick war flüchtig. Er hatte gesehen, was er gerade getan hatte, er hatte den Schmerz in Lucas' Augen gesehen, aber er wusste nicht, wie er erklären sollte, was passiert war.
"Ich ... ich wollte nicht ...", flüsterte er und seine Augen waren voller Verwirrung. "Er ... er hat mir wehgetan, aber ... aber ich weiß nicht, was passiert ist."

Marie-Adeline beugte sich auf seine Höhe, ihre Augen waren voller Zärtlichkeit und Sorge. Sie nahm sein Gesicht sanft zwischen ihre Hände, als wollte sie ihn beruhigen, ohne wirklich zu verstehen, was in ihm vorging. "Es ist nicht deine Schuld, Gaspard. Manchmal sind die Gefühle sehr stark, und sie entgleiten uns. Aber man muss immer versuchen, die Kontrolle zu behalten, okay?"

Aber Gaspard spürte tief in seinem Inneren, dass etwas anders war. Er wusste, dass er nicht nur Schmerz empfunden hatte, sondern auch eine Art Befriedigung. Er hätte niemals jemandem Schaden zufügen wollen, und doch fühlte er sich auf unerklärliche Weise von dem Gefühl dieser Macht angezogen, die gerade in ihm entstanden war. Eine Macht, die er nicht verstehen konnte, aber er spürte, dass sie in den Tiefen seines Wesens stark wuchs.

An diesem Tag wurde Gaspard zum ersten Mal bewusst, dass er vielleicht eine Gabe hatte. Eine Macht. Aber eine Macht, die ihn, so seltsam sie auch war, ebenso erschreckte wie faszinierte.

Die ersten Male, in denen sich diese Fähigkeit zeigte, waren verunsichernd. Bei einem anderen Vorfall in der Schule hatte ihn eine Gruppe von Kindern als "eingebildeten kleinen Schnösel" beschimpft, und Gaspard hatte in einem Wutanfall dafür gesorgt, dass eines der Kinder von heftigen Kopfschmerzen geplagt wurde. Das Kind war bewusstlos zu Boden gesunken.

An diesem Tag war Gaspard besonders aufgeregt. Der Schulanfang war für ihn ein Ereignis, auf das er sich schon seit Wochen gefreut hatte. Doch in der Schule war die Atmosphäre nicht so angenehm, wie er es sich gewünscht hätte. Die Gruppe von Mitschülern, mit denen er früher immer gespielt hatte, schien ihm fremd geworden zu sein. Obwohl er beliebt war, spürte er dennoch diese Distanz zwischen ihm und den anderen. Einige Kinder machten sich oft über ihn lustig. Vielleicht lag es an seiner gepflegten Kleidung, vielleicht an seiner etwas zu ruhigen Art. Vielleicht lag es aber auch einfach daran, dass er anders war.

Dennoch tat er nichts Besonderes, aber eine Gruppe von vier Kindern, angeführt von Markus, dem ältesten Kind, ging auf ihn los.

Marc sah auf ihn herab und hatte ein sarkastisches Lächeln auf dem Gesicht. "Da ist ja unser kleiner Wichtigtuer, der immer noch den perfekten, gut gekleideten kleinen Jungen spielt. Du bist wirklich zu viel für uns, Gaspard. Du glaubst wohl, du bist besser als wir, was?", warf er kichernd ein. Die anderen gesellten sich zu ihm, ihre schelmischen Augen auf ihn gerichtet.

Gaspard fühlte sich plötzlich klein. Ein leichtes Kribbeln stieg ihm den Rücken hinauf. Er spürte, wie sich seine Kehle zuschnürte. Das Gefühl der Ungerechtigkeit, das Gefühl, nicht akzeptiert zu werden, überkam ihn plötzlich. Jedes Wort, jedes Lachen seiner Mitschüler traf ihn wie ein dumpfer Schlag und seine Augen wurden von Tränen beschlagen, die er nur schwer zurückhalten konnte. Er senkte den Kopf und versuchte, sich diesem stillen Angriff zu stellen.

Doch in diesem Moment geschah etwas Seltsames. Plötzlich spürte er eine Hitze in seiner Brust, wie eine Druckwelle, die ihn zum Handeln drängte. Es war dasselbe Gefühl, das er vor ein paar Monaten bei Lucas verspürt hatte, aber diesmal wollte er nicht, dass es passiert. Er wollte nicht, dass jemand wegen ihm leiden musste. Dennoch wuchs die Wut in ihm, eine dumpfe Wut, die sein Urteilsvermögen verzerrte. Seine Hände ballten sich zu Fäusten und er blickte auf und starrte Marc mit einer Intensität an, die er von sich selbst nicht kannte.

"Du hältst dich wohl für was Besseres, was?", sagte er, und seine Stimme zitterte vor Aufregung. "Du weißt nicht einmal, was du sagst."

Marc, der nicht ganz verstand, was vor sich ging, lächelte noch mehr, amüsiert über Gaspards entschlossenen Gesichtsausdruck. "Ah, jetzt hast du dich also entschieden, den Großen zu spielen? Du bist wirklich nur ein kleiner ...", womit er sich selbst bedrohlicher machte.

Doch bevor er den Satz beenden konnte, passierte etwas. Gaspard spürte denselben Druck, stärker, dringender. Er konzentrierte sich auf Marc, auf die Art, wie er ihn auslachte, auf den Schmerz, den er ihm zufügte. Und dann, ganz plötzlich, blieb Marc stehen und starrte vor sich hin. Er hielt sich eine Hand an den Kopf und runzelte die Stirn. Eine schmerzverzerrte Grimasse zeichnete sich auf seinem Gesicht ab.

Die anderen Kinder, die einen Moment lang ratlos waren, kamen auf ihn zu. "Marc, geht es dir gut?", fragte einer von ihnen besorgt. Aber der sonst so selbstbewusste Marc antwortete nicht. Er krümmte sich zusammen und fiel auf die Knie. Er schien völlig von Krämpfen geplagt zu sein, als würde ihn ein unerträglicher Schmerz überfallen.

Gaspard trat einen Schritt zurück, seine Augen waren weit aufgerissen, sein Mund war trocken. Er verstand es nicht. Er hatte nichts getan. Er hatte es nicht einmal gewollt. Aber er spürte Marcs Schmerz, es war fast so, als wären seine Gedanken direkt mit dem Leid des anderen verbunden. Er spürte, wie sein Herz schneller schlug und die Wärme, die ihn durchströmte, langsam verschwand und einer intensiven Verwirrung Platz machte.

"Marc!", rief ein anderes Kind. "Marc, was ist mit dir los?" Das Kind brach bewusstlos völlig zusammen, und die anderen gerieten in Panik und riefen dringend nach einem Lehrer.

Alle stürzten um Marc herum, aber Gaspard stand regungslos da, den Kopf gesenkt, die Hände immer noch geballt. Er wusste nicht, was er gerade getan hatte. Er hatte das nicht gewollt, er hatte nie gewollt, irgendjemandem weh zu tun. Warum passierte ihm das immer noch? Warum manifestierte sich seine Macht auf diese Weise, ohne dass er sie kontrollieren konnte?

Marie-Adeline, die gerade einen Anruf von der Schule erhalten hatte, kam ein paar Minuten später an. Sie eilte auf den Schulhof und sah die Kinder um Marc versammelt, der auf dem Boden lag. Sie bahnte sich einen Weg zu Gaspard, wobei ihr Blick sofort auf ihn fiel, auf sein bleiches, verlorenes Gesicht.

"Was ist los, Gaspard? Sag's mir", fragte sie mit sanfter Stimme, die aber von spürbarer Sorge geprägt war.

Gaspard blickte zu ihr auf, seine gebrochenen Tränen waren kurz vor dem Ausbruch. "Ich ... ich wollte nicht, Mama", flüsterte er mit brüchiger Stimme. "Ich wollte nicht ..."

Marie-Adeline legte ihm eine tröstende Hand auf die Schulter, aber ihr Blick verhärtete sich leicht. Sie hatte sich die Szene gut vorgestellt und beobachtete nun, was passierte. Sie hatte gesehen, wie die anderen Kinder reagierten, aber sie hatte auch gesehen, wie Gaspard sich gefühlt hatte, diesen inneren Kampf. Und sie war nicht dumm. Sie verstand vor allem, dass Gaspard immer noch gemobbt wurde.

"Ich weiß, mein Schatz", sagte sie in einem zärtlichen, aber auch besorgten Ton. "Aber du musst lernen, deine Gefühle zu kontrollieren. Sie sind nicht nett und sie müssen verstehen, dass sie kein Recht haben, dir diese Art von Aggression zuzumuten. Verstehst du das? Ich werde mit dem Schulleiter darüber reden".

Gaspard nickte, aber tief in seinem Inneren spürte er eine tiefe Angst. Was war aus ihm geworden? Welche Macht hatte er und wie sollte er lernen, sie zu beherrschen? Er hatte nicht versucht, Marc zu verletzen, er hatte es nie gewollt. Und doch ... war der Schmerz seines Kameraden eindeutig mit seinen Gedanken verbunden.

Als Marie-Adeline die Verzweiflung in den Augen ihres Sohnes sah, erkannte sie, dass diese Situation für ihren Sohn viel komplizierter werden würde. Sie musste Gaspard beschützen und ihm helfen, zu verstehen, was vor sich ging, aber sie konnte sich nicht eine Sekunde lang vorstellen, dass Gaspard dafür verantwortlich war.

Und Gaspard verspürte zwar eine momentane Beruhigung, weil der Schmerz bei Marc verschwand, konnte aber nicht anders, als sich zu fragen: "War ich das?"

Die Worte seiner Mutter hallten noch immer in seinem Kopf wider, eine sanfte Melodie der Warnung und der Liebe. Aber jedes Wort, das sie zu ihm gesagt hatte, jede Liebkosung, die sie ihm zuteil werden ließ, konnte den wachsenden Schrecken, der in ihm Wurzeln schlug, nicht auslöschen. Ich muss das kontrollieren, dachte er immer wieder. Ich kann nicht zulassen, dass es wieder ausbricht. Nicht auf diese Weise. Wenn er spürte, dass die Wut in ihm hochkochte, versuchte er, sie in sich selbst einzuschließen.

Er fühlte sich anders. Jedes Mal, wenn Wut, Ungerechtigkeit oder Frustration in ihm aufkamen, hatte er das Gefühl, dass sich etwas in ihm hochschaukelte und bereit war, zu explodieren. Das war ein Gefühl, das andere

Kinder nie verstehen würden. Wie oft hatte er gesehen, dass Mitschüler sich stritten oder sich aufregten, ohne dass dies dazu führte, dass sie andere misshandelten? Wie konnten sie so "normal" sein, so frei von diesem ... seltsamen Druck, der sein Herz und seinen Geist in jedem Moment, in dem er provoziert wurde, erfüllte?

Warum ich? Das fragte er sich oft. Warum reagiere ich so? Warum muss ich anders sein? Und doch blieb ein anderer Gedanke bestehen, der tief in seinem Inneren lauerte, ein Gedanke, den er nicht zu formulieren wagte. Vielleicht war dies eine Macht, die ein Teil von mir ist, und ich kann nichts anderes tun ... aber dann ...

Er fühlte sich oft von den anderen abgesetzt. Wenn er seine Mitschüler beobachtete, fiel ihm auf, wie leicht und einfach ihr Leben zu sein schien. Sie mussten sich keine Gedanken über die Folgen jeder Geste oder jedes Wortes machen. Sie konnten sich aufregen, ohne Gefahr zu laufen, bleibende Schäden zu verursachen. Gaspard hingegen musste alles kontrollieren, alles unter Kontrolle haben. Ein falsch gelenkter Gedanke, eine falsch ausgedrückte Wut und er konnte jemanden verletzen, ohne es zu wollen. Es war wie ein Damoklesschwert, das über ihm hing und immer präsent war.
Wenn ich die Kontrolle verliere ... was passiert dann? Diese Frage verfolgte ihn. Wie hätte er mit der Schuld leben können, jemandem Leid zuzufügen, den er nie hatte berühren wollen? Und doch spürte er, dass diese Wut und Frustration, wenn sie richtig kanalisiert wurden, ihm eine Form von Macht verleihen konnte ... eine Macht, die, wenn sie nicht beherrscht wurde, verheerende Folgen haben konnte. Was wird aus mir?", fragte er sich mit wachsender Sorge.

Manchmal war die Versuchung da. Wenn er sah, dass ihn jemand verspottete, wenn er Ungerechtigkeit und Schmerz in seiner Kinderseele spürte, dann spürte er diese Kraft in seinem Inneren, bereit, hervorzuspringen. Aber er kämpfte und mit wilder Entschlossenheit versuchte er, dieses Gefühl abzuwehren. Wie ein Mantra wiederholte er sich selbst: Ich bin nicht diese Kraft. Ich bin Gaspard. Ich bin ein Mensch. Ich bin wie sie, auch wenn ich es nicht immer spüre.

Er wollte normal sein. Er wollte einfach nur laufen, spielen und lachen können, ohne diese Angst, ohne diese innere Stimme, die ihm sagte, dass alles in einem Augenblick umkippen könnte. Aber jeden Tag, jedes Mal, wenn Wut und Frustration in ihm aufkamen, musste er sich an die Worte seiner Mutter erinnern: Du musst die Kontrolle behalten, Gaspard.

Aber tief in seinem Inneren blieb eine Frage, die er nicht laut auszusprechen wagte: Was ist, wenn ich ihn nicht behalten kann?

Als Gaspard älter wurde, bemerkte er den Unterschied zwischen ihm und den anderen. Während seine Klassenkameraden sich auf ihre Spiele oder ihre schulischen Leistungen zu konzentrieren schienen, war Gaspard ein brillanter Schüler, der aber immer ein wenig abseits stand. Er war zutiefst introvertiert und zog es vor, eher zu beobachten als sich aktiv zu beteiligen. Manchmal, wenn er merkte, dass er missverstanden oder abgelehnt wurde, setzte er seine Macht ein, um sich zu verteidigen, aber nur sehr zögerlich!

Ein Tag folgte auf den anderen, und in jedem Moment spürte Gaspard die Distanz, die zwischen ihm und den anderen immer größer wurde. Es gelang ihm nicht, sich vollständig zu integrieren. In der Schule waren seine Leistungen hervorragend, viel besser als die der meisten seiner Mitschüler, aber er war nicht stolz darauf. Im Gegenteil, er spürte jedes Mal eine Last in seinem Herzen, wenn seine Lehrer ihn lobten. Das ist wieder ein Zeichen dafür, dass ich anders bin, dass ich nicht so sein kann wie sie, dachte er. Er wäre gerne wie Marc, Olivier oder Claire gewesen, diese Kinder, die so bequem und natürlich wirkten. Aber jedes Mal, wenn er versuchte, näher zu kommen, zu lächeln und mitzumachen, fand er sich als zurückgezogener Beobachter wieder. Seine Bewegungen waren zögerlich, sein Blick flüchtig, sein Geist ständig in Alarmbereitschaft, als ob jeden Moment eine unsichtbare Gefahr auftauchen könnte.

In den Pausen spielten, lachten und schrien die anderen zusammen. Gaspard hielt sich abseits. Manchmal setzte er sich allein unter einen Baum und beobachtete die anderen

Kinder, die sich wie Vögel in freier Wildbahn bewegten. Warum kann ich nicht wie sie sein? Warum ist das so schwierig? Diese Frage stellte er sich jedes Mal, aber die Antwort blieb unklar und ungreifbar. Er konnte das Gefühl nicht loswerden, nicht in ihre Welt zu gehören, nicht dazuzugehören.

Das Seltsame war, dass er, obwohl er Freunde hatte und mit einigen von ihnen schöne Momente teilte, immer das Gefühl hatte, ein Fremder unter ihnen zu sein. Es war, als würde eine unsichtbare Barriere zwischen ihm und dem Rest der Welt stehen. Es war dieselbe Barriere, die er jedes Mal tief in seinem Inneren spürte, wenn er sich mit seinen Gedanken auseinandersetzte, mit dieser Macht, die er trug, ohne es zu wollen, ohne zu wissen, wie er sie zähmen sollte.

Das Lachen der anderen klang manchmal wie ein fernes Echo, eine grausame Erinnerung an die einfache Freude, die er nicht vollständig teilen konnte. Er fragte sich oft, ob er seine Andersartigkeit verstecken oder akzeptieren sollte. Aber wie soll ich ihn akzeptieren, wenn ich nicht einmal die Kontrolle darüber habe? Dieser Gedanke, der immer präsent war, quälte ihn mehr als alles andere. So sehr er auch suchte, er fand keine Antwort. Jeder Versuch, sich näher zu kommen, jedes Lächeln, das er aufsetzte, schien von einer unsichtbaren Kraft zurückgewiesen zu werden, die er nicht fassen konnte.

Manchmal verspürte er tief in seinem Inneren eine gewisse Form von Frustration oder sogar Wut. Diese Wut rührte nicht von anderen her, sondern von einem Gefühl, das er nicht in Worte fassen konnte. Es war ein Gefühl der Einsamkeit, das mit den Jahren immer stärker wurde. Er hatte das Gefühl, auf der Schwelle zu einer Welt zu stehen, die er nicht betreten konnte, immer am Rande der Dinge zu sein, nie wirklich im Zentrum, nie vollständig akzeptiert.

Wenn es zu einem Vorfall kam, wie einer schiefen Bemerkung oder dem Spott eines anderen Schülers, spürte Gaspard sofort die vertraute Hitze in sich aufsteigen. Eine Hitze, die nicht nur von der Wut herrührte, sondern auch von der anhaltenden Angst, nicht zu wissen, wie man sie daran hindern konnte, zu wachsen, sich zu entfesseln. Wenn ich diese Wut rauslasse ... dachte er, könnte ich jemanden verletzen, könnte ich jemanden verletzen, könnte ich alles verderben.

Er zog sich dann in sich selbst zurück und versuchte, ein wenig Ruhe zu finden, um die Flamme zu löschen, die überzukochen drohte. Aber jedes Mal war die Angst da, viel stärker als die Wut. Was, wenn ich sie eines Tages nicht mehr kontrollieren konnte? Der Zweifel schlich sich in jeden Gedanken, wie ein hartnäckiger Schatten, und er fragte sich mit wachsender Sorge: Würde ich immer derjenige sein, der all das in sich halten muss, ohne jemals einfach nur ein Kind wie alle anderen sein zu können?

Abends, in der Einsamkeit seines Zimmers, in seinem Bett liegend, dachte er an seine Mutter, an ihre beruhigenden Worte. "Ich bin stolz auf dich, Gaspard, du bist meine Liebe." Diese Worte trösteten ihn, aber sie erschütterten ihn auch. Sie liebt mich, aber könnte ich der sein, auf den sie hofft? Ein Teil von ihm wusste, dass sie ihn nie zu einer Veränderung zwingen wollte, aber ein anderer, heimtückischerer Teil stellte sich Fragen. Was wäre, wenn auch sie eines Tages erkennen würde, dass ich nicht wie die anderen bin? Dass sie denkt, dass ich fähig bin zu zerstören, dass ich eine solche Kraft in mir trage, die ich nicht beherrsche?

Er wälzte sich dann in seinem Bett hin und her, schloss die Augen und versuchte, diesen Gedanken zu entkommen. Doch jede Nacht kehrte das gleiche Dilemma zurück, schwerer, bedrückender. Wie soll man damit leben? Wie kann ich mit dieser Andersartigkeit leben, die mich zu einem besonderen Wesen macht, einem Wesen, das außerhalb der Welt der anderen steht?

Jean-Eudes beobachtete seinen Sohn mit einer Mischung aus Ungeduld und Unzufriedenheit. Jede Geste von Gaspard, jeder Gedanke, den er bei ihm erahnte, schien ihn zu verunsichern. Warum ist er so?", fragte er sich und sein kalter Blick ruhte auf seinem Sohn, der in einer Ecke des Wohnzimmers saß und in seinen Gedanken verloren war. Er ist zwar brillant, aber zu zerstreut. Zu verträumt. Jean-Eudes verstand diese introspektive Seite von Gaspard nicht, diese Neigung, sich in seinen Gedanken zu verlieren, anstatt sich auf das zu konzentrieren, was wichtig war: die Zukunft, das Unternehmen, der Ruf. Alles, was er aufgebaut hatte, alles, was er in seinem Leben erreicht hatte, war wertlos, wenn sein Erbe nicht mit der Disziplin, die er für notwendig hielt, die Führung übernahm. Er hatte nicht das Glück gehabt, in diese Familie hineingeboren zu werden und an dem Unternehmen teilzuhaben, aber er hatte es mit seinem eigenen Blut und seiner eigenen Arbeit aufgebaut. Dafür hatte er Jahre geopfert. Und nun erwartete er von seinem Sohn, dass er ihm nachfolgt, dass er diese Fackel mit Ehre und Stolz weiterträgt.

Aber nein ... Jean-Eudes schnaufte innerlich, ein unmerklicher Seufzer, aber schwer von Frustration. Das ist es nicht, Gaspard. Das ist es überhaupt nicht. Ehrgeiz, Gründlichkeit, Disziplin ... Das ist es, was ein Geschäftsmann besitzen muss. Er hatte keinen Platz für

Zweifel oder Zögern. Jeden Tag sah er, wie sein Sohn sich in einer Art Melancholie zusammenkauerte, und er konnte nicht verstehen, warum. Warum ist er nicht wie ich? Warum spürt er nicht dieselbe Entschlossenheit, erfolgreich zu sein, nach vorne zu schauen? Jean-Eudes glaubte, dass das Leben ein vorgezeichneter Weg sein sollte, ein stetiges Aufsteigen zum Gipfel, zum Erfolg. Gaspards Selbstbeobachtung, seine ständigen Fragen, erschienen ihm nutzlos. Er musste mehr als ein Träumer werden. Er muss ein Mann der Tat werden. Ein Anführer. Doch trotz seiner Versuche, ihn zu ermutigen, ihn zu Höchstleistungen anzuspornen, fühlte sich Jean-Eudes machtlos. Die Worte, die er benutzte, um seinen Sohn zu motivieren, gingen in dessen Schweigen unter. Das ärgerte ihn zutiefst. Er hätte sich gewünscht, dass er ihm antwortet, dass er sich auflehnt, dass er ein wenig Charakter zeigt. Aber Gaspard stand einfach nur da, schweigend, fast schon resigniert.

Marie-Adeline hingegen beobachtete ihren Sohn mit anderen Augen. Sie wusste, dass Gaspard nicht wie Jean-Eudes war, aber sie verstand ihn zutiefst. Sie wusste, dass ihr Sohn eine einzigartige Sensibilität besaß, eine Tiefe, die ihn manchmal schwer fassbar machte, aber sie sah auch eine große innere Schönheit in ihm. Er muss sich nicht den Erwartungen von Jean-Eudes anpassen, dachte sie. Er hat seinen eigenen Weg zu gehen, und ich werde alles tun, um ihn auf dieser Suche zu begleiten.
Sie war da, ganz nah bei ihm, wenn er Trost und Sanftheit brauchte. Sie wusste, dass er sich anders fühlte, dass er sich Fragen über sich selbst stellte, über seinen Platz in dieser Welt. Aber sie wollte nicht, dass er sich wegen seiner Gedanken schuldig fühlte. Sie sah ihn als außergewöhnliches Wesen, das zu einer Größe fähig war, die er noch nicht ermessen konnte. Er muss nicht das

werden, was sein Vater von ihm erwartet, schlug ihr Herz für ihn. Er muss er selbst werden, der sein, den er wählt zu sein. Ein guter Mann, ein Mann mit Herz.

Die Spannungen zwischen Jean-Eudes und Gaspard berührten sie zutiefst, aber sie wusste, dass ihr Sohn ihre Unterstützung und ihre Zärtlichkeit brauchte, um zu wachsen und sich auf seine Weise zu entfalten. Sie hatte ihm nie Ideale aufzwingen wollen, die nicht zu ihm passten. Ich kann seinen Vater nicht ändern, sagte sie sich oft, aber ich kann ihm bedingungslose Liebe schenken, einen Raum, in dem er der sein kann, der er wirklich ist.

Marie-Adeline sagte sich immer wieder, dass Gaspard eines Tages seinen eigenen Weg finden würde, dass er ungeachtet der Hindernisse entdecken würde, dass die wahre Stärke in der Selbstakzeptanz lag. Sie wollte nicht, dass Gaspard sich in den Erwartungen anderer verliert. Er sollte sich als vollständige Person sehen und nicht als fehlenden Teil von etwas, das nicht zu ihm gehörte. Sie glaubte fest daran, dass ihr Sohn trotz seiner Zweifel und seines Zögerns schließlich erkennen würde, dass er eine einzigartige Kraft, eine einzigartige Weisheit besaß, die nicht mit der seines Vaters verglichen werden musste.

Jean-Eudes war nach wie vor davon überzeugt, dass er Recht hatte, dass sein Sohn einfach sein Leben in den Griff bekommen, sich der Realität stellen und die Strenge des Lebens, das er sich aufgebaut hatte, umarmen musste. Er war enttäuscht, Gaspard so verletzlich, so ... unerfahren in der gnadenlosen Welt des Geschäfts und der menschlichen Beziehungen zu sehen. Marie-Adeline hingegen war voller Hoffnung. Sie wusste, dass der wahre Erfolg nicht in Jean-Eudes' kaltem und kalkuliertem Ehrgeiz lag, sondern in Gaspards Fähigkeit, sich selbst treu zu bleiben. Und darauf setzte sie ihr Vertrauen, auf diese stille Überzeugung, dass ihr Sohn eines Tages die wahre Kraft in sich selbst entdecken würde.

Gaspard spürte diesen wachsenden Druck, der jeden Tag ein bisschen stärker wurde, wie ein unsichtbares Gewicht, das auf seinen Schultern lag. Die Erwartungen seines Vaters, Jean-Eudes, waren klar und unerschütterlich. Er sollte ein Geschäftsmann sein, ein würdiger Erbe, der in der Lage war, das Familienunternehmen zu übernehmen und dessen Fortbestand zu sichern. Aber Gaspard, der erst acht Jahre alt war, wusste tief in seinem Inneren, dass dies nicht das war, was er wollte. Vielleicht war es die Intuition, die ihm sein Vater schon in jungen Jahren vermittelt hatte! Er war nicht dafür geschaffen. Diese Welt der Zahlen, Strategien und kalten Entscheidungen war nicht seine Welt, genauso wenig wie die aristokratische Welt, in der er sich bewegte. Dennoch verspürte er jedes Mal, wenn seine Augen die seines Vaters trafen, eine innere Zerrissenheit. Warum kannst du mich nicht verstehen?", sagte er sich im Stillen.

Er traute sich natürlich nie, es laut auszusprechen. Die Worte blieben ihm im Hals stecken, wo sich Angst mit Schuldgefühlen vermischte. Er wollte weder seine Mutter noch seinen Vater enttäuschen, auch wenn er tief in seinem Inneren wusste, dass er unfähig war, dem Weg zu folgen, den Jean-Eudes ihm vorgezeichnet hatte, ohne ihn deshalb zu seinem Erben machen zu wollen. Ich werde nie wie er sein, dachte er im Stillen. Ich bin nicht dafür geschaffen. Ich bin anders, und das muss ich akzeptieren. Aber wie soll ich es ihnen sagen?

Das Haus erschien ihm manchmal zu groß, zu imposant, ein Ort, an dem er nie ganz seinen Platz fand. Die Wände, die Flure, die Prunkräume ... all das erschien ihm unwirklich, wie eine in der Zeit eingefrorene Kulisse, in der er eine Rolle spielte, die nicht zu ihm passte. Seine Tage waren geprägt von endlosen Stunden des Lernens, der Hausaufgaben und des Lernens. Er wusste, dass er sich in seinen schulischen Leistungen auszeichnen musste, dass sein Vater von ihm eine eiserne Disziplin und einen Sinn für Ehrgeiz erwartete, den er nicht erfassen konnte. Gaspard war kein rebellisches Kind, er begnügte sich damit, die ihm aufgezwungene Rolle zu spielen, aber diese Maske ermüdete ihn. Die Träume, die in seinem Geist erblühten, fanden keinen Platz in dieser starren Welt, in der Ehrgeiz der einzige vorgezeichnete Weg war. Werde ich immer der sein, auf den alle warten? Diese Frage spukte in seinen Gedanken herum.

Aber inmitten dieses inneren Sturms gab es Marie-Adeline. Sie war immer da, eine sanfte, tröstende Präsenz, ein Lichtstrahl in seinem stürmischen Leben. An ihrer Seite fühlte sich Gaspard so akzeptiert, wie er war, ohne zu urteilen. Jeder Moment, den er mit ihr verbrachte, war ein Hauch von frischer Luft. Wenn er zu ihr in die Küche kam oder neben ihr im Garten saß, lächelte sie ihn an und flüsterte ihm liebevolle Worte zu: "Mein Schatz, du musst nicht jemand anderes sein. Du darfst träumen. Du hast das Recht, anders zu sein. Lass dir von niemandem etwas anderes einreden".
Marie-Adeline sprach so sanft mit ihm, dass er sich fast geheilt und besänftigt fühlte, als ob alles, was er schmerzhaft empfand, durch ihre Liebe ausgelöscht werden könnte. Sie glaubt an mich, dachte Gaspard, sie glaubt, dass ich genau richtig bin, so wie ich bin. Diese Worte hallten tief in ihm nach, wie ein Versprechen, das er in seinem Herzen hütete. Aber auch wenn Marie-Adeline ihn daran erinnerte, dass er er selbst sein konnte, wusste er tief in seinem Inneren, dass er die Erwartungen seines

Vaters niemals erfüllen konnte und dass er letztendlich seinen eigenen Weg wählen musste. Aber ich weiß nicht, wie ... Diese Ungewissheit lähmte ihn, hinderte ihn daran, eine Entscheidung zu treffen, einen entscheidenden Schritt in Richtung dessen zu gehen, was sein wahres Leben sein könnte.

Oft saß er gedankenverloren allein in einer Ecke des Hauses und betrachtete das große Anwesen, das sich vor ihm erstreckte. Seine Augen verloren sich in den fernen grünen Hügeln, wo er sich frei vorstellte, weit weg von den strengen Regeln, die ihm sein Vater auferlegt hatte. Was wäre, wenn ich weggehen würde? Was wäre, wenn ich meinen eigenen Weg ginge? fragte er sich manchmal. Doch die Angst vor dem Unbekannten, die Angst, die Menschen, die ihn liebten, zu enttäuschen, blieb immer präsent.

Er bewegte sich weiter in der Rolle, die er spielte, aber nach und nach spürte er, wie sich seine Seele von all dem entfernte, was von ihm erwartet wurde. Seine Träume blieben Träume, Träume von einer anderen Welt, einem anderen Leben, aber in seinem Herzen wusste er, dass er sich eines Tages entscheiden musste. Entscheiden, wer er sein wollte, entscheiden, was er erreichen wollte, ohne die Angst, andere zu enttäuschen. Und im Grunde wusste er, dass es Marie-Adeline war, die da sein würde, um ihn daran zu erinnern, dass er das Recht hatte, er selbst zu sein, auch wenn das bedeutete, diese festgefahrene Welt zu verlassen und einen ungewissen, aber eigenen Weg zu gehen.

Die Geburt des Bewusstseins

Es war kurz nach seinem achten Geburtstag, als Gaspard die wahre Bedeutung von Gerechtigkeit zu verstehen begann, eine Idee, die in seinem Geist auf subtile, aber mächtige Weise keimte. Die Begriffe Gut und Böse, die ihm bis dahin als verschwommene Konzepte erschienen waren, wurden von Tag zu Tag klarer. Er beobachtete um sich herum im großen Familienhaus die Bediensteten, die unter Jean-Eudes' kritischem Blick unermüdlich arbeiteten. Er sah, wie sie sich verbeugten und mit einer erzwungenen Fügsamkeit, einer Unterwürfigkeit, die er nicht verstand, arbeiteten. Diese kleinen, alltäglichen Ungerechtigkeiten bewegten ihn. Aber nicht nur im Haus wurde ihm die Grausamkeit der Welt bewusst. Manchmal, wenn er durch die Straßen des Nachbardorfes spazierte, hörte er ein Flüstern über die Misshandlung der Schwächsten und Verletzlichsten. In seinen kindlichen Augen lag eine scharfe Wahrnehmung dessen, was nicht in Ordnung war.

Das Ereignis, das wirklich einen Wendepunkt in Gaspards Leben markierte, ereignete sich jedoch eines Nachts an einem besonders schwülen Sommerabend, als er in seinem Zimmer war und die Fenster geöffnet hatte, um etwas frische Luft hereinzulassen. Irgendwann durchbrach ein Schrei die Stille der Nacht. Ein Schmerzensschrei, gefolgt von einem dumpfen Geräusch, das wie ein heftiger Schlag klang. Gaspard stand hastig auf, sein Herz schlug heftig in seiner Brust, und ging zum Fenster. Im Halbdunkel konnte er durch die Bäume hindurch das Nachbarhaus erkennen, in dem die Geräusche des Streits lauter geworden waren. Es war das Haus des alten Mannes, der allein mit seinem

Sohn lebte, einem Jungen, der ein paar Jahre älter war als er, aber immer traurig wirkte und sich immer zurückzog.

Die Stimmausbrüche wurden immer schriller. Gaspard konnte hören, wie der Vater mit vor Zorn bebender Stimme Beleidigungen brüllte und die Geräusche von Schlägen. Er spürte eine Welle der Wut, eine schwarze Energie, die seinen Körper durchflutete. Es war ein neues Gefühl, ein Gefühl, das er bereits in der Vergangenheit erlebt hatte, aber diesmal überrollte es ihn. Es war ein Wirbelwind der Rebellion, purer Hass auf die Ungerechtigkeit. Er wusste, dass es nicht gerecht war. Er wusste, dass es nicht die Aufgabe eines Elternteils war, sein Kind leiden zu lassen.

Er konzentrierte sich auf diesen Schmerz. Seine Gedanken wanderten zu dem Kind in Not und stellten sich den Schmerz vor, den es erlitt. Er schloss die Augen und ohne wirklich zu verstehen, wie das funktionierte, spürte er, wie diese Wärme in ihm aufstieg. Wie ein warmer Atemzug breitete sich eine intensive Energie von seinem Herzen zu seinen Händen und dann durch seinen ganzen Körper aus. Seine Muskeln spannten sich an, sein Atem wurde schwerer und plötzlich spürte er, wie sich etwas veränderte. Er dachte an das Kind, an seinen Schmerzensschrei, und der Schmerz schien zu verschwinden. Es war, als ob der Schmerz, den der Vater ihm zugefügt hatte, nicht mehr existierte. Das Kind beruhigte sich sofort. Es hörte auf zu schreien. Es gab einen Moment der Stille und dann ein leises Atmen. Gaspard öffnete keuchend die Augen wieder und beobachtete im Halbdunkel das Kind, das da stand, plötzlich beruhigt, als wäre ein Schleier über ihm gelüftet worden.

Als Gaspard bewusst wurde, was er gerade getan hatte, spürte er eine eisige Kälte in seinen Eingeweiden. Er hatte keinen Schaden anrichten wollen, aber er verstand diese Macht nicht, die er gerade ausgeübt hatte. War das, was er getan hatte, nicht eine Verletzung von etwas? Angst stieg in ihm auf, ebenso wie Unverständnis. Er fühlte sich von dem, was er gerade getan hatte, erschreckt. War es richtig? Hatte ich das Richtige getan?

Er stürzte aus seinem Zimmer und konnte seine Gefühle nicht mehr zurückhalten. Er ging ins Wohnzimmer, wo er Marie-Adeline fand, die am Kamin saß. Sie las gerade ein Buch, aber als sie sah, wie ihr Sohn mit verstörtem Gesichtsausdruck hereinkam, wusste sie sofort, dass er etwas Wichtiges erlebt hatte.

- Mama ...", sagte er mit zitternder Stimme, "ich ... ich glaube, ich habe etwas getan, aber ich bin mir nicht sicher, ob es richtig war.

Marie-Adeline sah ihn liebevoll an, mit einem leichten, verständnisvollen Lächeln auf den Lippen. Sie legte ihr Buch beiseite und zog ihn sanft zu sich heran.

- Was ist passiert, mein Liebster?", fragte sie und nahm ihn in den Arm.

Gaspard zögerte, aber schließlich erklärte er ihr in einem hastigen Atemzug, was er gefühlt und was er getan hatte. Er erzählte ihr von den Schreien, der Wut, die ihn überkommen hatte, und der seltsamen Energie, die ihn zu seiner Tat getrieben hatte.

Marie-Adeline hörte ihm aufmerksam zu, ihre Augen waren voller Wohlwollen. Sie unterbrach ihn nicht und tadelte ihn nicht. Als er geendet hatte, schaute sie ihm direkt in die Augen und legte ihre Hände auf seine Schultern.

- Meine Liebe", begann sie leise, "was du getan hast, ist kein Unrecht. Du hast eine Ungerechtigkeit wieder gut gemacht, du hast einen Schmerz gestoppt. Wo es Schmerz gibt, musst du das Licht sein. Aber, denk daran, das Licht darf nicht blenden. Du musst weise mit deiner Macht umgehen. Setze sie nicht leichtfertig ein. Tue es immer mit Bedacht. Gerechtigkeit bedeutet nicht, sich zu rächen, sondern wiedergutzumachen, was wiedergutzumachen ist.

Diese Worte hallten in Gaspards Herz wider. Dieser Moment, dieses Gespräch, markierte die Geburt seiner Berufung. Er verstand nun, dass seine Macht, wenn sie richtig eingesetzt wurde, ein Gleichgewicht in eine oft grausame Welt bringen konnte. Es ging nicht darum, anderen seinen Willen aufzuzwingen, sondern darum, Ungerechtigkeiten zu beseitigen, wo sie geschahen, Linderung zu bringen, wo Schmerz herrschte. Doch all dies musste mit Weisheit und Unterscheidungsvermögen geschehen. Es war diese Weisheit, dieser Respekt vor der Gerechtigkeit, die zu seinem Führer wurde, der ihn von nun an auf seinem Weg begleiten würde.

Kapitel 2

Adoleszenz und das Bewusstsein der Macht

Das Gewicht der Macht

Als Gaspard älter wird, lernt er, seine Fähigkeiten besser zu beherrschen. Er trifft auf Situationen, in denen er sich verletzlich oder missverstanden fühlt, und er nutzt seine Macht, um die Menschen, die er liebt, zu schützen. Allerdings beginnt er auch zu erkennen, dass er nicht immun gegen Leid und Böses ist. Eines Tages kommt er einem Mitschüler zu Hilfe, der gemobbt wird, und fügt einer Gruppe verantwortungsbewusster Jungen schreckliche Schmerzen zu. Obwohl diese Tat zum Teil gerechtfertigt ist, merkt er schnell, dass er eine Grenze überschritten hat.

Gaspard stand mit verschränkten Armen in der Ecke des Schulhofs und verfolgte mit seinen Augen unauffällig die Gruppen von Mitschülern, die sich um ihn herum verteilten. Die Nachmittagshitze hüllte die Schule ein, aber wie üblich fühlte er sich etwas abseits, beobachtete, ohne sich wirklich an dem Gelächter und den lebhaften Diskussionen zu beteiligen.

Die letzten Jahre waren von einer langsamen, aber spürbaren Veränderung geprägt gewesen. Gaspard, der früher ein verschlossener Einzelgänger war, hatte gelernt, mit seinen Kräften besser umzugehen. Er setzte sie nur noch selten ein und wusste, dass das Risiko, es zu tun, enorm hoch war. Doch wenn es darum ging, jemanden zu schützen oder eine gerechte Sache zu verteidigen, zögerte er nicht mehr wie früher. Seine schulischen Leistungen waren immer tadellos gewesen, aber in letzter Zeit schien es, als würden die Erwachsenen, insbesondere seine Lehrer, einen genaueren Blick auf ihn werfen. Sie sahen in ihm nicht nur eine scharfe Intelligenz, sondern auch eine Form von Empathie, die ihn bewundernswert und für manche auch faszinierend machte. Leider waren die anderen Schüler nicht immer so nachsichtig. Seine "Schulkameraden", die oft spöttisch waren, hatten ihre eigenen Urteile.

An diesem Tag musste er, wie viele andere auch, hilflos mit ansehen, wie sich in der Nähe der Umkleidekabinen eine Mobbing-Szene abspielte. Einer seiner Klassenkameraden, Jean-François, ein unauffälliger, aber stets gemobbter Junge, war das Ziel einer Gruppe von drei Teenagern, die ihn beschimpften, ihm drohten, seine Tasche zu stehlen, und ihn unsanft wegstießen. Gaspard wusste, dass solche Situationen in den Gängen der Schule häufig vorkamen, aber heute spürte er etwas Stärkeres in der Luft, eine Spannung, die ihn überkam.
Er näherte sich langsam, sein Herz klopfte wie wild. Ein Teil von ihm wusste, dass er das nicht zulassen durfte. Der andere, rationalere Teil erinnerte ihn an die Risiken, an die Konsequenzen seines Handelns. Doch die hasserfüllten Worte, das grausame Gelächter, das ihm entgegenschlug, brachten ihn innerlich zum Kochen. Er hatte gelernt, seine Macht zu beherrschen, aber noch nie zuvor hatte er einen solchen Druck verspürt, ein solches Verlangen, diejenigen zur Rechenschaft zu ziehen, die glaubten, sich alles erlauben zu können.

Als Jean-François mit Tränen in den Augen versuchte, sich aufzurichten, nachdem er geschlagen und zu Boden gestoßen worden war, zögerte Gaspard nicht länger. Er trat mit festem Schritt vor und stellte sich zwischen ihn und die Angreifer. Seine Stimme, die normalerweise ruhig und besonnen war, erklang herrisch.

"Das reicht."

Die Jungen drehten sich um und waren überrascht, dass
Gaspard sie so zur Rede stellte. Sie hatten ihn immer als
einen zurückhaltenden, schüchternen Jungen gesehen, der
es nie gewagt hätte, sich gegen sie zu stellen. Aber heute
war es anders. Seine Augen leuchteten mit einer Intensität,
die sie noch nie zuvor wahrgenommen hatten.
Die Angreifer kicherten zuerst, weil sie seine Autorität
unterschätzten. Einer von ihnen, der größer war, trat vor
und versuchte, ihn einzuschüchtern. Doch dann spürte
Gaspard die aufsteigende Energie in sich, die Macht, die er
zu kanalisieren gelernt hatte, die ihn jetzt aber fast zu
überwältigen schien. Er konzentrierte sich, und mit einer
einfachen Handbewegung durchfuhr eine Welle von
Schmerz den Körper des Jungen. Der Junge fiel auf die
Knie und hielt sich den Bauch, während die beiden
anderen verblüfft zurückwichen.
Gaspard hatte nicht gewollt, so viel Leid zuzufügen. Er
hatte nicht so weit gehen wollen. Aber er wusste, dass
seine Macht, wenn sie einmal ausgelöst war, nicht nur auf
Warnungen beschränkt war. Sie war zu mächtig, zu wild.

Die Jungen hatten ihre Augen vor Schreck weit
aufgerissen und protestierten nicht mehr. Sie rannten weg
wie Schatten, die vor dem Licht eines Blitzes fliehen.
Gaspard stand da und war völlig verwirrt. Jean-François,
der nichts von dem, was geschehen war, verstanden hatte,
sah ihn noch immer geschockt an.

"Du ... du hast mich gerettet", flüsterte er, aber in seiner
Stimme lag ein Hauch von Unverständnis.

Gaspard antwortete nicht sofort. Er fühlte sich von einem
seltsamen Schuldgefühl überwältigt. Ja, er hatte Jean-

François beschützt, aber er hatte eine Grenze überschritten, die er niemals hätte überschreiten dürfen. Vielleicht hatte der Junge am Boden solches Leid nicht verdient, auch wenn er sich der Grausamkeit gegenüber einem anderen Schüler schuldig gemacht hatte.

Jean-François, dankbar, aber immer noch zögernd, stand schließlich auf und klopfte den Staub von seinem Hemd. "Ich... Ich weiß nicht, was du getan hast, aber danke. Wirklich."

- Nichts Bestimmtes! Das ist gar nichts! Ich konnte sie nicht gewähren lassen, also bin ich dazwischen gegangen. Das ist alles!", antwortete Gaspard mit trockener Stimme und wandte sich ab, um der Welle von Zweifeln zu entgehen, die ihn überkam.

Später, als Gaspard nach Hause kam, fühlte er sich von einer inneren Qual aufgefressen. Sein Vater, Jean-Eudes, hatte diese Veränderung in ihm nicht bemerkt. Für ihn war Gaspard immer noch der introvertierte Junge, den er nicht hatte aufwachsen sehen, ein Junge, der trotz seiner Fähigkeiten in seinen Augen immer noch ein Kind war. Das verletzte ihn. Er erkannte, dass seine Macht ihm nicht nur die Möglichkeit gab, die Menschen, die er liebte, zu verteidigen. Sie gab ihm auch eine zerstörerische Kraft, von der er nicht sicher war, ob er sie beherrschen konnte.

An diesem Abend stand er in seinem Zimmer und blickte aus dem Fenster. Der Mond stand hoch am Himmel, aber er konnte sich den düsteren Gedanken, die ihm durch den Kopf gingen, nicht entziehen. Er hatte aus einem Impuls heraus gehandelt, motiviert durch den Wunsch nach Gerechtigkeit, aber im Grunde erkannte Gaspard, dass er lernen musste, mit seinen eigenen Grenzen umzugehen, genauso wie er lernen musste, mit seinen Kräften zu leben.

Die Welt war nicht so einfach, wie er geglaubt hatte. Menschen, selbst diejenigen, die er beschützte, konnten leiden, und manchmal konnte das Leid auch von ihm selbst ausgehen.

Er drehte sich zu seinem Schreibtisch um, nahm sein Notizbuch und begann zu schreiben. Wie immer halfen ihm Worte dabei, seine Gefühle zu verstehen. Aber er wusste, dass die Pubertät nicht nur aus einsamen Überlegungen in einem Zimmer bestand. Sie erstreckte sich auf Gesten, Entscheidungen und manchmal auch auf nicht wiedergutzumachende Fehler.

Der Einfluss der Eltern

Die Wochen nach dem Vorfall in der Schule waren von einer neuen Intensität in Gaspards Leben geprägt. Die Gespräche mit seiner Mutter Marie-Adeline nahmen eine tiefere Bedeutung an. Sie wusste, dass ihr Sohn eine schwere Last trug, die weitaus größer war als die eines jeden Teenagers. Als Mutter war sie immer für ihn da gewesen, aber sie verstand, dass die Macht, die er zu beherrschen gelernt hatte, eine doppelte Klinge war: Sie konnte schützen, aber sie konnte auch zerstören. Und das war der Punkt, den Marie-Adeline am meisten betonte.

- Du darfst deine Macht nicht von Wut oder Angst leiten lassen, Gaspard, sagte sie oft zu ihm. Du musst dich dafür entscheiden, mit Gerechtigkeit zu handeln, nicht mit Rache. Rache bringt nur Leid und Verwirrung. Gerechtigkeit hingegen führt zur Heilung.

Gaspard, der sonst so besonnen und ruhig war, wurde durch diese Worte zunehmend verunsichert. Er wusste, dass seine Mutter Recht hatte, aber manchmal erschien ihm die Grenze zwischen Gerechtigkeit und Rache so dünn und verschwommen. Wie konnte er sicher sein, dass seine Handlungen gerechtfertigt waren? Er erinnerte sich noch an den Blick von Jean-François oder Lucas in der Grundschule, dieser Ausdruck von Unverständnis, gemischt mit Dankbarkeit. Aber im Nachhinein sagte er sich, dass es nicht das war, was er, Gaspard, gewollt hatte. Er hatte nicht gewollt, dieses Leid zuzufügen. Er wollte nur, dass die Ungerechtigkeit aufhört. Aber war er zu weit gegangen?

In ihren langen Gesprächen half Marie-Adeline ihm, nachzudenken und seine tiefsten Beweggründe zu hinterfragen.

- Es ist der Kern deiner Absicht, der den Unterschied macht", erklärte sie ihr. Wenn du deine Kräfte nutzt, um Gutes zu tun, um diejenigen zu schützen, die sich nicht wehren können, dann handelst du gerecht. Wenn du aber versuchst, diejenigen zu bestrafen, die dir wehgetan haben, und sie leiden zu lassen, dann handelst du in Rache. Und das, Gaspard, wird dir niemals Frieden bringen.

Doch während er versuchte, diesen grundlegenden Unterschied zu verstehen, tauchte ein anderes Problem auf, das ihm näher lag. Sein Vater, Jean-Eudes, schien immer distanzierter und unempfänglicher für Gaspards Sorgen zu sein. Ihr Austausch wurde immer kälter, manchmal sogar angespannt. Jean-Eudes, der von seinem Geschäft und seinem Wunsch, die Autorität aufrechtzuerhalten, absorbiert war, sah in seinem Sohn nur einen zerbrechlichen jungen Mann, der nicht die nötigen Qualitäten besaß, um eines Tages das Familienunternehmen zu führen. In seinen Augen konnte Gaspard kein würdiger Erbe sein. Er warf ihm seine frühere Schüchternheit, seine scheinbare Unfähigkeit, die Zügel in die Hand zu nehmen, und seinen fehlenden Charakter vor.

Jean-Eudes war ein Mann mit rigiden Prinzipien, der von Erfolg, Image und Macht besessen war. Seine Welt drehte sich um Ergebnisse, das Konkrete, die Fakten. Er schätzte die Sensibilität seines Sohnes ab und noch mehr seine Macht, die er als Schwäche, als Quelle der Verwundbarkeit betrachtete. - Mit Zauberei wirst du kein Vermögen machen, Gaspard", sagte er regelmäßig zu ihm, in letzter Zeit jedoch auf eine viel härtere Art und Weise.

Du brauchst Mut und Ausdauer, keine Kräfte, die dich von äußeren Kräften abhängig machen. Ich brauche keinen Erben, der sich hinter seinen vermeintlichen Gaben versteckt.

Die Worte seines Vaters hallten in ihm nach, wie ein dumpfes Echo, das immer präsent war. Gaspard fühlte sich hin- und hergerissen zwischen dem Wunsch, seinem Vater seinen Wert zu beweisen, und dem wachsenden Bewusstsein, dass er nicht wie er war, dass er nicht wie er sein wollte. Doch Jean-Eudes schien das nicht zu verstehen. Er sah in seinem Sohn nicht jemanden, der das Familienunternehmen mit Strenge und Stärke führen konnte. Alles, was er erwartete, war, dass Gaspard seinem Beispiel folgte, dass er dieselben Werte des harten Wettbewerbs und der Kontrolle übernahm. Doch Gaspard war dafür nicht geschaffen. Er hatte einen Sinn für Gerechtigkeit, der sich nicht in Zahlen oder wirschaftlichen Ergebnissen messen ließ.
Als die Spannungen zwischen Vater und Sohn immer größer wurden, fühlte sich Gaspard unter Druck gesetzt. Er wollte den Erwartungen seines Vaters gerecht werden, aber wie sollte er das tun, wenn er das Gefühl hatte, dass diese Erwartungen unrealistisch waren? Wie sollte er so sein, wie Jean-Eudes ihn haben wollte, und gleichzeitig sich selbst treu bleiben? Seine schulischen Leistungen reichten nicht mehr aus, um seinen Vater zufrieden zu stellen. Er wollte, dass sein Sohn erwachsene Entscheidungen trifft, sich in die Firma einbringt und sich nicht mehr von moralischen Bedenken beherrschen lässt, die er für überflüssig und unfruchtbar hielt.

Eines Abends, nach einem schweigsamen Abendessen, war Jean-Eudes genervt von einem Kommentar, den

Gaspard über ein Familienprojekt gemacht hatte, und warf ohne Vorwarnung ein:
- Glaubst du, dass du mit deinen Träumen von Gerechtigkeit und Menschlichkeit die Welt regieren kannst? Schau dich um, Gaspard! Die Welt besteht aus Machtkämpfen, nicht aus guten Gefühlen.

Diese Bemerkung ließ etwas in Gaspard aufbrechen. Schmerz, Frustration und Verwirrung vermischten sich in seinem Geist. Er wusste tief in seinem Inneren, dass er sich dieser Vision nicht unterwerfen konnte. Aber gleichzeitig fühlte er sich von der Enttäuschung seines Vaters erdrückt, von diesem Gefühl, dass er, egal was er tat, niemals den Anforderungen genügen würde.

- Ich bin nicht wie du, Vater", antwortete er ruhig, aber mit einer neuen Entschlossenheit, einem Schimmer von Unabhängigkeit, der sich in seinen Augen abzeichnete. Ich kann nicht wie du sein. Vielleicht bin ich nicht für das Geschäft geschaffen. Vielleicht bin ich für etwas anderes bestimmt?

Jean-Eudes starrte ihn entgeistert an, bevor er den Blick abwandte, als hätte diese Enthüllung gerade etwas zwischen ihnen zerbrochen, etwas, das nie wieder repariert werden konnte.
In diesem Moment wurde Gaspard klar, dass es nicht mehr nötig war, um jeden Preis zu wollen oder zu versuchen, den Erwartungen seines Vaters zu entsprechen. Er musste sich selbst definieren, seinen eigenen Weg wählen, auch wenn das bedeutete, sich von allem zu entfernen, was er je gekannt hatte. Doch die Frage blieb: Wie sollte er seine Macht richtig einsetzen, wenn der Druck seines Vaters und die Last seiner eigenen Zweifel ihn daran hinderten, klar zu sehen?

Die Monate vergingen und die Spannungen in der Familie wuchsen. Marie-Adeline unterstützte ihren Sohn zwar in seinen Fragen, aber auch sie sah sich zwischen zwei Welten gefangen: die ihres Sohnes, der versuchte, seine Macht zu verstehen und sie weise einzusetzen, und die ihres Mannes, der sich weigerte, diese Veränderung zu akzeptieren, ebenso wenig wie sein unreifes Verhalten. Gaspard wusste, dass er bald eine Entscheidung treffen musste. Eine Entscheidung, die nicht nur seine Zukunft, sondern auch die Beziehung zu den Menschen um ihn herum bestimmen würde.

Gaspards Wahl

Die Monate vor dem Abitur waren für Gaspard eine Zeit des inneren Umbruchs. Die Last seiner Zukunft wurde immer schwerer, je näher er dem Ende seiner Schulzeit kam. Jeden Morgen, wenn er aufstand, hatte er das Gefühl, eine unsichtbare Last auf seinen Schultern zu tragen: auf der einen Seite der Druck seines Vaters Jean-Eudes, der von ihm erwartete, dass er einen vorgezeichneten Weg einschlug, und auf der anderen Seite seine eigenen Wünsche und Sehnsüchte, die sich immer weiter von den Erwartungen der Familie zu entfernen schienen.

Die Tage folgten aufeinander, aber die Nächte waren länger. Gaspard verbrachte Stunden damit, allein in seinem Zimmer nachzudenken, manchmal schaute er aus dem Fenster und beobachtete den Mond, der ihm in diesem inneren Sturm ein wenig Frieden zu schenken schien. Jedes Mal, wenn er die Augen schloss, war es, als würde sich alles in seinem Kopf überschlagen: die Stimme seines Vaters, die seiner Mutter, die Erwartungen seiner Lehrer und vor allem seine eigenen Überzeugungen, die wie eine langsame, aber unauslöschliche Flamme im Entstehen begriffen waren.

An diesen einsamen Nachmittagen, im gedämpften Licht seines Zimmers, ließ sich Gaspard von der Musik mitreißen. Die Lieder von Bob Dylan und Neil Young waren weit mehr als nur Melodien, die ihn bei seinen täglichen Überlegungen begleiteten; sie waren der rote Faden seiner Ideale, Melodien, die tief in ihm nachhallten, wie ein Echo seiner eigenen Sehnsüchte. Wenn er "The Best of Bob Dylan" hörte, wurde er in eine Welt versetzt, in der die poetischen und zugleich protestierenden Texte des Künstlers von Revolte, dem Streben nach Gerechtigkeit und Freiheit handelten. Dylan mit seinen rätselhaften und zugleich kraftvollen Liedern schien für Gaspard eine Art Wegweiser zu verkörpern. Seine Lieder wie "Blowin' in the Wind" oder "The Times They Are A-Changin'" gaben ihm das Gefühl, zu verstehen, was es bedeutete, für eine bessere Welt zu kämpfen, eine Welt, die nicht von Gewalt oder Herrschaft, sondern von Frieden, Liebe und Gerechtigkeit regiert wurde.

Neben ihm bot Neil Youngs Album "Harvest", das im selben Jahr 1972 erschien, eine andere Welt der Reflexion, die introspektiver, aber genauso voll von dieser sanften Rebellion war. Lieder wie "Heart of Gold", "Old Man" oder "The Needle and the Damage Done" schienen direkt zu seiner Seele zu sprechen. Neil Young gab ihr mit seiner kratzigen Stimme und seinen einfachen, aber ergreifenden Kompositionen das Gefühl, dass das Ideal des Friedens, das er verfolgte, keine Illusion war. Nein, es gab etwas Greifbares in diesem Aufruf zu Verständnis und Altruismus. Young sang über persönliche Verletzungen, aber auch über soziale Realitäten, die ihn tief berührten.

Die Momente, in denen er diesen Künstlern zuhörte, waren für Gaspard wie eine Katharsis. Er fühlte sich mit etwas Größerem verbunden, mit einer musikalischen Tradition des Protests und der Veränderung. Die Vorstellung, die er in diesen Stunden des Zuhörens mit geschlossenen Augen und auf den Knien ruhenden Händen nährte, war die eines Mannes auf der Suche nach Gerechtigkeit. Ein Mann, der wie Dylan und Young davon träumte, zu einer gerechteren, menschlicheren Welt beizutragen. Aber Gaspard hatte diese sanfte, fast naive Vision, die er sich zutiefst wünschte: Er sah sich in der Zukunft in der Rolle eines Vermittlers, eines Friedensbringers. Er wollte nicht nach Ruhm oder Geld streben. Er sehnte sich nicht nach Anerkennung oder Macht. Nein. Er sehnte sich nach etwas Reinerem: nach einer Existenz, die der Verteidigung der Menschlichkeit gewidmet war, dem Wiederaufbau von Leben, die durch Ungerechtigkeit zerstört wurden. Die Musik von Dylan und Young wurde für ihn zu einem melancholischen und zugleich hoffnungsvollen Soundtrack für diese Mission.

Sein Traum war der Traum des Altruismus, ein geforderter Altruismus ohne Bedingungen, ein Traum von einer Welt, in der die Menschen einander verstehen, in der Leid und Hass zugunsten von Liebe und Solidarität ausgelöscht werden. Er sah sich selbst als Teil dieser großen Bewegung, dieses stillen, aber beständigen Kampfes für den Frieden. Er war kein Revolutionär im klassischen Sinne, sondern eher ein friedlicher Idealist, ein Brückenbauer zwischen verlorenen Seelen, ein Anwalt für die Unterdrückten. Manchmal stellte er sich vor, wie er Fälle verteidigte, für die es kein Zurück gab, wie er Reden vor Gericht hielt, mit der gleichen Überzeugung wie ein feuriger Dylan, aber ohne Zorn, nur mit der Überzeugung, Gutes zu tun und Hoffnung zu geben.

Die Bilder, die sich in seinem Kopf bildeten, waren hell und hoffnungsvoll. Gaspard stellte sich vor, Teil dieser Generation zu sein, die die Welt veränderte und die Regeln neu machte. Aber natürlich wusste er tief in seinem Inneren auch, dass die Realität viel komplexer sein würde. Er wusste, dass das Eintreten für Frieden, Liebe und Gerechtigkeit bedeutete, auf Mauern der Gleichgültigkeit und des Widerstands zu stoßen. Aber im Moment nährte die Musik diesen Traum, schützte ihn vor der Bitterkeit und der Härte der Welt.

Seine Leidenschaft für die Folkmusik, diese "Peace and Love"-Kultur, war nicht einfach nur eine Flucht aus dem Alltag. Sie war der Nährboden, auf dem seine Werte keimten. Wenn er diese Lieder hörte, träumte er von einer Welt, in der Konflikte durch Gespräche und nicht durch Gewalt gelöst werden, in der Menschen nach ihren guten Taten beurteilt werden und nicht nach ihrer Macht oder ihrem Reichtum. Es war eine Utopie, gewiss, aber eine Utopie, die er verteidigen und weiterverfolgen wollte.

Zu dieser Zeit erkannte Gaspard noch nicht die Tragweite seiner Träume. Er wusste, dass er noch jung war, dass er sich in einer Ausbildungsphase befand, aber alles, was er sich damals wünschte, war, diese Ideale zu verkörpern. Er träumte von einer Zukunft, in der er vielleicht die Rechte der Schwächeren verteidigen könnte, in der er sich für Gleichheit einsetzen könnte, in der er ein Anwalt in einer gerechteren Welt wäre. Vielleicht würde dieses Ideal schwer zu erreichen sein, aber es war seine Wahl, sein Traum.

Im Moment begnügte er sich damit, diese Nachmittage des einsamen Zuhörens zu genießen. Sie waren sein Zufluchtsort, sein intimer Raum, in dem er ungestört träumen konnte, in dem er sich den Künstlern nahe fühlen konnte, die wie er daran glaubten, dass eine andere Welt möglich war, auch wenn sie weit weg schien.

Mit seiner Mutter Marie-Adeline sprach er oft über seine Zukunft. Sie war sanft und verständnisvoll und urteilte nie über ihn. Sie hörte ihm einfach zu, wie sie es immer getan hatte, und bot ihm ihre Ratschläge und Überlegungen an, ohne ihm jemals eine Wahl aufzuzwingen. Sie wusste, dass Gaspard ein tiefgründiger junger Mann war, der über eine große Sensibilität und einen ausgeprägten Sinn für Gerechtigkeit verfügte. Darin lag ihr eigentlicher Kampf: Wie konnte sie diesen Gerechtigkeitssinn mit einer Welt - der Welt ihres Vaters - verbinden, in der alles von wirtschaftlichen Prinzipien, Konkurrenz und Herrschaft bestimmt wurde.

- Ich will nicht in Papas Fußstapfen treten", vertraute er ihr eines Abends nach langem Nachdenken an. Ich will dieses Leben nicht. Ich will keine Firma leiten, ich will Anwalt werden. Ein Anwalt, der diejenigen verteidigt, die keine Stimme haben. Das ist meine wahre Leidenschaft.
Marie-Adeline sah ihn an und ein zartes Lächeln umspielte ihre Lippen.
- Ich verstehe dich, mein Schatz. Und ich bin stolz auf dich, dass du das erkennst. Ich weiß, es ist nicht leicht, sich damit auseinanderzusetzen, was von einem erwartet wird und was man sich wirklich wünscht. Aber du musst deinem Herzen folgen. Und dein Herz sagt dir, dass es dazu bestimmt ist, sich für andere einzusetzen.

Gaspard spürte in ihr eine tröstende Wärme. Seine Mutter hatte keine großen materiellen Ambitionen für ihn, aber sie hatte einen großen Ehrgeiz für sein Glück, für seine Selbstverwirklichung. Sie glaubte an seine Fähigkeiten und an seine Macht, etwas zu verändern. Das berührte ihn zutiefst. Marie-Adeline zwang ihn nie, jemand anderes zu sein. Sie glaubte an seine Fähigkeit, der zu werden, der er sein wollte, selbst wenn das bedeutete, Wege zu gehen, die den Wünschen seines Vaters zuwiderliefen.

- Ich möchte für diejenigen da sein, die ungerecht behandelt wurden, für diejenigen, die nicht die Mittel haben, sich zu verteidigen. Ich will nicht nur ein Anwalt sein. Ich will derjenige sein, der hilft, der schützt, der repariert. Ich will, dass man weiß, dass man auf mich zählen kann, dass ich für die Wahrheit kämpfen werde", vertraute er sich selbst an.

Diese Worte hallten jeden Tag in seinem Kopf wider und verankerten sich immer mehr in ihm. Das Bedürfnis nach Gerechtigkeit war sein Antrieb, stärker als alles andere. Er verstand nun, dass seine Berufung zum Anwalt eine Antwort auf seine eigenen inneren Kämpfe war. Seine Macht, auch wenn er sich manchmal davor fürchtete, verstärkte diese Überzeugung nur noch. Er erkannte, dass er, wenn er nicht mit großer Verantwortung handelte, Gefahr lief, der Versuchung der Arroganz oder des Missbrauchs zu verfallen. Er musste lernen, seine Gaben zur Wiedergutmachung und nicht zur Bestrafung einzusetzen. Er wollte derjenige sein, der Fairness und Wahrheit verkörperte, derjenige, der nicht nur urteilte, sondern auch Lösungen anbot.

Aber jeden Tag stand der Schatten seines Vaters zwischen ihm und seinem Traum. Jean-Eudes war kein Mann, der leicht zu überzeugen war. Jedes Mal, wenn er das Thema von Gaspards Zukunft ansprach, kam er immer wieder auf die gleichen Argumente zurück: "Du bist zu idealistisch, Gaspard. Die Welt ist nicht für Träume gemacht. Sieh dich um. Alles dreht sich um Macht und Durchsetzungsvermögen. Ich will nicht, dass du als Träumer endest, der nicht in der Lage ist, sich der Realität zu stellen."

Jean-Eudes verstand in seiner engen Sichtweise nicht, dass für Gaspard die Realität, die er aufbauen wollte, auf Ethik, auf Gerechtigkeit, diesem tief in ihm verankerten Wunsch, beruhte. Er glaubte, dass sein Sohn sich mit seiner Entscheidung, Anwalt zu werden, in eine Illusion der Gerechtigkeit stürzte, die er nie wirklich verwirklichen konnte. Er wollte, dass sein Sohn das Familienunternehmen übernahm, dass er der Mann wurde, der er in seiner eigenen Jugend nicht hatte sein können, dass er die Linie fortsetzte, dass er sich in dieser Welt aus

Eisen und Zahlen durchsetzte. Obwohl Jean-Eudes nie irgendein Interesse daran gezeigt hatte, ihn auf diesen Weg des materiellen wie auch kulturellen Erbes zu führen.

Aber Gaspard wusste innerlich, dass ihn das nie erfüllen würde. Er hätte alles opfern können, um zu versuchen, seinen Vater zufrieden zu stellen, aber das konnte er nicht. Die Vorstellung, Anwalt zu werden, Unschuldige zu verteidigen und für eine gerechte Sache zu kämpfen, faszinierte ihn. Er hatte diese Gewissheit, die in ihm brannte, eine Überzeugung, die nicht unterdrückt werden konnte: Er musste diese Wahl für sich selbst treffen und nicht, um seinem Vater zu gefallen.

Die Gespräche mit ihrer Mutter wurden häufiger und immer tiefgründiger.
- Mama, was ist, wenn ich es nicht schaffe? Wenn ich es nicht schaffe, meinen Platz in dieser Welt zu behaupten? Wenn ich von all dem, was mir entgeht, überwältigt werde?", fragte er sich und legte seinen Kopf auf die Schulter seiner Mutter.
Marie-Adeline antwortete ihm ruhig und mit einer Weisheit, die aus der Tiefe ihres Herzens kam:
- Du hast bereits alles in dir, was du brauchst, mein Sohn. Du hast eine Macht in dir, aber was noch stärker ist als diese Macht, ist dein Herz, dein Wille, das Richtige zu tun. Wenn du dich dafür entscheidest, deinem Weg zu folgen, dem Weg, der dein eigener ist, wirst du nicht vom Weg abkommen. Und selbst wenn der Weg schwierig ist, selbst wenn du auf Hindernisse stößt, wirst du immer einen Weg finden, sie zu überwinden, denn du hast diese Flamme, die in dir brennt.

Abends, vor dem Schlafengehen, fand sich Gaspard oft im Halbdunkel seines Zimmers wieder, in Gedanken versunken. Manchmal schloss er die Augen und stellte sich vor, in einem Gerichtssaal zu sitzen, für jemanden zu plädieren, starke und eindringliche Worte zu sprechen, die Tirade für ein hochkarätiges Plädoyer, das nach Gerechtigkeit strebte. Er stellte sich vor, wie er Unschuldige verteidigte, wie er die Masken der Unterdrücker fallen ließ. Das war sein wahrer Ehrgeiz: dieser Verteidiger, dieser Kämpfer für Recht und Wahrheit zu sein.

Während er sich auf sein Abitur vorbereitete, wuchs dieser Gedanke wie selbstverständlich in ihm heran. Es war egal, was sein Vater dachte. Egal, was die Gesellschaft von ihm erwartete. Gaspard wusste, dass er für einen anderen Weg bestimmt war, einen Weg, auf dem er frei sein konnte, sich für die Gerechtigkeit zu entscheiden und sie denjenigen zugänglich zu machen, die sie am meisten brauchten.

"Ich werde Anwalt werden. Und ich werde für das kämpfen, was richtig ist", dachte er in dieser Nacht und Entschlossenheit prägte seinen Geist. Den Rest würde er sich selbst aufbauen. Egal, wie viele Opfer er bringen musste, egal, wie groß die Distanz zwischen ihm und seinem Vater wurde. Weil er tief in seinem Inneren wusste, dass er diese Stimme, dieses Streben nach Gerechtigkeit, das sein Herz verbrannte, nicht ignorieren konnte. Es war stärker als alles andere. Und es war sein eigener Weg.

Kapitel 3

Kampf für Gerechtigkeit

Mit 18 Jahren durchschritt Gaspard die Tore der Universität La Rochelle, ein Schritt, den er mit Ungeduld erwartet hatte. Fernab von den Sorgen des Gymnasiums, den missbilligenden Blicken seines Vaters und den lastenden Erwartungen, die zu Hause herrschten, fand er einen Raum der Freiheit, einen Ort, an dem er sich voll und ganz seinem Jurastudium, seiner wahren Leidenschaft, widmen konnte. Die Universität mit ihrem studentischen Ambiente und ihrer für Reflexionen offenen Atmosphäre war ein intellektueller Spielplatz, auf dem Gaspard sich endlich von den Fesseln befreien konnte, die seine Jugendzeit geprägt hatten.

Er war die Art von Schüler, die sich mühelos auszeichnete. Seine akademischen Leistungen waren hervorragend, er gehörte immer zu den besten seines Jahrgangs. Im Unterricht wurde er nicht nur wegen seines Fachwissens respektiert, sondern auch wegen seiner Fähigkeit, die Feinheiten menschlicher Situationen zu verstehen. Sein Einfühlungsvermögen, sein aufmerksames Zuhören und sein Sinn für Gerechtigkeit machten ihn zu einem von Lehrern und Mitschülern geschätzten Hörsaalkameraden. Gaspard wusste jedoch, dass er mehr als nur ein brillanter Student war. Er trug ein Geheimnis in sich, eine Fähigkeit, die er mit niemandem teilte. Eine Fähigkeit, die er nie ganz beherrscht hatte, von der er aber wusste, dass sie mächtig und potenziell gefährlich war: seine Fähigkeit, den Geist zu manipulieren, und die Folgen, die dieses übernatürliche Talent verursachen konnte.

Er setzte sie selten ein, fast nie, denn er wusste, wie verlockend es sein konnte, den leichten Weg zu gehen. Aber manchmal, in Situationen, in denen die

Ungerechtigkeit zu offensichtlich war, zögerte Gaspard nicht, seine Macht auf subtile, diskrete Weise einzusetzen. Es war nicht etwas, das er leichtfertig tat. Jede Handlung war wohlüberlegt und maßvoll. Er wusste, dass seine Gabe Konflikte lösen, Spannungen abbauen und vor allem Unschuldige verteidigen konnte. Dies verlangte von ihm stets Kontrolle und Beherrschung seiner Selbstbeherrschung. Aber er war sich auch bewusst, dass eine solche Fähigkeit ihn leicht in eine gefährliche Spirale ziehen konnte, wo man anfängt, aus persönlichen oder egoistischen Gründen zu manipulieren. Das war nicht das, was er wollte. Er wollte schützen, nicht beherrschen.

Obwohl Gaspard einen intellektuellen Weg eingeschlagen hatte - die Welt der Rechtswissenschaften -, hatte er einen der komplexesten und geheimsten Teile seiner selbst nicht vergessen: seine Fähigkeit zur mentalen Manipulation. Diese Fähigkeit, die er als Teenager entdeckt hatte, war Segen und Fluch zugleich. Es war eine Kraft, die er nicht vollständig verstand, von der er aber wusste, dass sie die Gedanken und Gefühle anderer manipulieren und manchmal sogar auf subtile und unmerkliche Weise kontrollieren konnte. Er hatte gelernt, sie mit Bedacht einzusetzen, und obwohl die Versuchung, sie für persönlichere Zwecke zu nutzen, durchaus vorhanden war, war Gaspard entschlossen, sie nicht zu missbrauchen.
Er war sich dieses gespannten Fadens, auf dem er sich sich immer im Gleichgewicht fühlte. Seine Macht auf egoistische Weise zu nutzen oder um Menschen für unfaire Zwecke zu manipulieren, war nicht Teil seiner Vision. Es lag ihm fern, die Gedanken anderer zu erzwingen oder diese Fähigkeit zu nutzen, um sich persönliche Vorteile zu verschaffen. Für ihn ging es um etwas ganz anderes: diejenigen zu schützen, die sich nicht wehren konnten, stille Ungerechtigkeiten zu beenden und, wenn nötig, in

Momenten der Verletzlichkeit oder Not die Realität zu beeinflussen - immer für das Gute.

So lernte er im Laufe der Monate, die er an der Universität verbrachte, diesen Aspekt seiner selbst zu beherrschen. Die Situationen, die sich ihm boten, wurden zu Gelegenheiten, seine Grenzen auszutesten und sich selbst an die Wichtigkeit seiner Mission zu erinnern. Gaspard war in der Lage, Ungerechtigkeiten in seiner Umgebung mit großem Scharfsinn zu erkennen, sei es in sozialen Beziehungen, zwischenmenschlichen Beziehungen oder sogar in größeren Zusammenhängen, in denen Ungleichheit und Manipulation vorherrschten. Er setzte seine Macht jedoch nur als letztes Mittel ein und stets mit einer gewissen Zurückhaltung.

Ein prominentes Beispiel für den subtilen Einsatz seiner Macht ereignete sich in einer Strafrechtsvorlesung, in der er mit einer Debatte über die Todesstrafe konfrontiert wurde. Einer seiner Mitschüler, ein brillanter, aber selbstverliebter junger Mann, vertrat eine besonders gewalttätige und radikale Position und plädierte für die Todesstrafe für bestimmte Verbrechen, die er für unverzeihlich hielt. Der Ton der Debatte wurde immer schärfer und die Gruppe spaltete sich. Gaspard, der sich der Intensität des Konflikts bewusst war, spürte einen seltsamen Zornausbruch angesichts der Arroganz und Intoleranz seines Mitschülers. Er konnte den Hass und die Kälte hinter seinen Worten spüren.
Anstatt brutal zu reagieren oder zu versuchen, frontal zu widersprechen, entschied er sich für eine diskretere Intervention. Er nutzte seine Macht, um die emotionale Intensität der Situation zu mildern, indem er zunächst die Haltung seines Mitschülers subtil beeinflusste, ihn empfänglicher und weniger dogmatisch machte. Einige

vage, aber kraftvolle Gedanken wurden in seinen Geist gesät, die ihn zu einer differenzierteren Sicht der Debatte neigten. Es war eine leichte Geste, fast unsichtbar für die anderen, aber Gaspard wusste, dass der junge Mann in seinen Gedanken beginnen würde, seine Position zu überdenken, ohne dass er es bemerkte.

Dies beschränkte sich nicht auf intellektuelle Konflikte in den Klassenzimmern. Manchmal beobachtete Gaspard Szenen auf der Straße oder in der Bibliothek, in denen er sah, wie Unschuldige schikaniert oder ignoriert wurden. In solchen Momenten gewann sein Beschützerinstinkt die Oberhand. Er setzte dann seine Kräfte ein, um eine Art Gerechtigkeit herzustellen und unauffällig einzugreifen. Aber er achtete immer darauf, nicht zu weit zu gehen, nicht die unsichtbare Grenze zu überschreiten, die seine Fähigkeit in ein Herrschaftsinstrument verwandeln könnte.

Gaspard war sich über die Gefahren dieser Situation im Klaren. Wenn er sich zu sehr mitreißen ließ, wusste er, dass sich dieser subtile Einfluss in etwas viel Heimtückischeres verwandeln konnte. Gedankenkontrolle war eine mächtige Waffe, und er war sich bewusst, dass sie das Wesen menschlicher Beziehungen verändern konnte. Als er älter wurde, wurde er immer weiser und nachdenklicher. Er sagte sich immer wieder, dass er seine Macht nur als letztes Mittel einsetzen sollte, wenn die Situation nicht auf konventionellere Weise gelöst werden konnte.

Die Frage, die ihn verfolgte, war, wo er die Grenze ziehen sollte. Wo lag die Grenze zwischen dem Schutz Unschuldiger und dem Missbrauch von Macht? Auf diese Frage gab es keine einfache Antwort. Aus diesem Grund legte er sich selbst eine strenge Disziplin auf. Jede Handlung, jeder Gedanke, den er bei anderen beeinflusste, wurde sorgfältig abgewogen. Er wusste, dass er, wenn er jemals die Grenze überschreiten würde, Gefahr lief, sich selbst in einer Welt zu verlieren, in der die Manipulation zur Norm und nicht zu einer außergewöhnlichen Tat werden würde.

Manchmal, in Momenten des Zweifels, vertraute er sich seiner Mutter an, die immer seine treueste Vertraute gewesen war. Marie-Adeline hörte ihm aufmerksam zu, ohne ihn jemals zu verurteilen, und erinnerte ihn immer wieder daran, dass wahre Gerechtigkeit nicht im Gebrauch von Macht zu finden ist, sondern in der Fähigkeit, zu erkennen, was richtig ist, und dafür zu kämpfen, ohne Kompromisse bei seinen Prinzipien einzugehen.

Gleichzeitig wusste sie aber auch, dass Gaspard seiner eigenen Natur nicht entkommen konnte. Er war zu intelligent, zu sensibel für das menschliche Leid, um sich damit zufrieden zu geben, im Schatten zu bleiben. Vielleicht, so sagte sie manchmal mit einem Lächeln, würde er diese Fähigkeit eines Tages in eine noch größere Stärke verwandeln können, eine Stärke, die er nicht zur Manipulation, sondern zur Führung, zum Schutz und vor allem zur Heilung einsetzen könnte.
Vorerst blieb Gaspard jedoch seinem Prinzip treu: Er würde seine Gaben sparsam einsetzen, mit der einzigen Vision, Gutes zu tun, und dabei nie ins Extreme abgleiten. Denn tief in seinem Inneren wusste er, dass wahre Gerechtigkeit nicht in der Manipulation des Geistes lag, sondern in der Fähigkeit, das Richtige zu verteidigen, für das Gemeinwohl zu handeln und die Schwächsten zu schützen, ohne jemals seine Werte aufzugeben.

Die meiste Zeit jedoch begnügte sich Gaspard damit, der ernsthafte Student zu sein, der er geworden war. Jura war ein Fach, das er mit aufrichtiger Leidenschaft gewählt hatte, aus der tiefen Überzeugung heraus, dass er seine eigene Vision einbringen konnte. Er liebte es, Gesetze zu zerlegen, die Funktionsweise der Justiz zu verstehen und darüber nachzudenken, wie das System verbessert werden könnte. Doch jenseits von Büchern und Vorlesungen gab es etwas in ihm, eine Art innere Flamme, die mit gleicher Intensität brannte. Gaspard war entschlossen, die Dinge zu ändern und zu verbessern, aber er wusste, dass er dies nur durch harte Arbeit, Ausdauer und Ehrlichkeit erreichen konnte.

Abends, nach dem Unterricht, entspannte sich Gaspard auch gerne. Er war nicht nur ein konzentrierter und ernsthafter Schüler, er wusste auch, wie man das Leben genießt. Er verbrachte Zeit mit Freunden, die wie er große Ambitionen hatten. Diese Freunde teilten seine Ideale, seine Vision von einer gerechteren Welt, und die Diskussionen bei Kaffee oder Bier waren immer anregend. Sie sprachen über Politik, Recht, aber auch über alles und nichts, über die Zukunft und die Liebe. Sie träumten gemeinsam von einer besseren Welt, von notwendigen Reformen und großen Zielen, die es zu verteidigen galt. Die festlichen Abende waren eine Flucht, ein Moment, um nach den mit Nachdenken und Arbeit gefüllten Tagen abzuschalten. Fernab von den Sorgen der Universität und dem Ehrgeiz, erfolgreich zu sein, erlaubten diese Momente der Entspannung Gaspard, ein wenig Leichtigkeit wiederzufinden, zu lachen, ohne an all das zu denken, was auf seinen Schultern lastete.

Aber trotz seiner neuen Freundschaften und des Universitätslebens, das er genoss, sehnte sich Gaspard auch nach seinen Wurzeln, nach seiner Familie. Die Wochenenden auf dem Familiensitz waren für ihn zu wichtigen Momenten geworden. Sie ermöglichten es ihm, wieder mit seiner Mutter Marie-Adeline in Kontakt zu treten und sich der Dunkelheit zu stellen, die sein Vater Jean-Eudes in seinen Gedanken immer mit sich herumzutragen schien. Jeder Besuch zu Hause war zwar in vielerlei Hinsicht tröstlich, aber auch von Anspannung geprägt. Jean-Eudes, der immer so distanziert war, verstand nicht, warum sein Sohn Jura studierte. Er war der Meinung, dass er sein Potenzial vergeudete, dass er für diese Art von Karriere nicht geeignet war. Für ihn war Gaspard ein Idealist, ein Träumer, jemand, der noch nicht begriffen hatte, was das Leben wirklich bedeutete. Innerlich gab er zu, dass Gaspard das Zeug dazu hatte, das Familienunternehmen zu übernehmen, aber er sagte ihm nie ein Wort darüber. Aus Stolz oder Feigheit angesichts seiner eigenen Widersprüche. Und seiner Meinung nach war das Recht nur eine Ablenkung.

Die Familienmahlzeiten waren oft von Unausgesprochenem geprägt. Gaspard spürte den Druck seines Vaters bei jedem Wort, das er wechselte, bei jedem Kommentar, den er zu seinen Zukunftsplänen machte. Jean-Eudes war ein pragmatischer Mann, der den Idealismus seines Sohnes nicht zu schätzen wusste. Für ihn bestand die Zukunft aus praktischen Entscheidungen, aus Geschäften und nicht aus abstrakten Konzepten über Gerechtigkeit. Jedes Mal bemühte sich Gaspard, ruhig zu bleiben und sich nicht von der Frustration mitreißen zu lassen. Er wusste, dass sein Vater seine Entscheidungen nie akzeptieren würde, aber er wollte sich nicht von seiner Kritik brechen lassen.

Marie-Adeline hingegen war ein fester Anker für Gaspard. Sie sagte nichts, aber ihre Blicke und ihr Schweigen beruhigten ihren Sohn. Sie erzählte ihm von seinen

Plänen, seinen Bestrebungen und gab ihm kluge und liebevolle Ratschläge. In solchen Momenten fand er Trost und fühlte sich wirklich zu Hause. Seine Mutter war seine unerschütterliche Stütze, diejenige, die an ihn glaubte, wenn die Welt skeptisch schien.

Gaspard merkte, dass er sich verändert hatte. Er war nicht mehr der schüchterne Teenager, der seinen Platz suchte. Er war zu einem jungen Mann mit tiefen Überzeugungen geworden, einem Mann, der sich trotz seiner Macht für den Weg der Integrität und des Respekts für andere entschieden hatte. Ihm war klar, dass sein Weg nicht leicht sein würde. Er würde sich mit den Forderungen seines Vaters und der Gleichgültigkeit der Gesellschaft auseinandersetzen müssen, aber er wusste auch, dass er seine Träume nicht aufgeben konnte. Die Juristerei war sein Weg, seine Art, für eine bessere Welt zu kämpfen. Eines Tages würde er Anwalt werden und die Unschuldigen, die Unterdrückten und diejenigen verteidigen, die nicht die Chance haben, gehört zu werden.

Aber im Moment ging er seinen Weg weiter, zwischen der Universität und dem Familienhaus, zwischen seinem Studium und seinen freien Momenten, zwischen seinen Idealen und der Realität der Welt um ihn herum. Er wusste, dass es schwierig sein würde, das Gleichgewicht zu halten, aber er war bereit, sich dieser Herausforderung zu stellen. Denn tief in seinem Inneren war er sich sicher: Er würde nicht aufgeben. Er würde seine Träume von Gerechtigkeit und Frieden wahr werden lassen, und eines Tages würde er seine Macht einsetzen, nicht um Rache zu üben oder zu herrschen, sondern um zu schützen und zu heilen.

Nachdem Gaspard seinen Doktortitel in Rechtswissenschaften erhalten hatte, fühlte er sich sehr stolz. Dieser Abschluss, den er relativ leicht erlangt hatte, weil er sich so sehr für Recht und Gesetze begeisterte, war die Erfüllung vieler Jahre harter Arbeit und Aufopferung. Er wusste, dass der Weg, den er zurückgelegt hatte, nicht einfach gewesen war, aber jedes Hindernis, jeder Zweifel und jeder Moment, in dem er sich selbst in Frage stellte, hatte seine Entschlossenheit geschmiedet. Er hatte immer davon geträumt, Anwalt zu werden, die Rechte von Unschuldigen und vermeintlich Schuldigen zu verteidigen und seinen Beitrag zu einem gerechteren Rechtssystem zu leisten.

Gleich nach seiner Ankunft in der Berufswelt stellte Gaspard fest, dass die Realität des Anwaltsberufs viel komplexer war, als er sich vorgestellt hatte. Er hatte die Wahl: Entweder suchte er eine Anwaltskanzlei, die ihm eine Stelle als Partner mit der Möglichkeit, an größeren Fällen zu arbeiten, anbieten konnte, oder er beschloss, sich in das Abenteuer der Eröffnung einer eigenen Anwaltskanzlei zu stürzen. Beide Optionen reizten ihn, aber er wusste auch, dass die Entscheidung für das eine oder andere mit einer Menge Verantwortung einhergehen würde.

Er entschied sich dafür, der Anwaltskammer des Gerichts beizutreten, um mit seiner Tätigkeit zu beginnen. Es war ein bescheidener Anfang, aber es ermöglichte ihm, sich mit der Realität vor Ort vertraut zu machen. Seine Arbeit bestand hauptsächlich darin, Fälle zu übernehmen, in denen die Angeklagten sofort vor Gericht gestellt wurden, also Notfälle, in denen die Angeklagten schnell abgeurteilt wurden, manchmal ohne dass eine echte Verteidigung aufgebaut wurde. Gaspard nahm diese Fälle an, weil er an die Bedeutung der Gerechtigkeit glaubte, selbst in Fällen, in denen der Druck groß und die Fristen kurz waren.

Bei diesen Fällen handelte es sich oft um einfache, aber auch um die drängendsten Fälle. Die Angeklagten befanden sich oft in schwierigen Situationen, manchmal wurden sie zu Unrecht beschuldigt oder waren Opfer äußerer Umstände. Gaspard verteidigte leidenschaftlich, aber er wusste, dass das System der unmittelbaren Vorführung keine umfassende Verteidigung zuließ. Die Zeit war begrenzt und die Anwälte waren oft gezwungen, sich mit unvorbereiteten Fällen zu befassen, die Fakten zu überfliegen, ohne auf die Schlüsselelemente eines Falles näher eingehen zu können. Dies beunruhigte ihn zutiefst. Ziemlich frustrierend, wenn die eigentliche Notwendigkeit darin besteht, angesichts einer Schnellgerichtsbarkeit auf der Höhe der Zeit zu sein.

Er wollte sich nicht mit solchen kurzfristigen Fällen begnügen, so wichtig und notwendig sie auch im Rahmen des Zugangs zur Justiz für alle sein mögen. Gaspard sehnte sich danach, an ernsthafteren, längeren Fällen zu arbeiten, in denen er sich wirklich engagieren konnte, sich die Zeit nehmen konnte, jedes Detail zu studieren, Beweise zu prüfen und eine gute Verteidigung vorzubereiten, ohne den Druck dringender Fristen. Er träumte davon, komplexere Fälle zu verteidigen, tiefere Ungerechtigkeiten zu bekämpfen, wo er seine Talente konstruktiver einsetzen konnte.

In Gaspards Kopf nahmen Idealismus und Ethik bei diesen Überlegungen einen wichtigen Platz ein. Obwohl er sich bereit erklärt hatte, sich zunächst mit dringenden und schnellen Fällen zu befassen, wusste er, dass er, um seinem wahren Ehrgeiz gerecht zu werden, einen Weg finden musste, sich von dieser Art von Arbeit zu entfernen und sich auf bedeutungsvollere Fälle zu konzentrieren. In der Realität wusste er jedoch, dass er dafür einen soliden Ruf aufbauen müsste. Das war eine langwierige Aufgabe. Es galt, ein Gleichgewicht zu finden zwischen dem Wunsch, die Ärmsten der Armen, die Schutzbedürftigen, zu verteidigen und ihnen zu dienen, und der Möglichkeit, an substanzielleren Fällen zu arbeiten, in denen er wirklich etwas bewirken konnte.

Die ersten Jahre waren schwierig, wie er es erwartet hatte. Seine Tage waren lang und sein Terminkalender vollgestopft mit sofortigen Vorladungen und Fällen, die unter Zeitdruck verteidigt werden mussten. Gaspard war jedoch ein Perfektionist. Jeder Fall war für ihn eine Gelegenheit, sein Engagement für die Gerechtigkeit unter Beweis zu stellen. Er kämpfte für jeden Angeklagten mit all der Energie, die er aufbringen konnte, aber in seinem Herzen wusste er, dass er sich nach mehr sehnte.

Abgesehen von diesen Routinefällen begann Gaspard, sich in der Rechtswelt einen Namen zu machen. Seine menschliche Art, sein aufrichtiger Wunsch, anderen zu helfen, sowie sein scharfer Intellekt und seine Fähigkeit, die Schwachstellen des Rechtssystems zu erkennen, begannen, ihm interessantere Möglichkeiten zu eröffnen. Nach und nach baute er sich einen Ruf als integrer und rigoroser junger Anwalt auf, jemand, dem man auch komplexere Fälle anvertrauen konnte.

Doch dieser Ruf würde nicht ausreichen, um seine Träume zu verwirklichen. Er wusste, dass er noch weiter gehen musste. Er musste einen Weg finden, an wichtigere Fälle heranzukommen, er musste sich in Kreisen bekannt machen, in denen wichtigere Fälle bearbeitet wurden.

Vielleicht würde eines Tages eine angesehene Kanzlei an ihn herantreten und ihm eine Stelle als Partner anbieten. Sollte er diese Gelegenheit jedoch nicht finden, würde Gaspard nicht zögern, den Schritt zu wagen und seine eigene Kanzlei zu eröffnen. Er hatte genug Vertrauen in seine Fähigkeiten und Werte, um das Abenteuer alleine zu wagen.

Er befand sich an einem Wendepunkt seiner Karriere. Sein Ziel war klar: Er wollte einen echten Wandel im Justizsystem herbeiführen und denjenigen, die eine würdige und gründliche Verteidigung benötigten, eine solche bieten. Er wollte, dass jeder Fall, den er übernahm, ein Kampf um die Wahrheit war, eine Suche nach Gerechtigkeit in ihrer reinsten Form. Aber er wusste auch, dass er dies nur erreichen konnte, wenn er sich Schritt für Schritt nach oben arbeitete, sich in der Szene einen Namen machte und seinem Ethos treu blieb.

Gaspard hatte den Kern seines Werdegangs nicht vergessen. Seine Fähigkeit zur mentalen Manipulation blieb ein geheimer Teil, der nicht für persönliche Zwecke genutzt wurde. Jeden Tag entschied er sich dafür, für die Gerechtigkeit einzutreten, ohne jemals der Versuchung zu erliegen, sie zu nutzen, um eine Situation zu beeinflussen oder zu manipulieren. Denn tief in seinem Inneren wusste er, dass wahre Gerechtigkeit nicht in der Kontrolle des Geistes lag, sondern in der Integrität seiner Handlungen und Entscheidungen. Das war die wahre Aufgabe seines Lebens: für Gerechtigkeit einzutreten, aber dies auf faire Weise zu tun, ohne Kompromisse.

Gaspards erste Jahre als Anwalt waren geprägt von einem ständigen Kampf zwischen seinem Willen, den Prinzipien, die er sich selbst auferlegt hatte, zu entsprechen, und der Realität der Gerechtigkeit, die sich ihm bot. Jeden Tag sah er sich mit Situationen konfrontiert, in denen die Ungerechtigkeit größer war, als er sie sich als Student vorgestellt hatte. Seine Tage waren lang, vollgestopft mit Akten und sofortigen Vorladungen, aber mehr noch, jeder Fall schien ihn mit einer rohen und brutalen Ungerechtigkeit zu konfrontieren.

Wo immer ihn seine Arbeit hinführte, konnte er das Leid, das er um sich herum sah, nicht ignorieren. Ob in den Gängen des Gerichts, wo die Angeklagten unter prekären Bedingungen marschierten, oder vor den Richtern, die ihren Fällen nie mehr als einen abwesenden Blick zu schenken schienen, fühlte Gaspard eine tiefe Ungerechtigkeit. Seine jahrelange Ausbildung hatte ihn auf die Feinheiten des Rechts vorbereitet, aber nichts hatte ihn auf die Unmenschlichkeit mancher Situationen vorbereitet.

Eine der größten Frustrationen, die er erlebte, war die Begegnung mit Richtern oder Justizbehörden, die gegenüber wehrlosen Angeklagten Verachtung oder Gleichgültigkeit zeigten. Gaspard war besonders empfindlich für diese Momente, in denen sich die Ineffizienz des Gesetzes, seine kalte Willkür, auf die roheste Weise zeigte: ein verächtlicher Blick, eine sarkastische Bemerkung, eine schnelle Entscheidung ohne Rücksicht auf die Umstände. Hier spürte er in seinem tiefsten Inneren den unwiderstehlichen Drang seiner Macht. Oft fand er sich in einer Verteidigungshaltung wieder, nicht nur für seinen Klienten, sondern für die Menschheit, die er durch diese systematische Kälte bedroht sah.

Die Richter, die am aggressivsten waren und deren Verachtung aus jedem Wort sprach, lösten in ihm eine tiefe Wut und eine echte Revolte aus. Angesichts dieser autoritären Figuren fühlte sich Gaspard verwundbar, gefangen in einem System, von dem er glaubte, dass es Gerechtigkeit verkörperte, das aber manchmal nur die Ungerechtigkeit legitimierte. In solchen Momenten baute sich in seinem Geist eine Spannung auf. Sein Körper und seine Seele reagierten augenblicklich, eine Art Verteidigungsrausch gegenüber dem Unterdrückten, gegenüber demjenigen, von dem er wusste, dass er von der Institution selbst überwältigt wurde. Er spürte diese fast animalische Kraft, die bereit war, auszubrechen, ein viszerales Bedürfnis, die Dinge an ihren Platz zu rücken, sich denjenigen zu stellen, die die Unterdrückung verkörperten.

Er wusste, dass er sich beherrschen musste, dass die Versuchung, auf seine Kräfte zurückzugreifen, immer da war. Aber jedes Mal, wenn die Frustration aufstieg, musste Gaspard an eine größere innere Disziplin appellieren, an eine Fähigkeit zur Selbstbeherrschung, die einen beständigen Willen erforderte. Er hatte gelernt, seine Gabe nicht die Oberhand gewinnen zu lassen und zu vermeiden, sie um jeden Preis einzusetzen. Denn tief in seinem Inneren wusste er, dass die Macht dessen, was er tun konnte, nicht ohne Folgen blieb. Die Auswirkungen seiner Gedankenmanipulation waren manchmal unkontrollierbar und er hatte in der Vergangenheit erlebt, wie sehr er die Menschen, die er berührte, aufwühlen konnte, manchmal weit über das hinaus, was er gewollt hätte. Dieser

Gedanke reichte oft aus, um ihn zur Vernunft zu bringen. Doch bei jeder neuen Gelegenheit, bei der er einen Mandanten gegen Ungerechtigkeit verteidigen musste, verspürte er eine tiefe Frustration. In manchen Prozessen, in denen er einem besonders verächtlichen Richter gegenüberstand, wusste Gaspard, dass die Verteidigung, die er seinen Mandanten bieten konnte, bei weitem nicht ausreichte. Er wusste genug, um zu verstehen, dass diese Fälle nicht mit der Aufmerksamkeit behandelt wurden, die sie verdienten. Die Richter in ihrem Elfenbeinturm konnten die Menschlichkeit jedes Falles, den sie so kalt beurteilten, nicht erfassen. Und wieder einmal klopfte das Bedürfnis, zu verteidigen, zu schützen und den Anschein von Gerechtigkeit wiederherzustellen, an die Tür seiner Seele. Seine Gedanken wurden heftiger, seine Reflexe intensiver.

Manchmal, in diesen angespannten Momenten, konnte Gaspard nichts dagegen tun: Er gab sich einem kriegerischen Gedanken hin, einem Gedanken der Rache an dieser entmenschlichenden Institution. Seine Augen verhärteten sich, sein Herz schlug schneller. Er konnte spüren, wie sich seine Macht in ihm bewegte, wie eine Welle, die bereit war, zu brechen. Aber er hatte gelernt, diese Welle zu kontrollieren. Er wusste, dass jeder aggressive Gedanke, den er hegte, Auswirkungen haben konnte. Und er war sich bewusst, dass er, wenn er nachgab, zu der gleichen Art von Person werden könnte, die er hasste: jemand, der seine Macht missbraucht, um sich an denen zu rächen, die er als Unterdrücker ansah.
Dennoch blieb das Bedürfnis, den Unterdrückten zu verteidigen, stärker als alles andere. Wenn er einem aggressiven oder verächtlichen Richter gegenüberstand, nachdem er sich plötzlich eine Röte abgewischt hatte, die ihn unter dem Druck verriet, wusste Gaspard, dass er nicht

aufhören konnte. Es war keine Frage von Arroganz oder Ego, sondern eine Frage der Gerechtigkeit. Nach solchen Momenten der Aufregung rissen sich die Richter oft zusammen. Sie waren aufmerksamer, offener für eine differenziertere Argumentation und weniger dogmatisch in ihrem Urteil.

Gaspard war sich jedoch bewusst, dass er sich auf einem schmalen Grat zwischen dem, was er erreichen wollte, und den Risiken, die er einging, bewegte. Er wusste, dass jeder Moment der Schwäche ihn näher an eine Linie bringen konnte, die er nicht überschreiten wollte. Jeder Sieg, den er mit seiner Macht errang, war ein bitterer Sieg, geprägt von dem Bewusstsein, was er zu werden drohte: ein Rächer mit unkontrollierbarer Kraft, eine Figur, die sich für das Gesetz halten würde.

Dieses Dilemma, der Kampf zwischen seinem Streben nach Gerechtigkeit und der Versuchung, sich seinen Kräften hinzugeben, wurde zu einem wahren inneren Kampf. Doch eines war für ihn sicher: Er würde der Ungerechtigkeit nicht nachgeben. Denn im Grunde wusste er, dass es selbst in einem unvollkommenen und manchmal grausamen System darauf ankam, die Menschlichkeit hinter jedem Fall, jedem Klienten und jeder Entscheidung zu bewahren. Und überhaupt versprach er sich, nie aus den Augen zu verlieren, was ihn zu einem Mann des Rechts und nicht zu einem Manipulator machte.

Die unerträgliche

In einer Winternacht, als Gaspard auf dem Weg zu einem Freund war, ging er durch einen dunklen Durchgang, eine Gasse hinter einem Straßencafé. Es regnete in Strömen und das Geräusch des Wassers, das auf den Boden schlug, vermischte sich mit dem der vorbeifahrenden Autos in der Ferne. Plötzlich erregte lautes Stimmengewirr seine Aufmerksamkeit. Er blieb stehen und schlich sich leise an die Lärmquelle heran, wobei sein Verteidigungsinstinkt sofort in Alarmbereitschaft war.

Er sah, wie ein Mann eine junge Frau gegen eine Wand stieß. Der betrunkene Mann brüllte Beleidigungen, seine geballten Fäuste drohten, die Frau zu schlagen. Gaspard spürte einen Schauer des Zorns in sich aufsteigen, eine Wut, die er nur schwer zurückhalten konnte. Die Ungerechtigkeit der Szene, die Unschuld der jungen Frau und die Arroganz des Angreifers nährten seinen unbändigen Drang zu handeln. Sein Herz schlug schneller und er machte einen Schritt nach vorne, ohne auch nur an die Konsequenzen zu denken.

Er trat ruhig näher, während er die Situation beobachtete. "Lassen Sie sie los", sagte er mit fester, aber kontrollierter Stimme.

Der Angreifer drehte seinen Kopf abrupt zu ihm, sein Blick war abweisend und triefte vor Alkohol und Aggression. "Was hast du zu sagen, du Sohn einer...?" Er trat drohend vor, seine Faust bereit, Gaspard zu schlagen.

Gaspard atmete tief ein und versuchte, ruhig zu bleiben. Aber in diesem Moment war die Anspannung zu stark, zu greifbar. Er hob eine Hand, konzentrierte sich intensiv und setzte, ohne es wirklich zu wollen, seine Macht ein. Er sorgte dafür, dass der Angreifer die Konzentration verlor, seine Sicht verschwamm und sein Körper desorientiert wurde, wie ein Schwindelgefühl. Der Mann taumelte nach hinten, stieß gegen einen Pfosten und blieb schließlich mit ausgebreiteten Armen auf dem Boden liegen. Er war wie betäubt, als wäre er von einem Wind mit unsichtbarer Kraft getroffen worden.

Die junge Frau geriet in Panik und beeilte sich zu gehen. Doch Gaspard war im nächsten Moment fast schockiert über seine eigene Reaktion. Er hatte seine Macht entfesseln lassen, ohne wirklich die Tragweite seiner Handlungen zu ermessen. Der Mann, so schrecklich er auch war, hatte eine solche Reaktion nicht verdient, sagte er sich. Gaspard fühlte sich schlecht. Ja, er hatte ihn aufhalten wollen, aber er hatte auch bestrafen wollen, sich für die Ungerechtigkeit rächen wollen.

Er stand auf und entfernte sich schnell, als ihm bewusst wurde, dass er die unsichtbare Linie überschritten hatte, die er sich immer geschworen hatte, nicht zu überschreiten. Der Angreifer knurrte und stand langsam wieder auf, aber er hatte nicht die Kraft, weiterzumachen. Gaspard fühlte sich schuldig, aber er wusste, dass er nichts dagegen tun konnte. Er konnte nicht ungeschehen machen, was er gerade getan hatte. Aber er wusste auch, dass diese Art von Moment, in dem Gerechtigkeit mit Rache verwechselt wird, nicht das war, was er wollte oder was er sein sollte. Er zwang sich, die Bühne zu verlassen, ohne sich umzudrehen, obwohl sein Geist in Aufruhr war.

Ein anderes Mal, an einem Sommernachmittag, kaufte Gaspard in einem kleinen Supermarkt in der Nähe ein. Als er Gemüse auswählte, erregte ein lautes Geräusch seine Aufmerksamkeit. Ein Mann, etwa 30 Jahre alt, schrie gerade einen Kassierer an. Dieser, ein junger Bursche von knapp zwanzig Jahren, versuchte so gut es ging, ruhig zu bleiben, während der Mann ihm auf völlig unvernünftige Weise ein kleines Versehen an der Kasse vorwarf. Es schien, als suche der Mann einfach nur einen Grund, um Dampf abzulassen.

Gaspard näherte sich unauffällig, zunächst beobachtete er die Situation. "Es ist nur ein Versehen, er hat es berichtigt. Lassen Sie ihn in Ruhe", sagte er leise.

Der Mann wandte seinen Blick zu ihm. Einen Moment lang schien er zu zögern. Dann verhärtete sich sein Gesicht. "Du willst dich einmischen? Meinst du, das gibt dir irgendwelche Rechte?"

Der Ton wurde immer lauter. Der Kassierer war offensichtlich kurz davor, seiner Angst nachzugeben. Gaspard wusste, dass die kleinste heftige Geste zu einer Eskalation führen konnte. Doch der Mann kam immer näher. Der Mann merkte jedoch recht schnell, dass Gaspard nicht sehr geneigt war, sich alles gefallen zu lassen. Er ließ seine Zurechtweisungen und seinen aggressiven Tonfall sehr schnell fallen und ging mit einem sehr mürrischen Gesichtsausdruck davon, wobei er wer weiß was für eine Beleidigung grummelte, so gut konnte er es verbergen, dass er sie zu gut aussprach!

Gaspard sah sich oft mit Szenen konfrontiert, in denen die Ungerechtigkeit ohne Vorwarnung zuschlug, und obwohl seine Schuljahre und seine Ausbildung zum Juristen ihn gelehrt hatten, Ruhe zu bewahren und Situationen rational zu analysieren, war sein Instinkt als Verteidiger der Unterdrückten manchmal zu mächtig, um ihn zu beherrschen. Seine Macht war, obwohl sie nicht greifbar war, zu einem Teil von ihm geworden, eine Kraft, die er kaum noch kontrollieren konnte, wenn die Dringlichkeit der Situation es erforderte.

Als er eines Nachmittags durch eine Einkaufsstraße im Stadtzentrum lief, sah er eine Gruppe junger Männer, die einen alten Mann einschüchterten. Sie schubsten ihn, beschimpften ihn und rissen ihm seine Tasche weg. Der Mann war sichtlich hilflos und verängstigt und schien nicht zu wissen, wie er auf die gewalttätige Situation reagieren sollte. Gaspard blieb abrupt stehen, sein Blick verhärtete sich und sein Körper reagierte instinktiv.

"Hört auf damit!", rief er, und seine feste, aber ruhige Stimme war laut genug, um durch die Unruhe der Gruppe hindurch gehört zu werden.

Die Jugendlichen drehten sich zu ihm um, und Gaspard spürte eine steigende Wut in seinem Bauch. Einer der Angreifer, der größer und imposanter war, kam auf ihn zu und lächelte bedrohlich. "Willst du den Helden spielen, Kleiner? Was willst du denn machen, hm?", warf er verächtlich ein.

Die Welt schien um ihn herum zu schweben. Gaspard spürte eine Hitzewelle in seinen Eingeweiden, einen unkontrollierbaren Impuls. Er konzentrierte sich intensiv und setzte seine Macht ein, um den Angreifer plötzlich verwirrt zu machen. Der Mann fiel auf die Knie, ein Schleier des Schwindels überkam ihn, sein Gleichgewicht war verloren. Die anderen Angreifer blieben überrascht stehen.

Aber das war nicht genug. Gaspard spürte eine dumpfe Wut in sich, und bevor er sich wieder sammeln konnte, setzte er stärkeren mentalen Druck ein und zwang den Angreifer, auf den Knien zu bleiben, wie von einer unsichtbaren Kraft an den Boden genagelt. Der Mann schrie, aber seine Bemühungen, sich aufzurichten, waren vergeblich. Der Rest der Gruppe sah die Demütigung ihres Kameraden und schlich sich schnell davon. Der zitternde alte Mann schnappte sich seine Tasche und eilte davon.

Gaspard stand einen Moment lang da und starrte auf den Angreifer, der nur schwer begreifen konnte, was ihm gerade passiert war. Er fühlte sich noch immer von der Intensität der Szene erschüttert. Er hatte gehandelt, um zu schützen, um zu verhindern, dass ein Unrecht geschieht. Aber die Gewalt seiner Tat, obwohl sie keinen Körperkontakt beinhaltete, hinterließ einen bitteren Beigeschmack. "Habe ich wirklich das Recht, das zu tun?", fragte er sich. "War das nicht zu viel?"

Er erinnert sich an den Nachmittag, als er in der Nähe des Marktes war und eine belebte Straße überquerte. Eine Frau in den Vierzigern ging mit schnellen Schritten und wirkte sichtlich gestresst. Plötzlich war ein offensichtlich betrunkener Mann auf sie zugekommen und hatte ihr die Handtasche entrissen. Die Szene hatte sich zu schnell abgespielt, aber irgendetwas, vielleicht ein Instinkt, hatte sie dazu gebracht, sofort einzugreifen.
Ohne nachzudenken, war er auf den Angreifer zugestürmt. Die vor Angst schreiende Frau schien wie gelähmt und wusste nicht, was sie tun sollte. Als er bei dem Mann ankam, hatte er seinen Arm mit einem festen Griff gepackt, der zunächst zögerlich war, aber immer sicherer wurde, je mehr der Angreifer versuchte, sich zu wehren. Er hatte ihm zugerufen, er solle die Tasche loslassen, aber der Mann hatte sich mit einem verächtlichen Blick zu ihm umgedreht, wütend und mit zornigen, unterlaufenen Augen. Die Zeit schien stillzustehen. Er wusste, dass er vorsichtig vorgehen musste. Dennoch hatte ein Anflug von Frustration seinen Körper durchdrungen. Er hatte den Angreifer mit mehr Kraft als beabsichtigt weggestoßen, sodass er zu Boden fiel.
Der Blick des Angreifers war zwischen Verwirrung und Wut auf ihn gerichtet. Die Spannung war greifbar, die Luft wurde schwer von der Bedrohung. Er hatte den Mann eine

Weile festgehalten, den Arm fest umklammert und ihn trotz der Wut, die in ihm brodelte, daran gehindert, wegzulaufen. "Glaubst du wirklich, dass wir so zusammenleben?", hatte er ihn angeschrien, ohne die Intensität seiner eigenen Stimme zu ermessen. Das war nicht das, was er geplant hatte. Er wollte keine Gewalt, keine Eskalation. Aber die Szene mit der verängstigten Frau, deren Augen voller Tränen waren, hatte ihn über das hinaus getrieben, was er glaubte, ertragen zu können. Schließlich war die Polizei, die von Zeugen alarmiert worden war, eingetroffen. Er ließ den Angreifer frei, sah ihm nach, wie er sich entfernte, und dachte, dass er vielleicht zu schnell und zu stark gehandelt hatte.

Wieder ein Missverständnis gegenüber verletzlichen und durch die Gewalt der Worte geschwächten Menschen! Es war in einem Park, eine Szene, die ihn tief beeindruckt hatte. Ein ungepflegt aussehender Mann von der Straße hatte begonnen, eine Mutter und ihr Kind zu beschimpfen, die neben einer Bank spielten. Seine Worte waren grausam, es hagelte Schimpfwörter und das Kind hatte vor Angst angefangen zu weinen. Er konnte nicht länger zusehen, er spürte den Drang, einzugreifen.
Er hatte sich anfangs ruhig genähert und dem Obdachlosen eine Hand auf die Schulter gelegt, um ihn von der Mutter und dem Kind abzulenken. "Das ist keine respektable Art, mit Menschen zu sprechen", hatte er ihm leise gesagt. Doch der Mann, der offenbar durch die Unterbrechung gestört war, hatte sich abrupt zu ihm umgedreht. "Was willst du tun?", hatte er mit einem bedrohlichen Blick erwidert. Er hatte versucht, ihn zu beruhigen und mit ihm zu reden, aber der Mann hatte weiter randaliert und seine Stimme wurde immer aggressiver. Die Situation hatte sich schlagartig angespannt. Er wusste nicht, was er tun sollte, gefangen zwischen dem Wunsch, die Situation zu

beruhigen, und der wachsenden Wut des Obdachlosen. In einem Anfall von Frustration hatte er ihn leicht zurückgestoßen. "Halt! Gehen Sie weiter, diese Frau hat Ihnen nichts getan".

Der Mann war einen Schritt nach vorne getreten, sein Blick war wütend und seine Fäuste waren geballt. Zwischen ihnen herrschte ein schweres Schweigen. Er wusste, dass er alles aus dem Ruder laufen lassen würde, aber das Kind weinte weiter und die Mutter schien nicht in der Lage zu sein, auf diesen verbalen Angriff zu reagieren, der im Grunde fast körperlich wurde. Er hatte eine entschlossenere Miene aufgesetzt, doch bevor er handeln konnte, hatte sich eine Gruppe von Passanten eingemischt und der Mann hatte sich, wohl desillusioniert, aus dem Staub gemacht. Auch hier war er verwirrt gewesen und hatte sich gefragt, ob er ruhiger und überlegter hätte sein sollen oder ob er das Richtige getan hatte. Aber die Genugtuung, dass er seine Macht über andere nicht ausgenutzt hatte, verschaffte ihm einen Anflug von Stolz, der ziemlich notwendig war, um sich nicht immer selbst in Frage zu stellen.

Eine andere, anders gelagerte, aber ebenso einschneidende Szene hatte sich in einem kleinen Café abgespielt. Ein Mann schrie einen Kellner an und beschuldigte ihn, die Bestellung nicht rechtzeitig gebracht zu haben. Der Ton war schnell eskaliert, und der sichtlich nervöse Kellner wusste nicht, wie er mit der Situation umgehen sollte. Er hatte sofort gesehen, dass er eingreifen musste. Ohne groß darüber nachzudenken, war er zum Tisch des Mannes gegangen und hatte mit ruhiger, aber fester Stimme zu ihm gesagt: "Wir können das doch in Ruhe besprechen, oder?". Der Mann hatte ihn schulterzuckend angesehen und dann spöttisch erwidert: "Und wer bist du, dass du mich aufhalten willst?"

Der instinktive Impuls, der ihn dazu brachte, den Konflikt zu lösen, hatte die Oberhand gewonnen. Er hatte eine Hand auf den Tisch gelegt, sein Gesicht näher an den Angreifer herangezogen und in einem schärferen Ton gesagt: "Das ist kein Ort, um Leute anzuschreien." Der Mann war rot geworden, aber anstatt sich zu beruhigen, war er näher gekommen und hatte herausfordernd geguckt. In diesem Moment war ihm klar geworden, dass sich die Situation wieder einmal seiner Kontrolle entzogen hatte. Er hatte es nicht so weit kommen lassen wollen, aber sein Durst nach Gerechtigkeit, sein Wunsch, um jeden Preis ein Gleichgewicht herzustellen, hatte ihn dazu gebracht, autoritärer zu sein. Der Angreifer war schließlich aufgestanden, während er noch einen letzten bedrohlichen Blick warf, aber er hatte das Café ohne großes Drängen verlassen.

In all diesen Momenten war er hin- und hergerissen zwischen der Gewissheit, das Unrecht beenden zu wollen, und der schmerzhaften Erkenntnis, dass er nicht immer die Kontrolle über seine eigenen Reaktionen behalten konnte. Dass er auch nicht alle Ungerechtigkeiten auf der Welt beseitigen konnte. Die Angreifer trugen in seinen Augen auch einen Teil der Verantwortung, aber er wusste im Grunde, dass Gewalt manchmal noch mehr Gewalt hervorbringt und dass sein Eingreifen, wenn es gut gemeint war, manchmal einen unauslöschlichen Eindruck hinterlässt.

Gaspard hatte nie versucht, ein Held zu sein. Er hatte nie davon geträumt, Unschuldige zu retten oder Selbstjustiz zu üben. Er war ein Mensch wie viele andere, der einfach nur versuchte, sein Bestes in einer Welt zu geben, die ihm manchmal sinnlos erschien. Doch je mehr Zeit er damit verbrachte, die Ungerechtigkeiten um ihn herum zu beobachten, desto mehr verspürte er den Drang zu reagieren. Wie ein Impuls, ein innerer Ruf, der ihn nie zur Ruhe kommen ließ.

Bei seiner Arbeit erschien ihm die Berufswelt oft strukturierter, starrer, aber genauso rücksichtslos. Jede Entscheidung, die er traf, war ein prekäres Gleichgewicht zwischen Gut und Böse, zwischen Wahrheit und Kompromiss. Er hatte gelernt, mit den Regeln zu jonglieren, die Schlupflöcher im System zu finden, und doch rebellierte jedes Mal, wenn er sich in einer Konfrontation wiederfand, selbst innerhalb seines Büros, ein Teil von ihm. Ein Blick zu viel, ein bewusstes Wort, um den anderen zu zerquetschen, und er spürte diese Ungerechtigkeit tief in seinen Eingeweiden. Die Arbeitswelt war auf ihre Weise auch wie ein Dschungel, ein anderer Dschungel zwar, aber mit eigenen Gesetzen.

Und dann war da noch die Straße, diese rohe und direkte Welt, in der die Ungerechtigkeiten direkt ins Gesicht explodierten. Dort gab es keine Verstellung. Die Machtverhältnisse waren klar und sichtbar. Es herrschte das Gesetz des Stärkeren. Er wusste nicht, warum er hier war und jedes Mal eingriff, wenn er auf Ungerechtigkeit stieß, aber es war wie ein unwiderstehliches Bedürfnis geworden. Etwas in seiner Seele weigerte sich, angesichts des Leids und der sinnlosen Gewalt passiv zu bleiben. Jeder Schrei, jede Aggression, jeder hilflose Blick forderte ihn zum Handeln auf. Er konnte sich nicht dagegen wehren, es war stärker als er.

Bei seinen Konfrontationen auf der Straße fühlte sich Gaspard manchmal wie ein Löwe, der in seinem Dschungel jagt. Er sah die gleichen Ausdrücke des Misstrauens und der Verachtung, wie eine Herausforderung seiner eigenen Existenz. Aber er sah sich auch mit dem menschlichen Leid konfrontiert, das er nicht ignorieren konnte, dem Schmerz, den er bis in seine Knochen spürte und der ihn dazu brachte, zu reagieren. Er hatte keine Superkräfte, nur die unerschütterliche Überzeugung, dass Schweigen und Gleichgültigkeit die schlimmsten Feinde sind.

Er erinnerte sich an den Abend, an dem er gesehen hatte, wie ein Mann in einer dunklen Ecke der Straße seinen Hund misshandelte. Das arme Tier war in der Falle der Brutalität seines Herrn gefangen und hatte keine andere Wahl, als sich zu fügen. Gaspard hatte die Szene aus der Ferne gesehen, zunächst zögerlich und mit einem schweren Herzen voller Zweifel. Aber dieser Anblick eines wehrlosen, sprachlosen Wesens, dieser stumme Schrei der unschuldigen Kreatur, hatte ihn dazu gebracht, ohne nachzudenken zu reagieren. Er war auf den Mann zugestürmt, in seinem Bauch brodelte die Wut. "Hör auf damit!", hatte er geschrien. Der Angreifer hatte fassungslos nach oben geschaut. "Was willst du denn?!" Er hatte nicht einmal Zeit gehabt, zu antworten. Gaspard hatte sich auf ihn gestürzt und ihn unsanft gegen eine Wand gedrückt. "Man fasst keine Unschuldigen an", hatte er mit eisiger Stimme gesagt.
Doch als er die Fäuste ballte und den Mann unter sich sah, durchfuhr ihn ein Schauer des Bedauerns. Er wusste, dass er nicht so gehandelt hatte, wie er wollte, dass er die Gewalt zugelassen hatte, wo er die Vernunft hätte einsetzen sollen. Der Mann war schließlich von der Polizei festgenommen worden, aber Gaspard wusste, dass ihn diese Art von Konfrontation noch lange begleiten würde.

Er hätte diesen Momenten, diesen Anfällen von Wut und Frustration so gerne entkommen wollen. Er litt unter ihnen. Manchmal fühlte er sich wie ein Automat, der von einer Mission geleitet wurde, die er nicht ganz verstand.

"Ist das meine Bestimmung? Ist es mir bestimmt, dieser Zeuge, dieser Akteur der Gerechtigkeit in einer so ungerechten Welt zu sein?", fragte er sich oft in der Stille seiner unruhigen Nächte. Aber sein Herz, das immer so sensibel für das Leid anderer war, sagte ihm, dass ja, vielleicht, seine Mission darin bestand, in diesen Momenten, in denen Wahrheit, Menschlichkeit und Würde so weit weg von allem anderen zu sein schienen.

Und Gaspard wusste, dass er trotz der Zweifel, trotz des Schmerzes und der Schuldgefühle, die ihn manchmal übermannten, weitermachen würde. Denn im Grunde gab es keine Wahl. Dieses Bedürfnis nach Gerechtigkeit, diese viszerale Ablehnung von Ungerechtigkeit, das war er, und er hatte keinen anderen Weg, als ihm zu folgen. Er war kein Erlöser. Er war kein Superheld. Aber in dieser von Gleichgültigkeit und Grausamkeit verwüsteten Welt fühlte er sich auf seine Weise als einer der Wächter, die für das empfindliche Gleichgewicht zwischen dem, was richtig ist, und dem, was nicht richtig ist, notwendig sind. Und vielleicht, so dachte er manchmal, war genau das seine Aufgabe, so seltsam und schwierig sie auch sein mochte.

Marie-Adeline war nie eine zerbrechliche Frau gewesen. Ihr starkes Temperament und ihre eiserne Gesundheit hatten es ihr immer ermöglicht, die Prüfungen des Lebens mit unauffälliger Würde zu meistern. Doch an diesem Morgen, als sie sich für Routineuntersuchungen in die Praxis von Dr. Lemoine begab, spürte sie, dass etwas nicht stimmte. Der Bauch, der seit mehreren Wochen an ihr zerrte, die Müdigkeit, die von Tag zu Tag stärker zu werden schien, die Appetitlosigkeit, die ihr ein wenig Sorgen bereitete - all das war ganz anders als das, was sie zuvor erlebt hatte.

Sie erzählte Gaspard nichts davon, um ihn nicht zu beunruhigen. Er befand sich auf der Zielgeraden seiner Doktorarbeit, konzentrierte sich auf seine Dissertation und sie wollte ihm nicht noch eine zusätzliche Last aufbürden. Dennoch war in ihrem Inneren eine kleine Stimme erwacht, eine Intuition, die sie dazu veranlasste, einen Termin zu vereinbaren, sich beraten zu lassen und die Zeichen, die ihr Körper ihr sendete, nicht zu ignorieren.

Dr. Lemoine hatte sie am Vormittag empfangen. Er war ein ruhiger, professioneller Arzt, der die Familie schon seit Jahren betreut hatte. Sie wusste, dass diese Konsultation anders sein würde als die anderen. Schon bei den ersten Fragen hatte sie einen ernsteren Ton in seiner Stimme und ein leichtes Zittern in seinen Augen gespürt. Aber sie achtete nicht weiter darauf, sie war wegen der Ergebnisse hier, nicht mehr.

Nachdem er einige Untersuchungen und einen Ultraschall durchgeführt hatte, bat Dr. Lemoine sie wieder in sein Büro. Sie setzte sich ihm gegenüber und stützte ihre Hände auf seine Knie, als wolle sie sich selbst beruhigen und in einer Normalität verankern, von der sie bereits wusste, dass sie zerbrechlich war.

- Marie-Adeline", begann er mit tiefer, aber gemessener Stimme, "wir haben Ergebnisse. Ich glaube, Sie haben es schon geahnt, aber ich muss es Ihnen deutlich sagen.

Sie blickte zu ihm auf, und eine leichte Angst durchzog ihren Blick. "Zweifeln?". Er sah sie mit einem traurigen Lächeln auf den Lippen an.
- Es tut mir leid, dass ich Ihnen das mitteilen muss. Sie haben Bauchspeicheldrüsenkrebs und er ist in einem fortgeschrittenen Stadium. Wir sprechen hier von Krebs im Stadium vier.

Der Schock! Das unaussprechliche Erstaunen! Dieses Wort hallte in ihrem Kopf wie ein Donnerschlag wider. Krebs, dieses Wort hatte sie natürlich in Betracht gezogen. Aber es aus dem Mund eines Arztes zu hören, mit dieser Schwere, dieser Gewissheit, war eine andere Realität. Da war diese Leere, die sich in ihr auftat, als würde sich der Raum um sie herum zu drehen beginnen.
Der Arzt fuhr fort, ohne sich zu beeilen, als wollte er ihr Zeit zum Verstehen lassen.
- Bauchspeicheldrüsenkrebs ist besonders aggressiv. Wir haben Metastasen in mehreren Organen festgestellt. Leider ist es zu spät, um eine Heilung in Betracht zu ziehen. Was wir jetzt tun können, ist, die Schmerzen zu lindern, zu versuchen, die Symptome in den Griff zu bekommen und gegebenenfalls eine palliative Begleitung anzubieten. Wir werden dennoch alles versuchen, um den Prozess zu mildern und zu verlangsamen, aber in diesem Stadium ist jede Therapie unwirksam.

Marie-Adeline hörte zu, aber ihre Gedanken zerstreuten sich. Sie hatte das Gefühl, dass alles verschwommen wurde, dass sich ihre Sicht verengte. Die Worte des Arztes waren wie ein kalter, stiller Regen, der auf sie niederprasselte. "Zu spät." Das war es. Sie konnte es nicht akzeptieren, und doch spürte sie es tief in ihrem Inneren. Die Unausweichlichkeit.

Sie atmete langsam und versuchte, ruhig zu bleiben. Doch eine Welle der Panik und Traurigkeit überrollte sie. Wie sollte sie Gaspard das mitteilen? Wie sollte sie ihm sagen, dass das Leben, das sie sich für sie beide ausgemalt hatte, zerbrechen würde? Sie schloss für einen Moment die Augen und konzentrierte sich auf ihre Atmung, bevor sie eine kaum hörbare Frage stellte:

"Wie lange?"

Der Arzt war zwar sichtlich betroffen, blieb aber professionell. - Es ist schwierig, einen genauen Zeitraum vorherzusagen. Es wird davon abhängen, wie Ihr Körper auf die Behandlungen reagiert, die Schmerzen lindern und die Vermehrung und Ausbreitung der Krebszellen mäßigen sollen. Generell kann es jedoch einige Monate dauern, vielleicht auch mehr oder weniger, aber es werden schwierige Monate sein. Wir werden alles tun, um Sie zu begleiten und Ihnen die Schmerzen zu versüßen. Ich werde Ihnen zuhören und in Ihrer Nähe sein, wann immer es nötig ist und Sie mich darum bitten. Das versichere ich Ihnen, Marie-Adeline.

Sie nickte sachte, als wäre Akzeptanz das einzig Richtige, als sollte der Schmerz in ihrem Herzen nun in einem stillen Raum gehalten werden. Er erklärte ihr dann die Möglichkeiten der Schmerzbewältigung, die palliative

Pflege, die Behandlungen, die das Fortschreiten etwas verlangsamen würden, aber nichts, was den Lauf der Dinge umkehren könnte.

Dr. Lemoine beendete das Beratungsgespräch und sprach mit ihr über die nächsten Schritte. Er schlug ihr vor, einen Termin mit einem spezialisierten Team zu vereinbaren, um über kurative Pflege ohne therapeutische Verbissenheit, psychologische Betreuung und Schmerzbehandlung zu sprechen, bevor er sogar eine palliative Pflege in Betracht ziehen würde.

- Ich bin da, wenn Sie mich brauchen, wirklich", sagte er. Nehmen Sie sich Zeit und vor allem: Zögern Sie nicht, mich bei Bedarf anzurufen.

Sie stand wortlos auf, wobei sie ein seltsames Gefühl des Schwebens überkam. Es war, als ob sie nicht mehr ganz da wäre, als ob ihr Körper aufgehört hätte, ihr zu gehören. Sie drückte die Türklinke, machte einen Schritt in den Flur und die Realität holte sie mit ungeahnter Brutalität ein.
Marie-Adeline fuhr schweigend nach Hause, die Hände um das Lenkrad verkrampft, ohne wirklich die Straße zu sehen. Jeder gefahrene Kilometer war ein weiterer Schritt in Richtung Unumkehrbarkeit. Sie dachte an Gaspard, an die Schmerzen, die er haben würde, und fühlte sich plötzlich alt und erschöpft. Sie hatte Angst, ihm die Nachricht zu überbringen, Angst vor dem Zusammenbruch, den er erleben würde, Angst, dass er sie anschauen und in ihren Augen das Gleiche sehen würde, was sie in den Augen des Arztes sah: das Ende.

Am nächsten Tag hatte sie tief durchgeatmet, bevor sie Gaspard anrief, damit er zu ihr kam. Der Blick ihres Sohnes, dieser Schimmer von Hoffnung und Vertrauen, lähmte sie. Sie wusste, dass sich in dem Moment, in dem sie die Worte aussprach, alles ändern würde. Und wieder einmal wartete sie in diesem großen Raum der Stille darauf, bereit zu sein, den Mut zu haben, die Wahrheit über das Leben, das ihr noch blieb, zu brechen.

Es war der Anfang vom Ende.

An dem Tag, an dem Marie-Adeline im Alter von einundsiebzig Jahren die Diagnose erhielt, geriet Gaspards Welt aus den Fugen. Es war ein Dienstagmorgen. Er befand sich in der Universitätsbibliothek und arbeitete konzentriert an den letzten Kapiteln seiner Doktorarbeit, als sein Name über den kleinen Lautsprecher im Raum ertönte und er aufgefordert wurde, sich zum Empfang zu begeben. Ihm wurde mitgeteilt, dass seine Mutter eine Nachricht hinterlassen hatte.
Eine einfache Nachricht: "Rufen Sie sie so schnell wie möglich zurück", eine Nachricht, die mit einer Dringlichkeit aufgeladen war, die ihm die Haut sträubte.
Er hatte zwar gespürt, dass etwas nicht stimmte, aber er hatte nicht zu träumen gewagt, wie groß der Schock sein würde, der ihn erwartete. Mit rasendem Herzen rief er sie sofort zurück. Die Stimme seiner Mutter war schwach und zittrig und er brauchte nur ein paar Worte zu hören, um zu verstehen, dass das, was gerade passiert war, alles übertraf, was er je befürchtet hatte.
Um Gaspard die Angst zu nehmen, die beim Hören ihrer schwankenden Stimme aufkam, hatte sie den Mut, ihm die grausame Diagnose zu verkünden, die sie soeben erhalten hatte:

- Der Arzt ... er hat gesagt, dass es zu spät ist, Gaspard ... Es ist Bauchspeicheldrüsenkrebs. In Phase vier", sagte sie ihm und eine Träne rann ihr über die Wange.

Im nächsten Moment erstarrte alles. Das Klappern der Bücher um ihn herum, das Gemurmel der Studenten, die Seiten seiner Dissertation - alles schien sich zu entfernen, als wäre die Realität um ihn herum plötzlich zusammengebrochen. Er fühlte sich von seinem eigenen Körper getrennt, als würde sich die Welt weiterdrehen, aber er selbst war wie gelähmt in ohrenbetäubender Stille. Er hatte seine Mutter immer als stark, unabhängig und kämpfend erlebt, um ihm das bestmögliche Leben zu bieten. Nie, niemals hätte er sich vorstellen können, dass er sie eines Tages mit einer solchen Hilflosigkeit konfrontiert sehen würde. Aber da, in ihrer Stimme, war eine Zerbrechlichkeit, ein Zittern, das die Intensität des Schmerzes offenbarte. Dieser Schmerz war nicht nur körperlich, sondern auch seelisch, weil sie wusste, dass sie verdammt war und es keinen Ausweg gab.

In den nächsten Tagen wurde das Leiden ihrer Mutter immer größer. Sie versteckte sich, spielte ihre Beschwerden herunter und weigerte sich, sich der Not, die sie empfand, hinzugeben. Aber Gaspard sah alles. Er sah Marie-Adelines blassen Teint, die Tränensäcke unter ihren Augen, die Schwere in ihren Bewegungen. Er sah, wie jede Mahlzeit, jedes Lachen, jeder Moment mit ihr zu einem Kampf wurde. Er wusste, dass sie nicht wollte, dass er sie so sah, aber es war unmöglich, den Schmerz, der in ihr brodelte, nicht wahrzunehmen.

In dieser Zeit versuchte er verzweifelt, seine Kräfte zu nutzen. Er hatte nie wirklich daran geglaubt, dass seine Fähigkeiten eine Lösung für die Übel der Welt darstellten, aber er hatte keine andere Wahl, als es zu versuchen. Wenn er nur ein wenig von ihrem Schmerz lindern, ihr Leiden mildern könnte, würde er es tun. Er konzentrierte sich auf sie, schloss die Augen und seine Gedanken füllten sich mit all der Energie, die er mobilisieren konnte. Doch je mehr er sich konzentrierte, desto mehr wurde ihm seine Hilflosigkeit bewusst. Die Kraft, die er hatte, die Kraft, die in anderen Situationen Wunder zu wirken schien, konnte das unerbittliche Fortschreiten des Krebses nicht umkehren. Er konnte den Körper seiner Mutter nicht davon abhalten, langsam zu verwesen, und er konnte auch die Zeit nicht aufhalten, die unaufhaltsam verstrich.

Er spürte, wie eine dumpfe Wut in ihm aufstieg, eine Frustration, die er nicht anders ausdrücken konnte als in stillen Ausbrüchen. Er begann zu weinen, als er sie leiden sah, berührte sie manchmal sanft, konnte aber nie wirklich den inneren Schmerz lindern, der an der Person nagte, die er so sehr liebte.

Die Wochen vergingen in einer unerträglichen Unklarheit. Er war nicht mehr der Student, der um seinen Doktortitel kämpfte, oder der gelassene Sohn. Er war nur noch ein Sohn, der einer sterbenden Mutter gegenüberstand. Die Stunden des Lernens wurden zu schlaflosen Nächten, in denen er neben ihr stand, sie an der Hand hielt und gleichzeitig verzweifelt nach Lösungen suchte, von denen er wusste, dass sie unmöglich waren.

Eines Abends, als sie sich im Wohnzimmer trafen, trat eine schwere Stille zwischen ihnen ein. Marie-Adeline blickte mit müden Augen langsam zu ihm auf.

- Ich weiß, dass du mir helfen willst, Gaspard. Aber es gibt Dinge, die man nicht ändern kann. Du musst ... du musst es akzeptieren. Es tut mir leid, dass du das alles durchmachen musst. Vernachlässige nicht deinen Doktortitel, den du in Kürze erhalten wirst. Bleib dieser wunderbare Mensch, der mich so stolz auf dich macht!

Trotz der Liebe und der Komplimente, die sie erhalten hatte, schmerzten die Worte ihrer Mutter sie zutiefst, aber sie waren auch unglaublich klar. Sie, sie wusste es. Sie wusste, was unvermeidlich war, und sie bereitete ihn vor, drängte ihn dazu, sich von der Illusion zu befreien, dass er sie davon abhalten könnte, zu gehen.

Gaspard nickte mit Tränen in den Augen und drückte ihre Hand fester. Aber tief in seinem Inneren wusste er, dass er sich in einer Spirale aus Hilflosigkeit und Traurigkeit verlor. Wie sollte er das akzeptieren? Wie sollte er akzeptieren, dass die Macht, die ihn immer bestimmt hatte, nichts war im Vergleich zur Natur des Lebens und des Todes?

Jeder Tag mit Marie-Adeline wurde zu einem letzten Abschied, einem inneren Kampf, um nicht in einen Abgrund der Verzweiflung zu stürzen, während er gleichzeitig versuchte, für sie und sich selbst ein wenig Frieden zu finden, bevor sie erlosch. Der Schmerz, der Verlust und die Leere wurden mit jedem Atemzug, den er nahm, größer, doch er blieb hier an ihrer Seite, eine stille Präsenz, die vom Strudel eines Leidens mitgerissen wurde, das er weder erklären noch heilen konnte.

Jean-Eudes war ein Mann mit Prinzipien, ein Mann der Kontrolle. Sein ganzes Leben lang hatte er sich einen pragmatischen Charakter zugelegt, in dem Emotionen als Schwächen und sentimentale Beteiligung als unnötiger Luxus galten. Seine Welt wurde von Fakten, Zahlen und greifbaren Lösungen bestimmt. Als er von Marie-Adelines Krankheit erfuhr, zeigte er zunächst keine sichtbare Reaktion, außer dass im Haus eine bedrückende Stille herrschte. Er hatte nie gelernt, mit emotionalen Belastungen anders umzugehen, als sie abzulehnen, zu verleugnen oder kühl zu analysieren.

Als Marie-Adeline, nachdem sie ihre Diagnose erhalten hatte, ihm mit zitternder Stimme die Nachricht überbrachte, blieb Jean-Eudes wie angewurzelt stehen und starrte auf einen unsichtbaren Punkt im Hintergrund des Raumes. Er sah sie nicht sofort an, aber als er schließlich den Kopf zu ihr drehte, artikulierte er nur Worte von überraschender Kälte, die fast mechanisch wirkten.
- Wir müssen einen anderen Spezialisten konsultieren", sagte er, als ob die Situation eine reine Managementfrage wäre. Vielleicht können wir noch etwas tun, wir müssen alle Optionen analysieren.

Er hatte nicht geweint und keine Gefühle gezeigt. Marie-Adeline, von Schmerz und Angst geplagt, fühlte sich plötzlich einsamer, als sie es je gewesen war. Ihr Ehemann, der Mann, mit dem sie ihr ganzes Leben geteilt hatte, schien bereits eine Distanz zwischen ihnen aufgebaut zu haben. Es war keine Gleichgültigkeit, nein, sondern eine Art emotionale Blockade. Er war wie ein Fels in der Brandung, eine feste, aber träge Präsenz, unfähig, auf die Welle des Leids zu reagieren, die über sie hereinbrach.

Gaspard hatte seinerseits anders reagiert. Er hatte es sich zur Aufgabe gemacht, für seine Mutter da zu sein, sie zu jedem Termin zu begleiten und sie Tag für Tag zu unterstützen. Er war ein Sohn im wahrsten Sinne des Wortes, der versuchte, ihre körperlichen und seelischen Schmerzen durch ständige Präsenz, ein tröstendes Lächeln und ein sanftes Wort zu lindern. Dennoch kam sein Vater nicht umhin, ihn mit einer Art stiller Verachtung zu beobachten. Gaspard war nicht sein leiblicher Sohn, und obwohl Jean-Eudes ihm für seine Hingabe dankbar war, konnte er nicht verstehen, wie dieser junge Mann so viel in eine Zuneigung investieren konnte, die er für übertrieben hielt.

- Weißt du, Gaspard, eines Tages", erlaubte er sich, ihm zu sagen, "solltest du vielleicht versuchen, ein wenig Abstand zu gewinnen. Man kann nicht alle Menschen retten. Manchmal muss man die Dinge so akzeptieren, wie sie sind.

 Er sprach diese Worte nicht mit Bosheit aus, sondern mit einer Art kalter Weisheit, die er für die beste Art hielt, mit Leid umzugehen.

- Liebe ändert nichts. Du hilfst deiner Mutter nicht, indem du dich erschöpfst und alles in Ordnung bringen willst. Sie braucht Ruhe, nicht zu viel emotionalen Aufruhr.

Als Gaspard diese Worte hörte, fühlte er sich zutiefst verärgert. Es war keine Enttäuschung, die er gegenüber seinem Vater empfand, sondern ein tiefer Überdruss angesichts seiner völligen Unfähigkeit zu verstehen, was er erlebte, was Marie-Adeline erlebte. Wie konnte er, Jean-Eudes, so distanziert, so verschlossen bleiben angesichts dieser so grausamen Realität, dieses unausweichlichen Endes, das sie nicht verhindern konnten? Gaspard konnte nicht verstehen, warum sein Vater diesen Schmerz nicht fühlte, warum er nicht in der Art und Weise für seine Frau da war, wie sie ihn brauchte.

- Papa, das ist es nicht", antwortete er mit verhaltener Verärgerung. Glaubst du, sie braucht Distanz, Kälte? Sie braucht Präsenz, Liebe, Unterstützung. Es geht nicht darum, vernünftig zu sein, es geht um Menschlichkeit. Sie zu unterstützen, ihr inneren Frieden zu geben und vor ihrer Abreise da zu sein. Ich möchte bei ihrer Abreise da sein. Ich möchte, dass meine Anwesenheit und die Liebe, die ich ihr entgegenbringe, sie in der Trägheit, die sie erwartet, trösten.

Jean-Eudes sah ihn einen Moment lang an, sein Blick verhärtete sich:
- Ich weiß, was ich tue, Gaspard. Es ist nicht nötig, mir vorzuschreiben, was ich tun soll. Ich selbst sehe, was Leid aus einem Menschen machen kann. Ich werde mich nicht von unnötigen Emotionen mitreißen lassen. Du bist es, der sich umsonst verausgabt. Das ändert nie etwas am Schicksal eines Menschen.

Aber Gaspard wollte sich trotz seiner Worte nicht entmutigen lassen. Er wusste, dass sein Vater sich nicht ändern würde. Er wusste, dass die Distanz, die er zwischen sich und Marie-Adelines Leiden brachte, nicht aus Hass entstand, sondern aus grausamen Mangel an Verständnis dafür, was Familienbande für ihn bedeuteten. Es war, als wäre Liebe in seinem Kopf nur ein abstraktes Konzept, eine Schwäche, die er nicht bereit war zu akzeptieren. Für Jean-Eudes wurde Liebe nicht in Gesten oder Worten gemessen, sondern in greifbaren Ergebnissen und sicher auch in Zahlen, die sein Ego erhöhten. Es gab keinen Platz für Schmerz, keinen Platz für zu starke Emotionen. Es zählte nur die Effizienz, die Bewältigung von Situationen.

Bei jedem Arztbesuch und jeder neuen Prüfung von Marie-Adeline tat Gaspard alles, was er konnte, um ihr Leiden zu lindern. Er begleitete sie, hielt ihre Hand und sprach sanft mit ihr. Jean-Eudes hielt sich im Hintergrund, war oft in seine Gedanken oder Papiere vertieft, mit seinen täglichen Sorgen beschäftigt, aber nie wirklich emotional präsent. Er bot natürlich praktische Lösungen an: Medikamente kaufen, Pflege organisieren, aber er schien nicht in der Lage zu sein, Marie-Adelines Notlage anders als ein zu lösendes Problem, eine zu behandelnde Krankheit wahrzunehmen.
Als Gaspard sah, wie sein Vater sich verhielt, empfand er eine große Frustration. Er konnte diese Kälte und den Mangel an Einfühlungsvermögen nicht verstehen. Für ihn war alles, was er mit seiner Mutter erlebte, eine gemeinsame Prüfung, eine tiefe menschliche Erfahrung. Aber für Jean-Eudes war es einfach ein Ereignis, das man rational durchstehen musste. Er hätte sich gewünscht, dass sein Vater sich auch nur für einen Augenblick bemüht hätte, die Dinge so zu sehen wie er. Aber das würde wahrscheinlich nie passieren.

Bei jeder Konfrontation war in ihm eine stille Zerrissenheit, ein Schmerz darüber, dass sein Vater so weit von dem entfernt war, was er für die Essenz der Familienliebe hielt. Aber er ließ sich davon nicht ablenken. Er konzentrierte sich auf Marie-Adeline und gab ihr das, was sie von ihm erwartete: Aufmerksamkeit, Liebe und Mitgefühl. Das war alles, was er tun konnte. Und das genügte ihm.

Kapitel 4

Die letzten Kämpfe

Jean-Eudes fühlte sich von der Situation zunehmend bedrängt. Was er als übertriebene Hingabe von Gaspard an Marie-Adeline empfand, brachte ihn an den Rand eines Nervenzusammenbruchs. Für ihn ergab diese übertriebene Anhänglichkeit seines Adoptivsohnes keinen Sinn. Wie konnte er so viel Zeit mit einer Frau verbringen, die nicht einmal seine leibliche Mutter war, wenn die Realität da war, kalt und unerbittlich? Der Krebs wartete nicht, die Krankheit wartete nicht auf süße oder poetische Wege, sie verschlang alles auf ihrem Weg. Jean-Eudes verstand in seiner bequemen Sicht der Dinge nicht, wie Gaspard es sich noch leisten konnte, mit so viel Intensität und Emotion gegen das Unvermeidliche anzukämpfen.

Ihn ständig zu sehen, wie er sich für Marie-Adeline aufopferte und jede Minute, jede Sekunde darauf wartete, bei ihr zu sein, störte ihn zutiefst. Jean-Eudes hatte immer anders funktioniert. Er hatte nie daran geglaubt, dass man eine Situation durch die bloße Kraft der Zuneigung ändern konnte, er hatte immer geglaubt, dass die Dinge akzeptiert, analysiert und realistisch behandelt werden müssen. Gaspard hingegen lebte in einer Art unaufhörlicher Hingabe, einer ständigen Präsenz, fast wie ein stilles Gebet, damit das Leiden seiner Mutter nachlässt, auch wenn er im Grunde wusste, dass sich dadurch nichts ändern würde.

Er musste aufhören, Jean-Eudes sagte es ihm immer wieder:
- Du verlierst dich darin, Gaspard. Du musst nicht die ganze Zeit da sein. Das ist nicht gesund für dich.

Aber Gaspard hörte nicht auf sie. Jeden Tag war er zu Hause anwesend und tat alles, was in seiner Macht stand, um Marie-Adelines Schmerzen erträglicher zu machen. Er begleitete sie zu jeder Chemotherapie und sorgte dafür, dass sie alles bekam, was sie brauchte, er machte kleine und große Gesten, um ihren Alltag zu erleichtern. Er hielt ihre Hand in schwierigen Nächten, sorgte dafür, dass sie aß, schlief und sich nie allein fühlte. Er konnte sich nicht vorstellen, seine Mutter auch nur einen Moment lang ohne die Aufmerksamkeit zu lassen, die sie seiner Meinung nach verdiente.

- Ich werde sie nicht gehen lassen, ohne alles für sie gegeben zu haben", sagte er oft und unverblümt. Sie war immer für mich da, es ist normal, dass ich für sie da bin.

Jean-Eudes sah ihn fast entnervt an. Jedes Mal, wenn er sah, wie sein Sohn mit einem ängstlichen Glitzern in den Augen und angespannt den Raum betrat und sich in ein neues Opfer für seine Mutter stürzte, fühlte er sich noch überwältigter. Die Kälte und die Distanz, die sich zwischen ihnen aufbauten, wurden immer deutlicher. Jede Geste von Gaspard, jede Zuwendung an Marie-Adeline war ein weiterer Stich in sein Herz. Er konnte diese Beziehung seines Sohnes zu ihr nicht verstehen, eine Beziehung, die er auf die eine oder andere Weise als übertrieben empfand.

- Du bist nicht verantwortlich für ihre Krankheit, du kannst nicht alles auf deinen Schultern tragen, wiederholte er wie eine Litanei, die Gaspard nie erreichte. Vielleicht ein Alibi wie ein Eingeständnis, dass er angesichts der Krankheit seiner Frau resigniert hatte.

Aber die Wahrheit war, dass Jean-Eudes Angst hatte. Angst vor der Krankheit, Angst vor dem Niedergang. Aber darüber hinaus hatte er Angst davor, die Kontrolle zu verlieren. Er verstand nicht, warum er nicht weinen konnte, keine Trauer zeigen konnte, warum das alles für ihn so viel schwieriger schien als für Gaspard. Er, der immer in Aktion gewesen war, der immer praktische Lösungen für die Probleme des Lebens gefunden hatte, war angesichts des Leids, das er bei seiner Frau sah, völlig gelähmt. Und dieser Mangel an Emotionen bei ihm, seine Unfähigkeit zu weinen oder auch nur liebevoll zu sein, ließ ihn sich Gaspard gegenüber noch distanzierter fühlen.

Am schlimmsten war es für ihn, die unermessliche Anhänglichkeit zu sehen, die Gaspard Marie-Adeline entgegenbrachte. Eine Zuneigung, die grenzenlos zu sein schien, eine Hingabe, die ihn von der Welt abschnitt, die ihn daran hinderte, sich auf sich selbst zu konzentrieren. Jean-Eudes hatte nie eine solche Beziehung zu Marie-Adeline gehabt, niemals. Ihr Austausch war praktisch, oft kurz, manchmal kalt. Er hatte es nie verstanden, ihr aufrichtig "Ich liebe dich" zu sagen oder im Alltag zärtliche Gesten zu finden. Ihre Liebe war die zweier Menschen gewesen, die gelernt hatten, nebeneinander zu existieren und sich zu verstehen, ohne sich offen zu äußern. Doch diese Situation zwang ihn, alles zu überdenken, was er über sich selbst, seine Familie und seine eigenen Gefühle zu wissen geglaubt hatte.

Gaspard hingegen gab weiter und ließ sich von der stillen Kritik seines Vaters nicht aus der Ruhe bringen. Für ihn war die Liebe, die er für Marie-Adeline empfand, ein Geschenk. Er konnte sich nicht einmal vorstellen, sie gehen zu lassen, ohne alles Menschenmögliche getan zu haben, um sie in ihren letzten Monaten, in den letzten Momenten ihres Lebens zu begleiten. "Sie war immer für mich da", sagte er sich mit unerschütterlicher

Entschlossenheit. "Und wenn ich ihr Leiden auch nur für eine Sekunde lindern kann, werde ich es tun."

Jean-Eudes seinerseits war nie in der Lage gewesen, diese Art von Hingabe zu verstehen. "Du verausgabst dich umsonst", sagte er wieder. "Sie wird sich nicht ändern. Warum solltest du dich so verlieren?"

Gaspard jedoch fühlte sich von einer viszeralen, unveränderlichen Liebe durchdrungen, einem Gefühl des reinen Impulses, das ihn über alle vernünftigen Grenzen hinaus trug. Er hatte nie den Gedanken in Betracht gezogen, nicht für sie da zu sein. Die letzten Monate von Marie-Adeline waren für ihn ein Wettlauf gegen die Zeit, ein Kampf, den er mit der Hoffnung führte, dass jeder Augenblick an ihrer Seite ihr ein wenig Erleichterung, ein wenig Wärme und ein wenig Liebe schenken würde.
Er konnte es einfach nicht akzeptieren, sie gehen zu lassen, sie leiden zu lassen, ohne ihr das Wertvollste zu geben, was er hatte: seine Anwesenheit und seine bedingungslose Liebe. Die Krankheit war ein unsichtbarer Feind, und solange es eine noch so kleine Chance gab, etwas zu ändern, kämpfte er dagegen an. Das Ende erschien ihm so ungerecht, so unerträglich. Und selbst wenn sein Vater ihn ablehnte, selbst wenn er es nicht verstand, war es Gaspard egal, dass er keine Unterstützung bekam.
Sie war seine Mutter. Sie war es, die ihn bedingungslos geliebt, ihn aufgenommen und ihn wie ihr eigenes Kind aufgezogen hatte. Es war egal, was Jean-Eudes dachte. Es war egal, was die Welt dachte. Gaspard konnte sich ein Leben ohne sie keinen Augenblick lang vorstellen. Und solange sie atmete, solange ein Hauch von Leben in ihr war, würde er hier bleiben.

Das Geständnis von Jean-Eudes

Gaspard betrat das imposante Büro von Jean-Eudes in der großen Familienvilla.

Die Atmosphäre, die normalerweise von einer gewissen funktionalen Kälte geprägt ist, scheint heute noch belastender zu sein, vor allem durch die Anwesenheit von Marie-Adeline, die von Tag zu Tag schwächer wird. Gaspard versucht trotz des auf ihm lastenden Schmerzes sein Bestes, um ruhig zu bleiben und sich auf seine Mutter zu konzentrieren. Doch die Zeit, die er bei Marie-Adeline verbringt, und die angestauten Spannungen mit seinem Vater bringen schließlich eine Wahrheit ans Licht, die er sich nur schwer eingestehen konnte: Sein Vater sieht ihn nicht als echten Erben an, trotz seiner Arbeit, seiner unermüdlichen Hingabe und der Liebe, die er für sie empfand.

An diesem Tag hatte er sich einen Moment Zeit genommen, um in das Büro seines Vaters zu gehen, nachdem er den ganzen Vormittag bei Marie-Adeline verbracht hatte. Sie war erschöpft, aß kaum noch etwas, und Gaspard hatte ihr wieder einmal beim Aufstehen helfen und sie sanft stützen müssen. Jeder Augenblick an ihrer Seite schien nun kostbarer denn je. Als er das Büro betrat, war Jean-Eudes gerade dabei, Dokumente zu unterschreiben, den Kopf gesenkt und konzentriert. Er blickte nicht einmal zu ihm auf.
Gaspard spürte, wie eine dumpfe Wut in ihm aufstieg, als er eintrat. Sein Vater war da, unerbittlich in seinem Gang und in seiner Führungsposition. Er war immerhin der Patriarch der Familie, aber ein Patriarch, der nichts von

der Dringlichkeit der Situation, der Krankheit von Marie-Adeline oder der Erschöpfung seines eigenen Sohnes zu verstehen schien.

Jean-Eudes blickte immer noch nicht auf.
- Ich bin gekommen, um mit dir über die Firma zu sprechen", sagte Gaspard mit einer ruhigeren Stimme, als er eigentlich wollte, und versuchte, seine Fassung zu bewahren.

Jean-Eudes seufzte, ohne den Kopf zu heben, ein Zeichen von Müdigkeit, das Gaspard sofort missfiel. Er hatte das Gefühl, dass sein Vater wieder einmal das, was für ihn eine Frage von Leben und Tod war, auf eine reine Geschäftsangelegenheit reduzieren würde.
- Was ist jetzt schon wieder? Du willst, dass ich die Leitung des Unternehmens an dich abtrete, an dich, richtig?", Jean-Eudes' Tonfall war trocken und distanziert. So funktioniert das nicht, Gaspard.
Gaspards Herz zog sich zusammen. Er hatte sich nie angemaßt, diese Position zu beanspruchen, aber er hatte hart für das Familienunternehmen gearbeitet. Alles, was er im Laufe der Jahre getan hatte, die persönlichen Opfer, die schlaflosen Nächte, die er mit der Organisation von Sitzungen oder der Analyse von Bilanzen verbracht hatte, all das wurde von seinem Vater ignoriert. Und die Kaltschnäuzigkeit, mit der er die Frage der Nachfolge ansprach, war für ihn wie ein Schlag ins Gesicht.
- Ich bin bereit, die Firma zu übernehmen, Papa. Ich habe sie verdient. Ich habe alles, was ich hatte, für sie gegeben, für dich. Warum - warum willst du sie mir nicht anvertrauen?
Gaspard atmete tief ein, seine Fäuste waren geballt:
- Ich habe all diese Jahre damit verbracht, an deiner Seite

zu arbeiten, zu lernen, zu verstehen, diese Last zu tragen. Und jetzt sagst du mir, dass das nicht genug ist?"

Jean-Eudes drehte sich schließlich zu ihm um, ein kalter Schimmer lag in seinen Augen.
- Du bist kein richtiger Erbe, Gaspard. Ich kann das Unternehmen nicht an einen Sohn abtreten, der nicht von meinem Blut ist. Ich habe keinen Erben großgezogen, du bist nicht mein richtiger Sohn. Wir haben dich adoptiert, weil deine Mutter nie ein Kind bekommen konnte.
Der Schock dieser Worte traf Gaspard wie ein Dolchstoß. Sein Herz zog sich zusammen, er hatte das Gefühl, dass alles, was er geopfert hatte, umsonst gewesen war. Er wollte ihm antworten, ihn anschreien, aber er zwang sich zu atmen. Wie konnte er solche Worte aussprechen?
        Wie konnte er seine Existenz selbst in diesem Haus, zu dessen Wohlstand er beigetragen hatte, in Frage stellen, als hätte all das nie gezählt? Und dann auch noch seine Frau, die auf dem Familiensitz im Sterben liegt.

- Du ... lehnst mich wirklich ab? Nach all den Jahren, nach allem, was ich gegeben habe? Wie kannst du das sagen?

Wut kroch in Gaspards Kehle hoch, er hatte Mühe, sie zu zügeln.
-Du sprichst von Erben, als ob es sich um ein einfaches Erbschaftsspiel handeln würde. Was meinst du wirklich mit "echten Erben"? Willst du einen anderen Sohn, einen biologischen Sohn, ist es das? Ist es das, was du willst, einen anderen Sohn als mich? Einen Sohn, der nicht einmal den Anstand hatte, in diesem Haus geboren zu werden? Ist es das, was du meinst?

Jean-Eudes antwortete mit eisiger Distanz, ohne eine Geste oder ein Wort, um die Situation zu mäßigen.

- Ich spreche von jemandem, der diesen Namen mit der Ehre tragen wird, die er verdient. Es geht nicht um Gefühle, Gaspard. Das Unternehmen ist keine sentimentale Last, es ist ein Gut. Und sie soll an einen Erben aus meinem eigenen Fleisch gehen, dessen Blut von seinem eigenen Vater stammt. Ich habe meine Gründe. Und sie sind unbestreitbar. Du wirst das niemals in Frage stellen können. Es ist eine Frage der Ehre, wie ich dir immer wieder sage, aber bist du überhaupt in der Lage, das zu verstehen?

Es herrschte eine schwere Stille. Gaspard spürte, wie sich ein Wirbelwind aus Zorn mit intensivem Schmerz vermischte, eine tiefe Ablehnung, die sich mit seiner Frustration vermischte. Er wusste, dass Jean-Eudes immer außereheliche Beziehungen gehabt hatte, dass er Marie-Adeline nie wirklich respektiert hatte, aber diese Idee eines "wahren Erben", die in einem trockenen Ton und ohne jede Emotion ausgesprochen wurde, ließ in ihm einen Blitz des Verständnisses aufleuchten. Einen Moment lang fragte er sich, ob ein unehelicher Sohn, ein anderes Kind, das er nicht einmal gekannt hatte, ohne seine Entwicklung oder seine eigene Erziehung miterlebt zu haben, Teil der geheimen Pläne seines Vaters war. Aber er wischte den Gedanken beiseite, weil er wusste, dass dies nicht der richtige Zeitpunkt war, um sich mit solchen Überlegungen aufzuhalten. Das war nicht das Problem des Tages.

Gaspard reißt sich zusammen.

Jean-Eudes stand von seinem Schreibtisch auf und ging zum Fenster, seinen Rücken zu Gaspard gewandt, als wolle er dem Blick ausweichen, von dem er wusste, dass er brennen würde.

- Das ist die Realität, Gaspard. Und du musst sie akzeptieren. Die Firma braucht einen echten Erben, jemanden, der sie auf der Höhe ihres Namens halten kann.

Gaspards Enttäuschung verwandelte sich in eine unbezwingbare Wut. Er biss die Zähne zusammen, sein Körper zitterte. "Ein wahrer Erbe ... ein wahrer Erbe ..." Er wiederholte diese Worte wie eine Herausforderung, die er seinem Vater ins Gesicht schleuderte. Er tat so, als hätte er das Gefühl, dass alles um ihn herum zusammenbrach. Sein Vater, der Mann, den er trotz allem immer bewundert hatte, hatte ihn gerade zurückgewiesen. Der Schmerz, den er in diesem Moment empfand, war unbeschreiblich. Aber er konnte es nicht mehr ertragen, er war nicht mehr bereit, sich dieser Brutalität zu unterwerfen.

- Ich brauche deine Firma nicht, ich brauche dein Erbe nicht! Ich wusste genau, bevor ich dir diese dumme Bitte vortrug, Direktor deines schönen, prächtigen und doch so traurigen Unternehmens zu werden, dass du nie wolltest, dass ich Teil dieses Erbes werde. Was du für Gier und Begehren meinerseits gehalten hast, war in Wirklichkeit nur ein Vorwand, um zu sehen, wie schlecht du sein kannst und wie unsensibel du gegenüber dem Unglück bist, das Mama trifft, und all deine Gedanken, die ich als übelriechend bezeichnen würde, über mich. Ich brauche nur meine Mutter, und wenn du zu blind bist, um das zu sehen, dann bist du nichts mehr für mich!

Gaspards letzte Worte hallten im Raum wider wie eine Glocke der Niederlage. Er wandte sich ab und ließ Jean-Eudes allein zurück, der in seiner Haltung erstarrt war und sich in seinen eigenen Gedanken verlor. Gaspard hingegen hatte keine Lust mehr, diesen Mann zu verstehen. Er wollte nichts mehr mit ihm zu tun haben, nicht jetzt, nicht in dieser Situation.

Diesmal hatte er in keiner Weise ein Zucken in seiner Seele verspürt, das er normalerweise bei dem Gefühl und der Vision von Ungerechtigkeit verspürt, und er verstand den Grund dafür; er war nicht sein Vater und er wusste tief in seinem Inneren, dass es ihm nicht gerecht wurde, wenn er nicht die Verantwortung für eine solche Abstammung übernehmen musste. Allein die Vorstellung, dass er sein Vater gewesen sein könnte, ängstigte ihn bis hin zu einer ganz konkreten Form eines Traumas, das man nicht mehr loswird.

Und ihre Mutter blieb trotz der kalten und eiskalten Ankündigung, die ihr Adoptivvater ihr ins Gesicht geschleudert hatte, das Wesen, das es so sehr verdient hatte, eine liebende Mutter zu sein. Ist es notwendig, dass sie nicht seine Erzeugerin war? Für Gaspard war das eine Selbstverständlichkeit.

Er hatte nur noch Marie-Adeline im Kopf, er hatte nur noch sie, ihre unermessliche Liebe und ihre endlose Hingabe. Das war es, was wirklich war. Das war es, was ihn am Leben hielt.

Gaspard kehrte zu seiner Mutter zurück und fasste den Entschluss, ihr niemals die Offenbarung zu gestehen, die Jean-Eudes ihm gemacht hatte. Er wünschte sich nur eines: dass Marie-Adeline für immer und ewig seine Mutter bleiben würde. Möge sie sich mit dem wunderbaren Gefühl ins Jenseits zurückziehen, dass sie eine echte, wahre, aufrichtige und wahrhaftige Mutter war, hingebungsvoll und so loyal gegenüber dem, was sie dem kleinen Wesen, das sie 1956 in diesem Waisenhaus ausgewählt hatte, immer geben wollte.

Als er in das Zimmer von Marie-Adeline zurückkehrte, fühlte er sich entschlossener als je zuvor. Die Wut, der Verrat und der Schmerz der Konfrontation mit Jean-Eudes hatten seine Liebe zu seiner Mutter nicht beeinträchtigt. Ganz im Gegenteil. Jede Sekunde, die er an ihrer Seite verbrachte, wurde zu einem stillen Gebet, einer Huldigung an die Frau, die sie war, an ihre Hingabe und die Reinheit ihrer Seele. Er näherte sich langsam ihrem Bett und beobachtete sie, wie sie friedlich schlief.

Gaspard konnte sich nicht einen Augenblick lang vorstellen, dass Marie-Adeline von den Machenschaften ihres Vaters, den Andeutungen über das Erbe und der Demütigung, die er ihr gerade zugefügt hatte, wusste. Sie wäre zutiefst erschüttert, das wusste er. Aber es gab keinen Grund, ihr diese Last aufzubürden. Nicht jetzt, nicht in diesem schwebenden Moment, in dem es nur darauf ankam, sie auf ihrem letzten Lebensabschnitt mit Liebe, Würde und Respekt zu begleiten.

Er beugte sich sanft über sie und berührte ihre zerbrechliche Hand. Er erinnerte sich an all die Jahre, in denen sie ihn sanft geführt und ihm unendliche Zärtlichkeit geschenkt hatte, ohne jemals ihre moralische Strenge aufzugeben. Er erinnerte sich an die Momente, in denen sie ihn nach den kleinen Kummern seiner Kindheit tröstete, aber auch an die ernsteren Momente, wenn sie ihm von ihrem eigenen Leid erzählte, ohne sich jemals unterkriegen zu lassen. Er hatte nie an der Ehrlichkeit seiner Mutter gezweifelt, an ihrer Aufrichtigkeit.

Marie-Adeline war, obwohl sie manchmal eher sanft als fest war, immer eine Frau mit Prinzipien gewesen. Sie wusste alles über die Schwächen ihres Mannes Jean-Eudes. Aber sie hatte nie etwas preisgegeben, nie ihre Enttäuschung gezeigt. Sie hatte verstanden, dass Würde ein kostbares Gut ist, dass Liebe nicht nur durch Gesten oder Worte gemessen wird, sondern auch durch die Art und Weise, wie man Prüfungen übersteht, ohne jemals an dem zu scheitern, was man für richtig hält. Sie ertrug die Untreue ihres Mannes mit großem Seelenadel, verurteilte ihn nie offen, sondern vergab ihm innerlich, ohne ihn jemals durch Klagen oder Vorwürfe zu verraten. Das war ihre Größe: ihre Fähigkeit zu vergeben, ohne ihre eigene Integrität aufzugeben.

Gaspard wusste, dass sie ihre Rolle als Mutter immer verstanden hatte. Sie hatte nie versucht, eine perfekte Figur zu sein, sondern eine authentische Figur, die ihrer Rolle, ihrer Liebe und ihren Überzeugungen treu blieb. Marie-Adeline hatte immer alles aus ihrem Herzen gegeben, in völliger Transparenz und ohne Hintergedanken. Sie hatte sich nie vom falschen Schein des Reichtums, von Machtversprechen oder den weltlichen Verlockungen verführen lassen. Nein, sie hatte sich dem gewidmet, was am wichtigsten war: eine Mutter zu sein, eine echte Mutter, eine Mutter für ein Kind, das sie nicht geboren hatte, das sie aber von Herzen gewählt hatte. Und diese Wahl spürte Gaspard in jeder Geste, in jedem Wort von ihr.

Mit Tränen in den Augen flüsterte Gaspard seiner Mutter zu, wie ein Gelübde, ein Versprechen, das er sich in der Intimität seines Herzens gegeben hatte:
- Du bist eine wunderbare Mutter, schöner als jedes Bild der Perfektion, wahrer als alles, was die Welt zu bieten hat. Egal, was andere denken oder sagen, du warst immer für mich da, mit einer Treue und Loyalität, die alles übersteigt. Und nichts und niemand kann das auslöschen, was du für mich bist und bleiben wirst, was du für mich bist, selbst über das Leben hinaus.

Gaspard stand langsam auf, sein Herz mit dieser unendlichen Dankbarkeit beladen, und wandte sich wortlos ab. Er wusste, dass er sich draußen einer unbarmherzigen Welt stellen musste, einer Welt der Urteile und des Verzichts. Aber solange Marie-Adeline da war, hatte er keine andere Berufung, als sie zu beschützen. Er würde ihr Andenken intakt halten, nicht indem er sie verleugnete, sondern indem er sich dafür entschied, die Gewalt ihres Vaters zu ignorieren. Er würde nicht zulassen, dass sie durch die Schwächen von Jean-Eudes getrübt wurde.

Und in seinem Geist drängte sich ihm eine Wahrheit klar und deutlich auf: Er, Gaspard, war dazu auserwählt worden, das Kind einer Frau zu sein, die nie von ihrer Ehre, ihrer wahren Liebe und ihrem Adel abgelassen hatte. Er war ihr Erbe. Und das konnte ihm nichts und niemand jemals nehmen.

Seine Gedanken wanderten ins Jenseits, eine Welt, in der seine Mutter, da war er sich sicher, den Frieden und die Gelassenheit finden würde, die sie immer versucht hatte, anderen zu geben. Eine Welt, in der sie trotz allem ihren Platz im Universum behalten würde. "Marie-Adeline, du wirst für immer meine Mutter sein", dachte er, als er sich von ihr entfernte. "Und du wirst immer in meinem Herzen sein."

In diesem Moment war die Entscheidung gefallen. Jean-Eudes, mit all seiner Macht und seinem Zynismus, hatte keinen Platz in der Geschichte von Gaspard und seiner Mutter. Marie-Adelines Liebe würde unberührt bleiben. Er würde sie wie einen unveränderlichen Schatz beschützen, und wenn es jemals nötig sein sollte, für die Reinheit der Erinnerung an sie zu kämpfen, würde es tun. Es war egal, welche menschlichen Schwächen es gab, welche

Familienfehden es gab, das Wichtigste war da: wahre Liebe. Und nichts könnte sie jemals trüben.

Das Geheimnis von Jean-Eudes

Jean-Eudes hatte immer das Image des angesehenen Patriarchen gepflegt, eines Mannes, der unerbittlich in seinen Geschäften und starr in seinen Prinzipien war, doch hinter dieser Fassade der Ehrbarkeit verbarg sich ein ganz anderer Mensch. Derjenige, den er der Gesellschaft und seiner Familie vorgaukelte, war nur eine sorgfältig konstruierte Version seiner selbst, eine Maske, die er benutzte, um ein Leben voller Geheimnisse und Verrat zu verbergen.

Seit über zweiunddreißig Jahren war Jean-Eudes mit Marie-Adeline verheiratet. Doch im Schatten dieser Ehe hatte er Beziehungen zu Frauen unterhalten, die immer geheim, immer unauffällig, aber immer präsent waren. Seine erste Geliebte, eine flüchtige und unbedeutende Gestalt, wurde bald durch Hélène d'Archambeau ersetzt, eine jüngere, diskrete und vor allem äußerst kompetente Frau. Hélène war seine Assistentin der Geschäftsleitung im Familienunternehmen. Sie war eine Frau mit einer gewissen Ausstrahlung, die jedoch im Rampenlicht nicht die Blicke auf sich zog. Neben ihrer beruflichen Rolle hatte Hélène auch die Fähigkeit, im Schatten von Jean-Eudes' wichtigen Entscheidungen unterzugehen.

Nach sieben Jahren beruflicher Zusammenarbeit hatten Jean-Eudes und Hélène eine Affäre begonnen, eine verborgene Beziehung, die aber nach und nach im Leben des Industriellen wesentlich wurde. Jean-Eudes fand trotz seiner Ehe mit Marie-Adeline bei Hélène Unterstützung und Vertrautheit, die ihm in seiner rechtmäßigen Ehe fehlten. Fernab von neugierigen Blicken entwickelte sich ihre Affäre, geheim und unberührt. Was als berufliche Anziehung begonnen hatte, entwickelte sich allmählich zu einer echten Leidenschaft. Hélène wünschte sich nichts sehnlicher als seine Liebe und die materielle Sicherheit, die Jean-Eudes ihr bot.

Im Laufe der Jahre hatte Jean-Eudes diese Beziehung immer weiter genährt, denn er war sich bewusst, dass er als einflussreicher Geschäftsmann und angesehener Vater nicht die Möglichkeit hatte, sich entdecken zu lassen. Im Hintergrund wurde Hélène zu seiner Vertrauten, aber auch zu seiner Komplizin in seinem Doppelspiel. Obwohl sie unsterblich in ihn verliebt war, hatte sie nie versucht, ihn zu einer offiziellen Heirat zu zwingen. Für sie war es das Wichtigste, ihren Platz in seinem Leben zu haben und diese Stabilität, wenn auch verborgen, aufrechtzuerhalten.

Nach mehreren Jahren nahm die Beziehung zwischen Jean-Eudes und Hélène mit der Geburt ihrer Tochter Ophelia eine neue Wendung. Dieses Kind durfte jedoch nicht offiziell anerkannt werden, da Jean-Eudes die Auswirkungen auf sein öffentliches Image fürchtete. Aber im Grunde bot er ihr in völliger Diskretion alles, was sie brauchte. Er sorgte für den Lebensunterhalt von Hélène und ihrer Tochter und garantierte Ophelia die beste Ausbildung, die er selbst in seinem eigenen Stolz aufgrund ihres Namens und der Zukunft, die er für sie erträumte, für verdient hielt.

Er machte Helene Versprechungen, die er nie eingehalten hatte, Versprechungen, die die offizielle Anerkennung ihrer Tochter betrafen. "Eines Tages werde ich es tun", versicherte er ihr immer wieder, "Ophelia wird als Alleinerbin all dessen, was ich aufgebaut habe, anerkannt werden. Eines Tages wird all dies ihr gehören, du wirst sehen". Doch diese Worte waren nur Illusionen, Versprechungen von Komfort und Sicherheit. In Wirklichkeit wollte Jean-Eudes nicht, dass die Welt davon erfährt. Er wollte nicht, dass sein Image, das er in jahrelangen Bemühungen und Opfern so sorgfältig aufgebaut hatte, durch dieses Doppelleben getrübt wurde. Er wusste genau, dass die Familie d'Archambeau aus dem Kleinbürgertum von Rochelle nicht den Standards entsprach, die er sich selbst auferlegt hatte. Aber er hatte einen Plan, und dieser Plan bestand darin, sein Image zu bewahren und eine Tochter als Erbin zu haben, die er zu gegebener Zeit legitimieren konnte.

Ophelia wurde zwar nicht offiziell von Jean-Eudes anerkannt, lebte aber im Schatten dieses Versprechens, das er ihr gegeben hatte. Sie lebte ein behütetes Leben, studierte an der HEC, einer renommierten Schule, die ihr helfen sollte, in die Kreise zu gelangen, die er im Laufe seines Lebens erobert hatte. Ophelia, dieses brillante und entschlossene Mädchen, hatte alles, um dem Industriellen zu gefallen: Sie war intelligent, ehrgeizig und hatte eine strahlende Zukunft vor sich. Jean-Eudes beobachtete sie genau, beobachtete sie mit Stolz und stellte sich bereits den Tag vor, an dem sie die Zügel des von ihm geschaffenen Imperiums in die Hand nehmen würde. Er wusste, dass er in dieser Erbin eine Verlängerung seiner selbst wiederfinden würde, einen Erfolg, der über seine eigene Geschichte hinausgehen würde.

Er hatte sich davon überzeugt, dass Ophelia die "wahre Erbin" all dessen sein würde, was er erreicht hatte. Mehr als nur ein finanzielles Erbe, er wollte, dass sein Imperium durch sie fortbesteht, dass seine Blutlinie von der einzigen Person fortgeführt wird, die er für würdig erachtete, die Hüterin des Imperiums zu sein. Aber in seinem Kopf gab es immer eine falsche Feinfühligkeit: Solange er sie nicht durch offizielle Handlungen legitimiert hatte, konnte er die absolute Kontrolle über die Situation behalten.

Marie-Adeline, die ihrer Rolle als sanfte und loyale Frau treu blieb, hatte nie etwas von dieser Geschichte erfahren.

Jean-Eudes sorgte dafür, dass sein Geheimnis gut gehütet wurde, und es gelang ihm viele Jahre lang, die Illusion aufrechtzuerhalten, dass seine Ehe intakt war.

Marie-Adeline war sich zwar der zunehmenden Entfremdung von ihrem Mann bewusst, hatte aber nie einen handfesten Beweis für seine Untreue gehabt. Und selbst wenn sie ihre Zweifel hatte, entschied sie sich dafür, nichts zu sagen, aus Respekt vor dem, was sie gemeinsam aufgebaut hatten, und aus einer stillen Loyalität heraus, die sie daran hinderte, das - wenn auch zerbrechliche - Gleichgewicht ihrer Familie zu zerstören.

Jean-Eudes hatte nie daran gedacht, seine Frau für Hélène zu verlassen oder gar seine Beziehung zu Ophelia offiziell zu machen. Aber in seinem Kopf wusste er, dass dieses Mädchen eines Tages der Schlüssel zu seinem Erbe werden würde. Er hatte sich dieses Privileg vorbehalten: das Privileg, seine Erbin zu wählen, diejenige, die er für die einzige hielt, die das Familienerbe antreten konnte. In der Realität führte er jedoch ein Doppelleben: das des angesehenen Familienpatriarchen und das des diskreten, egoistischen Liebhabers, der nie über seine eigene Bequemlichkeit und seine eigenen Wünsche hinausblicken konnte.

Und nun musste er mit dieser geheimen Wahrheit jonglieren, während er weiterhin die Fassade eines Mannes mit makellosen Prinzipien aufrechterhielt und davon überzeugt war, dass niemand jemals den Mann sehen würde, der er wirklich war. Doch am Ende konnte die Wahrheit beginnen zu bröckeln.

Gaspard hatte immer eine konfliktreiche Beziehung zu Jean-Eudes gehabt. Doch im Laufe der Jahre und mit Marie-Adelines Krankheit hatte er einen starken Willen entwickelt, sich auf das zu konzentrieren, was ihm wirklich wichtig war: die Liebe und den Respekt gegenüber seiner Mutter. Dennoch konnte er die Gerüchte um seinen Adoptivvater und die Art und Weise, wie er sein Leben geführt hatte, nicht ignorieren. Er hatte immer eine Kälte und eine Form der Manipulation an ihm wahrgenommen, die er nie ganz verstanden hatte. Doch nun war die Zeit gekommen, in der Gaspard beschloss, dass er nicht mehr wegschauen würde. Seine Mutter konnte jeden Moment gehen und er wollte wissen, was wahr und was falsch war oder vielleicht auch umgekehrt.

Die Wahrheit, die sich hinter den Mauern des Familienhauses verbarg, verfolgte ihn nun. Er begann, seinen Vater genauer zu beobachten, zu schauen, wo er sich aufhielt, seine Gespräche zu verfolgen und seine Bewegungen zu verfolgen. In seiner Eigenschaft als Anwalt beauftragte er eine Privatdetektivin. Jean-Eudes war nicht so diskret, wie er sich das vorgestellt hatte. Er hatte feste Gewohnheiten, wiederholte Gesten und Momente, in denen er nicht aufpasste. Gaspard nutzte diese Momente, um die Geheimnisse, die sein Vater sorgfältig verborgen hatte, genauer zu erforschen, und sein Partner bei dieser Suche lieferte ihm genügend Informationen, die es ihm ermöglichten, direkt zum Punkt zu kommen. Was er herausfand, machte ihn sprachlos.

So erfuhr er von Ophelia, der unehelichen Tochter von Jean-Eudes, die aus seiner Affäre mit Hélène d'Archambeau hervorgegangen war. Ophelia, die berühmte Erbin, deren Namen Jean-Eudes immer wieder flüsterte, die er aber nie offiziell anerkannt hatte. Diese Enthüllung war ein Schock für Gaspard. Er hatte nicht nur herausgefunden, dass sein Adoptivvater eine geheime Familie hatte, sondern auch, dass er nie die Absicht gehabt hatte, ihn für sein Geschäft oder sein Erbe zu legitimieren.

An dem Abend, an dem Gaspard den Entschluss fasste, seinen Vater zur Rede zu stellen, war die Spannung greifbar. Marie-Adeline, die immer noch gebrechlich war, konnte nicht an dieser Konfrontation teilnehmen, aber Gaspard wusste, dass das, was er tun würde, für ihn eine Notwendigkeit war. Er hatte keine Geduld und keine Toleranz mehr für Lügen und Manipulation.

Jean-Eudes stand in seinem Arbeitszimmer und sah nachdenklich aus, wie so oft in letzter Zeit. Gaspard trat ein, ohne anzuklopfen, und schloss die Tür mit einem leisen Knall hinter sich. Jean-Eudes blickte auf, ein überraschter Gesichtsausdruck verbarg sich hinter einer falschen Gleichgültigkeit.

- Willst du noch darüber diskutieren, was ich für die Zukunft des Unternehmens beschlossen habe? Oder kommst du endlich, um mir die Frage zu stellen, die du dich nicht getraut hast zu stellen? sagte Jean-Eudes mit einem ironischen Lächeln auf den Lippen.
Gaspard eröffnete das Gespräch ohne Umschweife in einem ebenso ruhigen wie scharfen Ton:
- Ich weiß Bescheid, Vater. Über Ophelia.

Jean-Eudes schien für den Bruchteil einer Sekunde zu erstarren, bevor er seine Fassung wiedererlangte. Er legte

seinen Stift beiseite und lehnte sich in seinem Sessel leicht zurück und verschränkte die Arme.
- Ah, du hast das entdeckt. Es war nur eine Frage der Zeit. Er zuckte mit den Schultern, als wäre das Thema erschreckend banal. Vielleicht möchtest du darüber reden?", warf er ein, als wolle er sich ein etwas übertriebenes Auftreten verschaffen.
- Natürlich ist das so. Du hast doch keine legitimen Kinder außer mir, oder?", erwiderte Gaspard mit gepresster, aber beherrschter Stimme.

Jean-Eudes sah ihm in die Augen, und eine schwere Stille legte sich über den Raum. Dann holte er tief Luft, bevor er in gleichem Tonfall antwortete:
- Ich betrachte Ophelia nicht als Erbin, Gaspard. Ich habe sie aus mehreren Gründen nie öffentlich anerkannt und habe auch nicht die Absicht, dies zu tun. Sie hat ihren Platz im Schatten und das ist alles, was sie verdient. Du und Marie-Adeline seid meine wahre Familie.

Gaspard ballte die Fäuste. Er spürte, wie eine dumpfe Wut in ihm aufstieg, eine Wut, die er lange unterdrückt hatte, die nun aber unausweichlich war, weil er die Lüge so sehr einatmete:
- Glaubst du, dass das einen Unterschied macht? Jedenfalls wolltest du mich immer glauben machen, dass ich dein Erbe bin. Aber jetzt sehe ich, dass du das nie gewollt hast, dass du mich nur als Ersatzteillager benutzt hast. Du hast mit mir gespielt, mit meiner Zukunft. Und du willst weiter mit Ophelia spielen? Das ist alles, was du kannst: spielen, manipulieren.

Gaspard fuhr fort, ohne seinem Vater das Wort zu überlassen:
- Spiel keine Spielchen mit mir", erwiderte Gaspard mit

schneidender Stimme. Hast du wirklich geglaubt, du könntest alles verheimlichen? Dachtest du, ich wäre zu naiv, zu sehr damit beschäftigt, mich um meine Mutter zu kümmern, um zu sehen, was du im Verborgenen tust? Ich kenne dich besser, als du denkst, Jean-Eudes.

Jean-Eudes erhob sich langsam, sein Blick war hart, seine Züge von einer seltsamen Form der Resignation geprägt.
- Du hast es immer noch nicht kapiert, oder?", sagte er mit müdem Blick. Du bist adoptiert worden, Gaspard. Du bist nicht mein biologischer Sohn. Ich habe dich mitgenommen, ich habe dich aufgezogen, ich habe dir einen Platz in der Firma gegeben ... aber irgendwann musst du akzeptieren, dass sich manche Dinge nicht mehr ändern lassen. Ophelia ist meine Tochter und sie wird das bekommen, was ihr zusteht. Wenn du damit nicht zufrieden bist, dann ist das eben so. Das ist in keiner Weise mein Problem.

Gaspards Gesicht verhärtete sich. Er war nicht mehr der junge Mann, der jahrelang versucht hatte, seinen Adoptivvater zufrieden zu stellen. Er hatte zu viel gesehen, zu viele Widersprüche, um weiterhin an seine schönen Worte zu glauben.

- Du hast keine Ahnung, was Erben ist, Vater", sagte er mit ruhigerer Stimme, aber voller Groll. Beim Erben geht es nicht um Geld oder Macht. Es geht um Werte, um Loyalität, um das, was man den Menschen gibt, die man liebt. Und das konntest du nie geben. Du hast immer mit Menschen gespielt, sie benutzt und immer dafür gesorgt, dass sie an ihrem Platz bleiben. Aber das kannst du nicht mit dir nehmen, oder? Diese Leere, die du hinterlässt, diesen Mangel an echten Familienbanden, kann niemand jemals ausfüllen.

Jean-Eudes antwortete nicht sofort. Es war offensichtlich, dass er gekränkt war, aber er zeigte kein Zeichen von Schwäche. Nach einem langen Schweigen seufzte er nur und sah Gaspard direkt in die Augen.

- Siehst du, du hast nie verstanden, wie das Geschäft funktioniert. Ophelia hingegen weiß es. Sie weiß, was es bedeutet, was ich aufbaue und was ich bin. Sie wird dieses Imperium führen können. Du nicht. Das ist alles.

Gaspard spürte, wie das Brennen der Ungerechtigkeit von ihm Besitz ergriff. Die Wut stieg, aber er gab nicht der Versuchung nach, zu schreien oder sich zu wehren. Stattdessen drehte er sich zum Gehen um, den Rücken gerade, den Blick starr auf die Tür gerichtet.

- Ich will nichts mehr von dir hören, Jean-Eudes. Ich habe nichts mehr von dir zu erwarten und du hast mir nichts mehr zu geben.

Jean-Eudes antwortete nicht, und Gaspard war bereit, den Raum ohne ein weiteres Wort zu verlassen.

Tief in seinem Inneren wusste ein Teil von Gaspard, dass diese Konfrontation einen Wendepunkt markiert hatte. Er würde nicht mehr zurückgehen. Sein Erbe war nicht mehr in den Händen von Jean-Eudes und würde es auch nie sein. Er wandte sich an seine Mutter, und darin lag die wahre Stärke: in der Liebe und dem Respekt derjenigen, die ihn wirklich geformt hatten. Und Ophelia würde trotz ihrer Blutsverwandtschaft niemals der Schlüssel zu seinem eigenen Schicksal sein.

In Jean-Eudes' Augen blitzte Zorn auf, aber er antwortete nicht sofort. Gaspard drehte sich um und fuhr fort, wobei er sich seinem Vater näherte und seine Worte fließend ineinander übergingen wie ein Plädoyer, das er sich lange überlegt hatte.

- Du hast mir immer gesagt, dass du keinen Erben hast, dass ich derjenige sein muss, der die Firma übernimmt, dass ich derjenige sein muss, auf den du dich verlässt, um das Erbe fortzuführen. Und jetzt gestehst du mir als bloße Anekdote, dass du noch eine Tochter hast, dass du eine geheime Familie hast und dass du nicht einmal den Mut hattest, dazu zu stehen. Aber natürlich willst du nicht, dass sie deinen Platz einnimmt, oder? Du willst sie im Verborgenen halten, im Schatten, weg vom Licht. Und ich bin hier, um dich zu beobachten, dir zuzuhören und zu versuchen, zu verstehen, was du aus unserer Familie gemacht hast.

Jean-Eudes erhob sich abrupt, diesmal sichtlich erregt. Er starrte Gaspard mit finsterer Miene an, aber dieser zuckte nicht mit der Wimper. Er fuhr fort, eine Leidenschaft, die er nicht mehr zurückhalten konnte, in seiner Stimme.
- Aber weißt du was, Vater? Es ist nicht das, was mich empört. Es ist nicht die Tatsache, dass du eine Geliebte hattest oder auch nur, dass du das Mädchen nie erkannt hast. Was mich empört, ist deine Heuchelei. Es ist deine Verachtung für Menschen, deine Art, mit den Gefühlen anderer zu spielen, sie als Schachfiguren in einem Spiel zu benutzen, dessen Regeln nur du verstehst, weil nur du sie diktierst. Du hast mir gesagt, dass ich dein Erbe bin, dass du mich wie einen Sohn liebst, aber alles, was du tust, ist, mich als Werkzeug zu betrachten. Ein Werkzeug, um dein Imperium, deine Macht und dein Image zu erhalten. Und es ist dir egal, wie man behandelt wird, solange das Aussehen intakt bleibt.

Jean-Eudes zitterte vor Zorn und versuchte, seinem Sohn das Wort abzuschneiden, aber der ließ ihn nicht.

- Und was ist mit Marie-Adeline?", fuhr Gaspard fort, wobei sich sein Tonfall noch weiter verhärtete. Sie, die dir immer verziehen hat, die immer da war, trotz all deiner Schwächen. Sie hat nie etwas gesagt, sie hat nie versucht, dich reinzulegen, trotz aller Demütigungen. Sie hat dich immer respektiert, auch wenn du es nicht mehr wert warst, als du verdient hast. Und du lässt sie mit ihrem letzten Atemzug im Stich, du lässt all das zurück, um dich weiter an deine alten Dämonen zu klammern. Du ekelst mich an, Jean-Eudes.

Jean-Eudes errötete vor Zorn, aber er konnte nicht mehr antworten, kein Wort mehr sagen. Er wusste, dass die Worte seines Sohnes ihn dort trafen, wo es weh tat, wo er sich nicht wehren konnte:

- Ich will nicht mehr dein Erbe sein. Ich will nicht mehr Teil deines Unternehmens sein, genauso wenig wie ich ein Mitglied deines Imperiums sein will. Was ich will, ist nicht das Geld, nicht die Macht. Was ich will, ist, dass du endlich verstehst, was es bedeutet, ein richtiger Vater zu sein, was es bedeutet, Verantwortung zu übernehmen. Ich will, dass du aufhörst zu manipulieren, mit den Menschen zu spielen und endlich zu deinen Fehlern stehst.

Er trat noch näher an seinen Vater heran, sein Blick war stechend.

- Ich wollte nie deine Anerkennung. Ich wollte nie dein Erbe, aber ich wollte deine Aufrichtigkeit. Und du hast es vorgezogen, mich im Unklaren zu lassen und so zu tun, als wäre ich in deinen Augen nichts wert. Aber ich habe dich gesehen, Vater. Ich habe gesehen, wie sich dein Gesicht jedes Mal zersetzt hat, wenn du mich angelogen hast. Ich habe deine Schwächen und Fehler gesehen und jetzt kommt das alles ans Tageslicht.

Jean-Eudes war sichtlich hilflos und versuchte, sich zu sammeln, aber Gaspards Plädoyer hatte wie ein Dolchstoß gewirkt. Er wusste nicht mehr, wie er antworten sollte. Sein Imperium, seine Geheimnisse, seine Macht ... alles war nun wertlos. Gaspard hatte sein Herz ausgeschüttet und alles ans Licht gebracht, was er geglaubt hatte, verbergen zu können.

- Ich schulde dir nichts. Du hast mich genommen, du hast mich aufgezogen, aber das macht mich nicht zu deinem rechtmäßigen Sohn. Du hast mich in der Illusion einer Zukunft leben lassen, die du mir gestohlen hast, aber ich bin stärker als das. Und ich werde mein Leben ohne dich fortsetzen. Aber eines solltest du wissen: Ich werde nie Teil deiner Welt sein, und du wirst nie Teil meiner Welt sein. Weder dein Geld, noch deine Macht, noch dein Imperium zählen. Was zählt, sind Ehre, Loyalität und die Liebe, die du anderen gibst. Und das konntest du mir nie geben.

Jean-Eudes stand mit offenem Mund da und war unfähig zu antworten. Gaspard drehte sich um und verließ das Büro ohne einen Blick zurück und ließ einen scheinbar gebrochenen Vater zurück, einen Mann, der geglaubt hatte, alles unter Kontrolle zu haben, sich aber in seinen eigenen Lügen verloren hatte.

Der ursprüngliche Gaspard

Gaspard saß in dem Sessel neben Marie-Adelines Bett, den Kopf in ein Buch vertieft, das er seit Jahren nicht mehr angerührt hatte, und verlor sich in seinen Gedanken. Die Seiten, die von der Zeit fast vergilbt waren, handelten von Gaspard Hauser, einem Mann, der wie er diesen seltsamen und feierlichen Vornamen trug. Er erinnerte sich an das Interesse, das er dieser rätselhaften Gestalt schon in jungen Jahren entgegengebracht hatte, als das Waisenhaus, in dem er aufgewachsen war, ihn durch diesen Vornamen auf diesen seltsamen Zufall aufmerksam gemacht hatte. Seitdem hatte ihn die Figur oft verfolgt, nicht nur, weil sie denselben Namen hatten, sondern auch wegen ihrer Geschichte - einer Geschichte, die ebenso mysteriös wie unvollendet war.

Er schlug eine weitere Seite des Buches auf, eine Biografie über Gaspard Hauser, diesen jungen Mann, der 1828 ohne Vergangenheit im Herzen Nürnbergs aufgetaucht war. Ein wildes Kind, ohne Kultur und Bezugspunkte, mit einer gebrochenen Geschichte, auf sich selbst gestellt, ohne zu wissen, woher er kam oder wer er war. Ein Geheimnis. Eine Leere. Ein unerklärtes Schicksal. Er begann, das wiedergefundene Buch zu lesen:

"Die Geschichte von Gaspard Hauser ist eine der geheimnisvollsten und faszinierendsten des 19. Jahrhunderts, eine Erzählung, die die Fantasie vieler Historiker, Schriftsteller und Forscher gefesselt hat. Hier ist eine Zusammenfassung seiner Geschichte :
Gaspard Hauser wurde um 1812 in Deutschland, in Nürnberg, geboren und sein Leben war von Anfang an von Geheimnissen umgeben. Er wurde 1828 im Alter von 16

Jahren in der Stadt Nürnberg gefunden, ziellos umherirrend, in einem scheinbaren Zustand der Betäubung und unfähig, deutlich zu sprechen. Er trug eine rätselhafte Nachricht bei sich, die lautete:

- Ich bin ein armes Kind, das in einem Wald gefunden wurde.

Aus dieser Botschaft ging nicht hervor, wer er war oder woher er kam.

Als er gefunden wurde, schien Hauser keinerlei Bildung oder menschlichen Kontakt genossen zu haben. Er war wie ein "wildes Kind", das nie gelernt hatte, zu sprechen, richtig zu laufen oder mit anderen Menschen zu interagieren. Seine körperliche und geistige Erscheinung deutete darauf hin, dass er fast sein ganzes Leben lang in einer dunklen, isolierten Zelle eingesperrt gewesen war. Aufgrund seines seltsamen Verhaltens, seiner aufrechten Haltung und seiner ungeschickten Gesten schien es, als habe er keinen Kontakt zur Außenwelt gehabt.

Es scheint, dass Gaspard Hauser während eines Großteils seiner Kindheit in einem engen Raum eingesperrt war. Einigen Zeugenaussagen zufolge soll er nur selten das Tageslicht gesehen haben und nur rudimentär ernährt worden sein. Er hatte keine Interaktionen mit Menschen und sein einziger Begleiter soll ein Hund gewesen sein. Die Einzelheiten dieser Zeit sind unklar, aber die Kindheit in völliger Dunkelheit hat seine Psyche und seine Entwicklung geprägt.

Die Gründe für diese Isolation sind unklar. Einige Theorien gehen davon aus, dass er der uneheliche Sohn einer aristokratischen oder königlichen Familie war und versteckt wurde, um einen Skandal zu vermeiden. Andere Hypothesen deuten darauf hin, dass er Gegenstand menschlicher Experimente war oder einfach ausgesetzt wurde. Das Geheimnis um seine Geburt und seine Isolation hat zahlreiche Spekulationen genährt.

Als Gaspard 1828 gefunden wurde, wurde er von den Behörden in Obhut genommen und unter die Aufsicht der Familie des Lehrers Georg Friedrich Daumer gestellt, der es übernahm, ihm die Grundlagen der Sprache, des Schreibens und der Grundbegriffe beizubringen. Gaspards Lernprozess war jedoch äußerst schwierig. Er hatte große Schwierigkeiten, sprechen zu lernen und sich an die gesellschaftlichen Normen anzupassen. Seine Entwicklung war die eines viel jüngeren Kindes, obwohl sein Körper der eines Teenagers war.

Gaspard begann, über seine bruchstückhaften Erinnerungen zu sprechen, aber diese Erinnerungen waren immer noch sehr vage. Er erzählte, wie er in einem lichtlosen Raum mit Wänden aus Holz und Stein eingesperrt worden war und von einer mysteriösen Person, die er "Mann in Schwarz" nannte, gefüttert wurde. Er hatte keine Ahnung, was außerhalb seiner Zelle vor sich ging, nicht einmal das Konzept von Familie oder Gemeinschaft.

Die Ereignisse im Leben von Gaspard Hauser haben zahlreiche Theorien hervorgebracht. Mehrere Forscher und Schriftsteller stellten die Hypothese auf, dass er ein von einer königlichen Familie verlassenes oder gestohlenes Kind gewesen sei und dass seine Existenz aus politischen Gründen verheimlicht worden sei. Einige glaubten, er sei ein rechtmäßiger Thronfolger gewesen, der jedoch aus mysteriösen Gründen entführt und versteckt gehalten worden war. Andere glaubten, dass er Opfer sozialer Experimente geworden war, um die Auswirkungen der Isolation auf einen Menschen zu beobachten.

Die Geschichte von Gaspard Hauser nahm 1833 eine dramatische Wendung, als er auf mysteriöse Weise angegriffen wurde. Am 14. Dezember des Jahres wurde Gaspard auf der Straße niedergestochen. Er überlebte den Angriff und konnte eine vage Beschreibung des Angreifers abgeben, doch seine Verletzungen waren schwer. Einige drei Tage später, am 17. Dezember 1833, starb Gaspard Hauser an den Folgen seiner Verletzungen.

Sein Tod ist bis heute ungeklärt und die Identität seines Angreifers wurde nie aufgedeckt. Einige glauben, dass die Verletzung das Ergebnis eines vorsätzlichen Mordversuchs durch diejenigen war, die seine Identität geheim halten wollten, während andere glauben, dass er Opfer eines zufälligen Angriffs wurde. Ob es sich um einen vorsätzlichen Mord oder einen Unfall handelte, bleibt ein Rätsel.

Die Geschichte von Gaspard Hauser fasziniert die Welt bis heute, und seine Existenz wirft tiefgründige Fragen über das Wesen der Menschheit und die Auswirkungen der Isolation auf die menschliche Entwicklung auf. Mehrere Schriftsteller wie Friedrich Schiller und Johann Wolfgang von Goethe waren von seiner Geschichte fasziniert, und sie hat literarische Werke, wissenschaftliche Forschungen und Spekulationen über die menschliche Psychologie inspiriert.

Gaspard Hauser wurde zu einem Symbol für extreme Isolation und den entscheidenden Einfluss der Umwelt auf die Entwicklung des Individuums. Seine Geschichte ist ein ergreifendes Beispiel für die Bedeutung der Gesellschaft und der Bildung bei der Herausbildung der menschlichen Identität.

So stellt die Geschichte von Gaspard Hauser, diesem "Prinzen der Abgeschiedenheit", weiterhin Fragen und versetzt diejenigen in Erstaunen, die das Geheimnis seiner Herkunft und seines Lebens zu verstehen suchen."

Als Gaspard zu Ende gelesen hatte, fiel es ihm nicht schwer, einen Vergleich zu ziehen, der, obwohl er selbst nie verwildert war, hier sehr wohl die Schwierigkeit erkannte, von seinem Vater isoliert und vernachlässigt zu werden.

Die Parallelen zwischen ihrem Leben erschienen ihm plötzlich mit eisiger Klarheit. Er war im Schatten der Ungewissheit aufgewachsen, in der Vergessenheit der Herkunft, ohne seine Vergangenheit, seine wahren Wurzeln zu kennen. Das Waisenhaus war nie ein Zuhause gewesen, sondern nur ein vorübergehender Zufluchtsort. Alles, was er über seine leiblichen Eltern wusste, war, dass sie ihn verlassen hatten, dass er ein namenloses Kind ohne Geschichte gewesen war. Als er in das Haus der Marlys de La Rochefoucault kam, hatte er geglaubt, dieses Erbe der Nichtigkeit vergessen zu können. Und doch war es nicht so. Wie Gaspard Hauser hatte er sich in einer Geschichte verfangen, die nicht die seine war. Er war nie "richtig" adoptiert worden, nicht vollständig. Marie-Adeline hatte ihn mit all der Liebe, die eine Mutter bieten konnte, aufgezogen, aber Jean-Eudes... Jean-Eudes hatte ihn nur zu einem Werkzeug gemacht, zu einem weiteren Teil im Puzzle seiner Macht und seines Imperiums.

Hier, in diesem Sessel, spürte er das enorme Gewicht dieser Analogie. Wie Gaspard Hauser hatte er seine wahren Wurzeln nie gekannt. Und wie Hauser sah er sich einer Welt gegenüber, in der die Wahrheit dunkel und von Geheimnissen umhüllt war. Er hatte sein ganzes Leben mit dieser Identität gelebt, die nicht seine eigene war, ein Name, der ihm von anderen gegeben wurde, ein Erbe, das er nicht gewählt hatte. Er war nicht der wahre Erbe der Familie Marly de La Rochefoucault, so wie Hauser nicht der Erbe von Nürnberg war, dem Erbe der Zivilisation. Sein Name war aufgezwungen worden, ebenso wie die Geschichte des wilden Waisen, des verlorenen Kindes. Doch im Gegensatz zu Gaspard Hauser hatte er nie die Chance gehabt, wiederzuentdecken, wer er wirklich war.

Er hatte nie eine aufsehenerregende Enthüllung oder einen geheimnisvollen Ursprung, der sein Leben auf den Kopf stellen würde. Nein, alles, was er erhalten hatte, waren Lügen und Manipulationen, das Erbe eines kalten, distanzierten und berechnenden Adoptivvaters.

Gaspard stand abrupt auf und schlug das Buch mit einem Ruck zu. Seine Gedanken überschlugen sich, seine Gefühle brachen wie ein unkontrollierbarer Strom durch ihn hindurch. Er hielt einen Moment inne und fragte sich, ob es für ihn noch möglich war, eine Form der Identität zu finden, eine Form der Wahrheit, die nicht von denen diktiert wurde, die ihn aufgezogen hatten. Ob er noch einen Platz für sich selbst finden konnte, jenseits seines Namens, jenseits seiner Vergangenheit.

Er dachte an Marie-Adeline, an die unermessliche Liebe, die sie ihm geschenkt hatte, und stellte fest, dass vielleicht genau das am meisten zählte: diese Verbindung, diese Familie, die sie ihm geschenkt hatte. Zumindest hatte sie ihm eine wahre Identität gegeben, die eines Sohnes, dem es nie an Liebe gefehlt hatte. Aber Jean-Eudes ... Jean-Eudes war immer diese ferne, undurchdringliche Gestalt gewesen.

Der Name "Gaspard" hallte nun auf andere Weise in seinem Kopf wider. Er war nicht mehr nur ein Zufall, sondern ein Erbe des Unverständnisses, des Mysteriums und der Suche nach Identität. Er hatte sein ganzes Leben auf der Suche nach Antworten, auf der Suche nach einem Sinn durchlaufen. Und vielleicht, so dachte er, war der einzige Sinn, den er wirklich finden konnte, der, den er sich selbst gab, durch seine Liebe zu Marie-Adeline und die Loyalität, die er ihr entgegenbrachte. Die anderen,

Jean-Eudes, das Unternehmen, das Erbe, all das war nicht mehr wichtig.

Er blickte durch das Wohnzimmerfenster auf die Sonnenstrahlen, die über das ruhige Meer glitten. Er dachte an das Ende von Marie-Adeline, diesen unausweichlichen Moment, den er mehr als alles andere fürchtete, und er versprach sich, dass er seinem eigenen Weg treu bleiben würde. Er war nicht mehr das verlorene Kind aus dem Waisenhaus, der zufällig getragene Name. Er war Gaspard, ein Mann, der durch seine Liebe und seinen Respekt für eine Mutter, die ihm alles gegeben hatte, eine echte Familie gefunden hatte. Und wenn der Name Hauser für ihn die Suche nach einem verlorenen Sinn bedeutete, würde der Name Gaspard nun für Freiheit, Akzeptanz und Versöhnung mit sich selbst stehen.

Er wandte sich dem Bett von Marie-Adeline zu, deren Atem sich leicht beschleunigt hatte. Er näherte sich ihr langsam, setzte sich neben sie und nahm ihre Hand. Das Erbe, das er antreten würde, war nicht das eines Reiches oder gar das eines aufgezwungenen Namens. Es war das Erbe der Liebe, die er gegeben hatte und die er empfangen hatte.

- Ich verspreche es dir, Mama. Ich werde nicht wie er sein. Ich werde nie wie er sein".

Als Gaspard mit dem Tod kollidiert

Die Nacht war über La Rochelle hereingebrochen und der Jachthafen schien im Griff der Stille erstarrt zu sein. Die sonst belebten Kais waren menschenleer und in fast völlige Dunkelheit gehüllt. Nur das Licht der Straßenlaternen drang zwischen den Schatten der festgemachten Boote hindurch. Gaspard, dessen Herz noch schwer von der hitzigen Diskussion mit seinem Vater war, lief ziellos umher. Jeder Schritt schien ihn von der Gewalt der Worte, die er mit Jean-Eudes gewechselt hatte, wegzuführen. Die Flut von Fragen und Zweifeln, die seinen Geist belagerte, trieb ihn dazu, eine Atempause zu suchen, ein wenig frische Luft, weit weg von der Familienwohnung.

Er atmete tief durch und ließ die kühlen Brisen des Hafens für einen Moment die Echos dieser beunruhigenden Offenbarung auslöschen: Sein Vater war nicht der, für den er ihn gehalten hatte. Seine einzige Zuflucht, sein einziger Gedanke, der ihn beruhigen konnte, war seine Mutter. Das Bild ihres Gesichts, beruhigend und zärtlich, half ihm, einen Anschein von innerem Frieden zu finden. Er war nur ein verlorener junger Mann, der in dieser dunklen Nacht nach einem kleinen Sinn suchte.

Doch als er am Rand des Hafens entlangging, wurden seine Gedanken jäh unterbrochen. Eine Gruppe von Männern trat aus dem Schatten hervor und kam mit schlurfenden Schritten den Kai hinunter. Gaspard blieb instinktiv stehen, als sich ein unangenehmes Gefühl in seinem Bauch bemerkbar machte. Sie waren etwa ein halbes Dutzend, aber einer von ihnen, ein Mann, der wie Mitte dreißig aussah, löste sich von der Gruppe. Er trug schmutzige Kleidung und sah ungepflegt aus, wie ein Obdachloser. Sein starker Atem nach Alkohol und Schweißgeruch drang bereits aus einigen Metern Entfernung zu ihm herüber. Er hatte eine bedrohliche Ausstrahlung, sein Gang war zögerlich, aber entschlossen.

Er ging auf Gaspard zu, musterte ihn einen Moment lang und warf dann in scharfem Ton ein:
- Hey, du da! Du hast hier nichts zu suchen, du gehörst nicht zu uns. Gib mir deine Jacke, dein Geld, dein Handy.

Gaspard zuckte leicht mit den Schultern und versuchte, ruhig zu bleiben, aber der bedrohliche Tonfall des Mannes ließ ihn zusammenzucken. Adrenalin stieg in ihm auf und sein Herz begann schneller zu schlagen. Er wich etwas zurück und versuchte, Abstand zu halten.
- Hören Sie, ich habe Ihnen nichts zu geben. Ich bin nur hier, um mich ruhig niederzulassen. Gaspard versuchte, sich nicht anmerken zu lassen, dass er nervös war, und seine Stimme war etwas leiser als sonst. Er wusste, dass eine solche Situation schnell eskalieren konnte.

Doch der Mann schien durch seine Worte nicht besänftigt zu werden. Er trat noch ein Stück näher, sein Blick war hart und seine Hände zitterten, waren aber voller Drohung.
- Ich habe dir gesagt, gib alles, was du hast, oder es wird schlecht für dich ausgehen. Du hast keine Ahnung, was für ein Typ ich bin.

Ein metallisches Geräusch entwich der Waffe, als der Angreifer den Abzug betätigte. Der Schuss hallte wie ein Donnerschlag durch die Nacht. Doch die Kugel flog knapp an Gaspards Füßen vorbei und streifte die Luft, ohne ihn zu treffen. Das Adrenalin schoss in die Höhe und in einem rein instinktiven Reflex warf sich Gaspard nach hinten und fiel fast ins Wasser des Hafens. Er rollte über den Boden, sein Herz schlug wie verrückt und er geriet völlig in Panik.

Der Mann lachte irrsinnig, als genieße er den Schrecken, den er gerade ausgelöst hatte. Aber tief in seinem Inneren wusste Gaspard, dass der Mann gefährlicher war, als er sagen konnte. Er war allein gegen sie.

- Glaubst du, dass du es schaffen wirst? Der Mann ging weiter und richtete seine Waffe auf Gaspard, der versuchte, sich aufzurichten. Er bemühte sich, ruhig zu bleiben, aber er spürte, dass ihn seine Kräfte allmählich verließen. Mit zitternden Beinen richtete er sich langsam auf und starrte auf die Waffe.

- Gib mir deine Jacke, sofort! Die Stimme des Mannes war schärfer, dringlicher, fast hysterisch. Er hatte sich in Rage geredet, weil er spürte, dass Gaspard nicht nachgab.

Gaspard zwang sich zum Sprechen, sein Atem ging schwer.

- Ich habe nichts, was ich Ihnen geben könnte ... Ich werde tun, was Sie wollen, aber tun Sie mir nicht weh. Ich wiederum will Ihnen nichts Böses. Das ließ den bewaffneten Angreifer in schallendes Gelächter ausbrechen.

Doch in dem Moment, als der Mann einen Schritt zu weit auf ihn zuging, veränderte sich die Atmosphäre. Gaspard spürte einen seltsamen Druck auf seinem Körper, ein Gefühl, das er noch nie zuvor erlebt hatte, als ob sich alles um ihn herum zusammenziehen würde. Er hörte sein Herz immer schneller schlagen, seine Augen waren auf die Waffe des Mannes gerichtet.

Der Angreifer blieb plötzlich stehen. Aus seinem Mund kam ein seltsames Röcheln, als hätte er einen unsichtbaren

Schlag erhalten. Er griff sich an die Brust und verzerrte sein Gesicht vor Schmerz.

- Was... was ist mit mir passiert? Er stotterte mit weit aufgerissenen Augen, während sein Atem immer heftiger wurde. Seine Hände zitterten und er fiel auf die Knie, ohne Luft zu holen.

Gaspard war von der Szene wie gelähmt und beobachtete den Mann, der nach Luft rang. Seine Augen weiteten sich vor Schreck. Der Angreifer krümmte sich auf dem Boden, sein Gesicht war bleich geworden und sein Atem ging keuchend. Er war nur noch ein Schatten des bedrohlichen Mannes, der er vor wenigen Sekunden noch gewesen war.

Seine Kumpane flüchteten, als Gaspard sein Handy zückte, um den Notruf zu wählen. Die ersten, die am Tatort eintrafen, waren die Polizeikräfte, gefolgt von den Rettungsdiensten. Aus dem Krankenwagen stiegen eine Krankenschwester und ein Assistenzarzt aus, die sich auf den Mann stürzten, der immer noch keuchend am Boden lag, aber seinen letzten Atemzug zu tun schien. Er sprach nur mühsam und sagte ihnen, dass der Mann vor ihm für seine schwere Verletzung verantwortlich sei.

Der Arzt sah keine Spuren von Gewalt an dem verletzten Mann und schien stattdessen einen Herzinfarkt zu erkennen. Alles, was getan werden musste, um den Mann zu retten, war eine Herzmassage und Hilfe bei der Atmung, gefolgt von einer Injektion eines Schmerzmittels, um ihn zu beruhigen.

Die Polizei sah, dass Gaspard offensichtlich gestürzt war, da seine Jacke die Stigmata eines Sturzes auf den betonierten Bahnsteig aufwies. Die Beamten stellten ihm die üblichen Fragen und interessierten sich vor allem dafür, was der Mann dem Arzt ins Ohr geflüstert hatte.

Rund um den Bahnsteig herrschte noch immer reges Treiben, der Krankenwagen brachte den Mann weg, das Geräusch der Sirenen löste sich langsam auf. Gaspard saß immer noch auf dem Bürgersteig und zitterte leicht, er war noch etwas geschockt von dem, was gerade passiert war. Die Polizisten, die einige Augenblicke vor der medizinischen Hilfe eingetroffen waren, übernahmen schnell die Kontrolle über die Situation. Sie hatten sich vergewissert, dass es Gaspard gut ging, aber es war offensichtlich, dass er die Spuren eines heftigen Sturzes trug. Seine Jacke war zerrissen, sein Gesicht blass und seine Hände noch leicht zittrig.

Als die beiden Polizisten näher kamen, war ihr Gesichtsausdruck ernst, aber aufmerksam. Sie hatten keinen Zweifel daran, dass etwas Seltsames vor sich ging.

Der erste Polizist, ein Mann in den Dreißigern, kniete sich neben Gaspard und stellte die übliche Frage, um das Verhör zu beginnen.
- Guten Abend, Herr. Zunächst einmal, geht es Ihnen gut? Sie sind doch gestürzt, oder? Haben Sie irgendwelche Verletzungen?"

Gaspard nickte langsam, suchte nach Worten und ein leichter Schmerz durchfuhr seine Brust bei dem Gedanken an das, was gerade passiert war. Er schloss kurz die Augen, bevor er zögernd antwortete.
- Mir geht es ... mir geht es gut, nur ein bisschen benommen. Das ist ... das ist alles.

Der zweite Polizist, der älter und ruhiger war, beugte sich etwas näher zu ihm hinunter, notierte sich seine Worte und beobachtete seinen Zustand.

- In Ordnung. Sie sind gestürzt, sagen Sie, aber da ist noch etwas anderes. Uns wurde berichtet, dass der Mann, der Sie angegriffen hat, einige ... ziemlich seltsame Anzeichen zeigte, bevor er zusammenbrach. Er hauchte dem Arzt ins Ohr, dass Sie die Ursache für seinen ziemlich ernsten Zustand seien. Können Sie uns sagen, was genau passiert ist?"

Gaspard erstarrte. Der Atem ... Dieses Detail hatte er völlig vergessen, aber der Gedanke, dass er mit dem, was er gefühlt hatte, in Verbindung stand, war unerträglich. Er senkte unbehaglich den Blick.
- Ich... ich verstehe nicht. Er schüttelte sanft den Kopf. Er hat mich mit einer Waffe bedroht. Ich... ich wollte nicht, dass er mir etwas antut, aber ich... ich glaube, er hat auf mich geschossen. Ich... ich habe nicht gesehen, dass seine Waffe wegging.
Er schwieg und schämte sich, weil er nicht wusste, wie er erklären sollte, was dann passiert war.
- Aber ... aber als er zusammenbrach, sah es so aus, als ob er Schmerzen hätte, wirklich. Als ob er ... von heftigen Schmerzen geplagt würde.

Die Polizisten tauschten einen raschen Blick aus. Der Ältere achtete besonders auf jedes Wort und versuchte, das Seltsame in Gaspards Erzählung zu entwirren.

- Er hat ihr ins Ohr gepustet, sagen Sie... Sind Sie sicher, dass Sie nichts getan haben? Haben Sie die Waffe angefasst oder auf andere Weise ungewöhnlich reagiert?

Gaspard richtete sich leicht auf und verschränkte die Arme, als wolle er sich Mut machen.
- Nein, überhaupt nicht, ich... ich habe seine Waffe nicht berührt. Ich habe nichts Besonderes gemacht. Ich wollte

nur weggehen. Er atmete tief durch:
- Als er schoss, wollte ich ... ich ... ihn davon abhalten, noch eine weitere Dummheit zu begehen. Aber... danach fing er an zu schmerzen. Sehr weh. Er krümmte sich, atmete immer wieder heftig, als ob ihn etwas ersticken würde.

Der jüngere Polizist war etwas perplex und runzelte die Stirn. Er trat näher an Gaspard heran, seine Stimme klang jetzt fester.
- Sind Sie sicher, dass Sie nichts getan haben? Nichts gesagt zu haben? Sie verstehen nicht, was mit ihm passiert ist, und doch steht er eindeutig kurz vor dem Tod. Sie haben gesehen, dass er kaum noch atmet. Sie haben ihn leiden sehen, bevor er zusammengebrochen ist, nicht wahr?"

Gaspard kaute auf seiner Unterlippe, sichtlich verunsichert durch die Intensität der Fragen.
- Ich ... Ich habe nichts Besonderes getan, nichts, was diese Person verletzt haben könnte. Es ist ... es ist ... als ob ... als ob sein Körper etwas nicht verkraftet hätte. Als ob ... er plötzlich Herzschmerzen bekommen hätte, aber ich habe nichts getan! Er machte eine Pause und flüsterte dann leiser.
- Ich habe nur ... reagiert. Aber ich schwöre Ihnen, ich wollte nicht ...
Der Polizist sah ihn an und wirkte zunehmend ratlos. Er tauschte einen Blick mit seinem Kollegen aus, bevor er erneut das Wort ergriff.
- Sie haben nichts getan? Nichts Besonderes?
Er schien zu zögern und versuchte zu verstehen.
- In Ordnung. Aber, Sir, Sie müssen sich uns gegenüber deutlicher ausdrücken. Was mir gesagt wurde ... Der Mann hatte unmittelbar nach der Konfrontation ein Unwohlsein.

Wie ein starker Schmerz. Das sieht nicht einfach nach einem Angriff aus. Haben Sie genau gehört, was er sagte, bevor er in die Notaufnahme gebracht wurde?

Gaspard schüttelte verwirrt den Kopf. Er konnte immer noch nicht begreifen, was wirklich geschehen war. Er fühlte sich ... verantwortlich, aber auch daneben, als ob ein anderer an seiner Stelle gehandelt hätte.
- Nein ... ich habe nichts gehört. Ich ... es tut mir leid, aber das ist alles verschwommen. Alles, was passiert ist, ist verschwommen.
Er blickte zu dem Polizisten auf, in seinen Augen blitzte ein Zweifel auf.
- Ich habe das nicht gewollt. Ich wollte nie, dass es so endet. Ich weiß nicht, was mit ihr passiert ist!

Die Polizisten schwiegen einige Augenblicke lang und gaben sich unauffällige Zeichen, als wollten sie bestätigen, was sie bereits verstanden hatten: Irgendetwas stimmte an dieser Geschichte nicht. Doch im Moment schien Gaspard aufrichtig zu sein und seine Verwirrung wurde nicht in Frage gestellt.
- Sehr gut, Herr. Wir werden alle Ihre Aussagen berücksichtigen. Aber ich rate Ihnen, ruhig zu bleiben. Dies ist nicht der richtige Zeitpunkt für Aufregung. Sie werden uns auf die Polizeistation folgen und wir werden Ihre Aussage aufnehmen. Keine Sorge, das ist kein Polizeigewahrsam, sondern nur die Notwendigkeit, Ihre Aussage aufzunehmen, um die Situation zu klären.

Gaspard nickte und zeigte ihnen bei dieser Gelegenheit seine Anwaltskarte für das Gericht. Der Polizist betrachtete seine Papiere mit Verachtung in den Augen. Das überraschte Gaspard jedoch nicht, denn er war die kriegerischen Empfänge gewohnt, mit denen er bei seinen Einsätzen wegen anderer Polizeigewahrsams zu tun hatte.

Gaspards Verhör

Im Verhörraum des Polizeipräsidiums sind die Wände kahl und werden von einem kalten, weißen Licht erhellt. Gaspard sitzt zwei Polizisten gegenüber: einem Beamten der Kriminalpolizei und dem Beamten, der ihn zuvor auf den Bahnsteigen verhört hatte. Der Ton ist ruhig, aber die Atmosphäre ist schwer von Spannung. Der Kriminalbeamte nimmt ihm gegenüber Platz, seine Augen mustern Gaspard unablässig, während der andere Polizist in der Nähe der Tür steht und bereit ist, einzugreifen, wenn es nötig ist.

Der PJ-Offizier ergreift das Wort und blättert in den Dokumenten:
- Gut, Herr Gaspard Marly de La Rochefoucault, so heißen Sie doch?
Gaspard nickt, und der Offizier fährt fort:
- Bekannte Familie in der Region. Ihr Vater ist der Großindustrielle, der seine Geschäfte am Seehafen von La Rochelle macht, glaube ich?
Gaspard nickt erneut bedenkenlos, ein wenig irritiert über den Tonfall.
- Sie haben bereits eine Erklärung abgegeben, aber für uns ist es wichtig, eine vollständige Schilderung zu erhalten. Nur zu, erzählen Sie mir alles von Anfang an.

Gaspard richtet sich ein wenig auf, seine Hände zittern, sein Geist ist immer noch von der Angst und der Verwirrung über das, was er gerade erlebt hat, benebelt. Er holt tief Luft und beginnt langsam zu sprechen, wobei er alles, was er den Polizisten zuvor erzählt hatte, detailliert aufzählt.

- Wie ich schon sagte, ich ... ich fand mich hier auf den Docks wieder. Es war ... es war spät, ich wollte nur spazieren gehen, ein bisschen atmen. Nach... nach einem großen Streit mit meinem Vater. Ich musste meinen Kopf durchlüften. Es war fast Mitternacht, als ich an den Docks ankam.
Er hält einen Moment inne, sein Blick geht ins Leere.
- Da traf ich auf diesen Mann und seine Freunde. Er bedrohte mich mit einer Pistole und forderte mich auf, ihm meine Jacke, mein Geld und mein Handy zu geben. Ich war - ich wusste nicht, wie ich reagieren sollte. Ich habe versucht, mit ihm zu reden und ihn zu beruhigen. Aber als wir weiter redeten, zog er seine Waffe und da er sich nicht beherrschen konnte, wurde sein Tonfall immer lauter und bedrohlicher. Ich versuchte weiter, ihn zur Ruhe zu bringen, aber er machte seine Drohung wahr und schoss auf meine Füße, ich muss zugeben, dass ich in Panik geriet. Es ist nicht leicht, in einer solchen Situation einen kühlen Kopf zu bewahren.

Der PJ-Beamte macht sich eine Notiz, ohne ihn aus den Augen zu lassen. Der jüngere Polizist im Außendienst scheint skeptischer zu sein. Er schaut Gaspard nachdenklich an, wobei ein leichtes Stirnrunzeln seine Zweifel verrät. Er tritt langsam vor, bereit, einzugreifen.

Der Beamte, der an der Bürotür lehnt, unterbricht ihn:
- Entschuldigen Sie, Sir, aber ... was Sie uns sagen, ergibt nicht wirklich Sinn.
Er macht eine Pause und sucht nach Worten.
- Sie sagen, dass Sie nur in Panik geraten sind, aber ... Sie haben gesehen, wie er gefallen ist. Es war nicht nur ein Schwächeanfall oder ein einfacher Sturz. Er ist nicht auf

die gleiche Weise gefallen wie jemand, dem eine Kugel in die Füße geschossen wird. Sie sagen, dass Sie seine Waffe nicht berührt haben, aber er hat dem Arzt ins Ohr gehaucht, dass Sie seiner Meinung nach für seinen Zustand verantwortlich sind. Was soll das heißen? Haben Sie da nicht etwas ... Seltsames getan?

Gaspard ballt unter dem Tisch die Fäuste, sein Gesicht spannt sich an, aber er versucht, ruhig zu bleiben. Er wendet sich direkt an den Polizisten, als wolle er sich verteidigen.
- Nein! Ich schwöre, ich habe nichts Besonderes getan!
Seine Stimme bricht leicht, aber er fährt mit aufrichtiger Überzeugung fort.
- Ich habe nichts für ihn getan, damit er fällt. Er hat nur angefangen, Schmerzen zu haben, er hat angefangen zu ersticken, er hat sehr schwer geatmet und dann ist er gefallen. Ich versichere Ihnen, dass ich das nicht getan habe. Ich habe keine gewalttätigen Handlungen gemacht. Es war, als ob ... ich weiß nicht ... als ob etwas anderes passiert wäre. Ich habe nicht kontrolliert, was nach seinem Schuss passiert ist.

Der PJ-Beamte schaut von seinem Notizbuch auf und verschränkt die Arme, als warte er auf etwas Genaueres. Er scheint nach einem weiteren Detail zu suchen, um zu verstehen, was wirklich passiert ist.

- Sie verstehen, Herr, dass sich das alles nach einer sehr seltsamen Geschichte anhört.
Er macht eine Pause, wobei seine stechenden Augen versuchen, ihn zu verunsichern.
- Der Mann, den Sie erwähnen, befindet sich in einem kritischen Zustand. Sie sagen uns, dass er eine Reaktion hatte, die ... zu schwerer Atemnot geführt hat. Haben Sie

nichts getan, nichts berührt? Keine Geste, die das hätte verursachen können?"

Gaspard schüttelt sachte den Kopf und kämpft um Selbstbeherrschung. Er ist eindeutig erschöpft, sowohl geistig als auch körperlich. Aber er spürt, dass er auf dem beharren muss, was er für die Wahrheit hält.
- Nein, nichts. Er hat mich nur bedroht. Ich habe versucht, mit ihm zu reden, ihn zu beruhigen, aber er hat geschossen. Ich sah, wie er ... sich krümmte, anfing zu leiden, aber ... das war nach dem Schuss."

Der Feldpolizist, der sichtlich weniger überzeugt ist, ergreift erneut das Wort und rückt etwas näher an den Tisch heran. Er verschränkt genervt die Arme. Er fährt trockener fort:
- Aber was erwarten Sie von uns? Dass wir glauben, dass dieser Mann, unmittelbar nachdem er geschossen hat, plötzlich auf ... unerklärliche Weise zu leiden begonnen hat? Ist das nicht ein bisschen ... zu groß? Haben Sie nicht eine etwas logischere Erklärung für uns, Herr Anwalt?

Gaspard schweigt für einen Moment, sein Herz schlägt schneller. Er versteht, dass die Polizisten seine Version anzweifeln. Er spürt, dass er reagieren muss, aber er verliert den Boden unter den Füßen. In diesem Moment wird ihm klar, dass er sich anders verteidigen muss.
- Ich verberge nichts und es ist keine leichte Aufgabe, Ihnen das zu versichern. Ich wurde angegriffen, obwohl ich nie die gleiche Position eingenommen habe. Ich habe niemanden angegriffen. Dass Sie zweifeln, ist in meinen Augen nichts Normaleres, aber Sie müssen sich darüber im Klaren sein, dass ich nichts Illegales getan habe. Ich habe das Leid dieses Mannes nicht verursacht. Wenn Sie mich wirklich in diese Sache hineinziehen wollen, dann

zeigen Sie mir bitte einen handfesten Beweis, der mich belasten könnte. Denn im Moment gibt es keine.

Er macht eine Pause und fährt dann mit ruhigerer, aber fester Stimme fort:

- Sie sagen, dass er auf der Intensivstation liegt, aber das beweist nicht, dass ich dabei eine Rolle gespielt habe. Das ist reine Spekulation. Sein Zustand ist nicht geeignet, mich in die Reihe der Angeklagten zu stellen.

Der PJ-Offizier holt tief Luft, steht auf und geht langsam im Raum umher. Er scheint Gaspards Worte abzuwägen, sein stechender Blick ist auf ihn gerichtet.

Ohne ihn aus den Augen zu lassen, wird er mit gemessener Stimme versöhnlicher:

- Wir werfen Ihnen zu diesem Zeitpunkt nichts vor. Wir versuchen lediglich zu verstehen. Aber das alles scheint ... sagen wir, unklar zu sein. Sie sind ein junger, scheinbar unbescholtener Mann, ein Anwalt noch dazu, aber ein Mann, zugegebenermaßen ein Angreifer, landet in der Notaufnahme und Sie sind der Einzige vor Ort, der mit dieser Situation konfrontiert ist.

- Ich habe, soweit ich seinen Zustand einschätzen konnte, sofort die Polizei alarmiert, da mir die Dringlichkeit offensichtlich war. Ich habe den Ort nicht verlassen. Ich habe auf Sie gewartet, und das alles nur aus einem einfachen Grund: Ich habe nichts mit dem Leiden dieses Menschen zu tun, der mir nicht nur Gutes wollte.

Fast zwei Stunden war Gaspard in dieser Polizeistation eingesperrt, bevor der OPJ kam, um ihn zu befreien. Gaspard durfte mit der Anordnung, das Land nicht zu verlassen, bevor der Fall in ein neues Licht gerückt wurde, nach Hause gehen.

Als Gaspard nach Hause kam, schloss er leise die Tür hinter sich und seine Gedanken wirbelten in seinem Kopf herum wie ein Sturm, der nicht bereit schien, sich zu beruhigen. Er hatte nie gewollt, dass es so weit kommt. Alles, was er getan hatte, war der Versuch zu überleben. Er hatte die Wut, den Schmerz und die unwahrscheinliche Begegnung mit diesem Mann überlebt.

Aber ... er fühlte sich schuldig. Wie sollte man sich nicht verantwortlich fühlen, wenn man diesen Mann so intensiv, so plötzlich hatte leiden sehen? Er wusste, dass er nichts getan hatte, oder zumindest nicht bewusst das getan hatte, was er dachte. Er hatte reagiert, das war alles. Und diese Reaktion, diese Macht, die er nicht einmal richtig verstand, hatte Verwüstung angerichtet. Er hatte einen Menschen verletzt, vielleicht sogar getötet, ohne es zu wollen.

Er ließ sich mit zitternden Händen auf das Sofa fallen. Seine Finger krallten sich in den Stoff, als ob ihn das in die Realität zurückholen könnte. Das Problem war, dass die Realität viel zu destabilisierend war.

Habe ich wirklich jemanden getötet? Der Gedanke traf ihn wie ein eiskalter Schlag. Er hatte das nie gewollt. Er sah sich selbst vor sich, wie er dort auf den Docks diesem bedrohlichen Mann gegenüberstand, wie ihm der kalte Schweiß auf der Stirn stand und sein Herz wie wild klopfte. Und dann der Schmerz. Die Qualen. Der Mann hatte gelitten. Es war seine Schuld. Er hatte alles ausgelöst.

Aber gleichzeitig hielt sich ein anderer Gedanke hartnäckig. Er wollte mich umbringen, nicht wahr? Gaspard stand abrupt auf und lief nervös von einem Ende des Wohnzimmers zum anderen. Diesen Mann hatte er nicht in einem normalen Zustand gesehen. Er hatte ihn wie eine Bestie gesehen, die bereit war zuzubeißen, ohne Mitleid, ohne Skrupel. Gaspard hatte keine Wahl gehabt. Er hatte sich vor einer Wand wiedergefunden. Und er wusste, dass dieser Typ, dieser Mann, der ihn bedroht und in eine Ecke gedrängt hatte, aus der es kein Entrinnen gab, nicht gezögert hätte, ihm ein Ende zu bereiten. Es war eine Frage des Überlebens.

Er drehte sich zum Fenster und musterte die leeren Straßen, als ob es ihm helfen würde, dort nach einer Antwort zu suchen. Es ist seine Schuld, nicht meine. Er hat mich gezwungen zu reagieren. Doch dieser Gedanke beruhigte ihn nicht. Das war nicht das, was er wollte. Er war nicht diese Art von Mensch. Er hätte niemals aus Selbstverteidigung töten wollen, zumindest nicht absichtlich. Es war diese Kraft, die ihm das Gefühl gab, außer Kontrolle zu sein. Eine Kraft, die ohne Vorwarnung auftauchte, ohne dass er wusste, wie oder warum.

Er ließ sich zurück auf die Couch fallen, geplagt von einem Strudel aus Schuldgefühlen und Unverständnis. Was, wenn mir das noch einmal passiert? Diese Frage verfolgte ihn sofort. Was, wenn diese Kraft eines Tages noch heftiger, noch unkontrollierbarer wieder auftauchen würde? Was, wenn jemand anderes den Preis dafür zahlen würde?

Gaspard kauerte sich auf dem Sofa zusammen und stützte den Kopf in die Hände. Er hatte keine Antworten mehr. Nur noch Fragen. Fragen über sich selbst. Fragen über diese Macht, die er nicht kontrollierte, die aus dem Nichts zu kommen schien. Vielleicht ist es eine Last, die ich tragen muss. Aber ist das wirklich gerecht?

Ein Gedanke durchfuhr ihn, fast heimtückisch, aber dennoch war er nicht mehr zu übersehen. Ist diese Kraft ...

wirklich ein Fluch? Oder ist sie irgendwo da draußen, um mich zu schützen?

Kapitel 5

Waise wider Willen

Marie-Adeline zieht sich zurück

Marie-Adelines Zimmer war in eine seltsame, fast unwirkliche Ruhe gehüllt. Das gedämpfte Licht des Morgens drang kaum durch die geschlossenen Vorhänge, aber die Luft war mit einer unbeschreiblichen Schwere gesättigt, als würde die Zeit selbst langsamer laufen und auf das Unausweichliche warten.

Gaspard saß auf der Bettkante, seine Hand um die seiner Mutter geklammert, die Finger kalt und zerbrechlich unter seinem Griff. Marie-Adelines Atem ging schwach und stoßweise, jeder Atemzug schien immer schwerer zu fallen, als würde sie darum kämpfen, dem Ruf des Endes nicht nachzugeben. Ihre Augen, obwohl sie müde waren, blieben auf ihren Sohn gerichtet, als wollte sie sicherstellen, dass sie ihn ein letztes Mal sah und ihm das vermittelte, was sie konnte, bevor sie ging.

Gaspard, dessen Herz zerrissen war, fühlte sich wie ein Fremder in seiner eigenen Haut.

Er fühlte sich schuldig. Schuldig, weil er seine Mutter nicht vor diesem Leid schützen konnte. Schuldig, dass er seine Macht nicht genutzt hatte, um sie zu retten, um sie zu besänftigen. Stattdessen hatte er sie in dieser Krankheit versinken lassen, während er mit Geistern und Dämonen kämpfte, die er nicht einmal verstand. Er hatte immer geglaubt, er könne alles wieder in Ordnung bringen und alles unter Kontrolle bringen. Doch heute stand er vor einer Wahrheit, vor der er nicht weglaufen konnte: Er war nie in der Lage gewesen, die Menschen zu retten, die er am meisten liebte.

Die Schuldgefühle fraßen ihn innerlich auf, jeder Gedanke war von der Vorstellung überwältigt, dass er versagt hatte. Seine Mutter, seine süße, zärtliche Mutter, litt wegen ihm, wegen seiner eigenen Unfähigkeit, die Macht, die er in sich trug, zu beherrschen. Er hatte diejenigen bestrafen wollen, die ihm Leid zugefügt hatten, diejenigen, die ihn verletzt hatten ... doch heute war er es, der am meisten verletzt war. Seine Fehler hatten irreparable Folgen gehabt.

Gaspard, mit gebrochener Stimme:
- Mama ... ich ... ich konnte dich nicht beschützen. Ich konnte dir diesen Schmerz nicht ersparen.
Er lässt ein ersticktes Schluchzen hören, während seine Hand die ihre ein wenig fester umklammert, als versuche er, das zurückzuhalten, was er bereits als unvermeidlich kannte.

Marie-Adeline, die sich bemüht, einen sanften und ruhigen Blick zu ihrem Sohn zu erheben, flüstert mit schwacher, aber zärtlicher Stimme.
- Mein Liebling ... Du bist für all das nicht verantwortlich. Du bist nur deinem Herzen gefolgt, auch wenn es dich durch die Dunkelheit geführt hat.
Sie lächelt schwach, dieses Lächeln, das, obwohl es vom Schmerz abgenutzt ist, immer noch das einer liebenden, beruhigenden Mutter ist.
- Ich wollte nie, dass du diese Last trägst... Du hast mich immer auf eine so reine Art und Weise geliebt...
Seine Stimme wird leiser, fast unhörbar:
- Du hast immer gehandelt ... mit einem reinen Herzen.

Gaspard schließt die Augen und zieht sich unter der Intensität seiner Gefühle zusammen. Er fühlt sich leer und am Boden zerstört. Seine quälenden Gedanken rasen durch seinen Kopf, aber eines bleibt klar: Er kann niemals wiedergutmachen, was er getan hat. Alles, was er wollte, war zu helfen. Und doch wusste er nicht mehr, wie. Alles, was er getan hatte, hatte zu diesem Verlust geführt, zu dieser Leere, die er nun in sich spürte.

Gaspard, dem die Tränen über das Gesicht liefen, sagte mit zitternder Stimme:
- Mama, es tut mir so leid. Es tut mir so leid."

Marie-Adeline lächelt wieder, dieses friedliche Lächeln, fast so, als ob sie schon wüsste, dass sie gehen würde. Sie dreht ihren Kopf leicht, der Schmerz und die Müdigkeit sind in ihrem Gesicht sichtbar, aber die Liebe, die sie für ihn empfindet, leuchtet immer noch.
- Es muss dir nicht leid tun, meine Liebe ... Du hast dein Bestes gegeben ... Du warst immer ein unglaublicher Sohn. Lass dich von diesem Schmerz nicht zerstören.
Sie atmet tief ein, ihr Blick wird distanzierter, als würde sie sich auf den Abschied vorbereiten. Ein letzter Blick zu ihm, ein letzter Atemzug, den sie für ihren Sohn sammelt.
- Ich bin stolz auf dich, Gaspard, immer.

Gaspard schluckt schwer, sein Gesicht ist voller Schmerz. Er hält seine Mutter in den Armen und umarmt sie sanft, als könnte er sie zurückhalten, als könnte er sie daran hindern, zu gehen. Aber die Zeit geht unerbittlich weiter. Er spürt, wie ihr Körper in seinen Armen erschlafft, die Wärme seiner Mutter langsam schwindet, ein weiterer Atemzug vergeht.

Marie-Adeline flüstert, ein letzter Atemzug, der in einem ruhigen Lächeln verklingt:
- Ich liebe dich, mein liebenswerter Sohn.

Gaspard steht da wie erstarrt in der Umarmung seiner Mutter, während er spürt, wie sie geht und langsam ins Jenseits gleitet. Die darauf folgende Stille ist schwer, erdrückend, ein unerträglicher Schmerz, der aber irgendwie besänftigt wird. Er schließt die Augen, ein letztes Mal, und lässt die Tränen über seine Wangen rollen. Es gibt keine Worte mehr. Kein Bedauern mehr. Nur unendliche Einsamkeit und endlose Liebe zu der Frau, die ihn immer geliebt und unterstützt hat.

Der Atem von Marie-Adeline erlischt, und mit ihr Gaspards letzte Verbindung zur Unschuld. Und mit diesem letzten Atemzug erlischt sie, verlässt diese Welt und lässt ihren Sohn allein mit einer Last, die zu schwer für ihn ist. Aber auch ein Versprechen, eine süße Befreiung. Er musste nun lernen zu vergeben, sich mit sich selbst zu versöhnen. Denn schließlich würde er in der Liebe, nicht im Schmerz oder in der Bestrafung, endlich seinen Frieden finden.

Gaspard stand da, seine Arme noch immer um den Körper seiner Mutter gelegt, eine schwere Wärme umhüllte ihn, während er im Augenblick, im Schmerz des Verlustes, erstarrt war. Das gedämpfte Licht des Morgens beleuchtete sein tränenüberströmtes Gesicht, aber sein Blick blieb in den Blick von Marie-Adeline versunken, als suche er nach einem letzten Zeichen, einem letzten Funken, etwas, das ihn beruhigen könnte. Aber da war kein Atem mehr, keine Bewegung.

Seine Mutter, die Frau, die ihn immer begleitet hatte, das Licht in seinem Leben, war nicht mehr da. Doch Gaspard konnte immer noch das sanfte Lächeln auf ihren Lippen wahrnehmen. Dieses Lächeln, das sein ganzes Leben lang der Schlüssel zu seinem Optimismus und seiner Stärke gewesen war. Sie war gegangen, aber sie hinterließ einen letzten Schimmer von Wohlwollen und Gelassenheit.

Gaspard mit leichter, kaum hörbarer Stimme, flüsterte zu sich selbst, als ob die Worte sie zurückbringen könnten:
- Mama ... verlass mich nicht. Noch nicht.
Er schließt seine Arme um sie, als wolle er sie festhalten, als könne er die Seele seiner Mutter trotz allem in diese Welt zurückholen.

Aber die Realität war zu schwer. Sein Geist war zu sehr mit Zweifeln und Qualen belastet. Die Schuld, diese Last, die er nie hatte ablegen können, verfolgte ihn jetzt mehr denn je. Zu oft hatte er versucht, seine Macht zu nutzen, um zu korrigieren, was in der Welt falsch lief, um zu bestrafen, um zu reparieren. Doch nun hatte genau dieser Wunsch nach "Wiedergutmachung" zu einem Verlust geführt, der ihn bis ins Innerste zerfraß.

Er weinte aus ganzer Seele, das Gewicht der Schuld mischte sich mit dem puren Schmerz, einen der wenigen Menschen verloren zu haben, die ihm immer geglaubt und ihn immer geliebt hatten. Er fühlte sich klein, winzig und allein. Seine Mutter, die immer einen Weg gefunden hatte, das Gute in allem zu sehen, die sein Herz verstanden hatte, war nicht mehr da, um ihm zur Seite zu stehen.

Doch in einer Ecke seines Geistes erhob sich ein Flüstern. Eine Erinnerung an sie, dieses Lächeln, das sie ihm immer schenkte, wenn er verloren war, dieser Blick, der ihm sagte, dass alles wieder gut werden würde. Als ob sie ihm zuflüsterte, dass er auch jetzt noch nach vorne schauen sollte. Dass ihr Licht bei ihm blieb. Gaspard wusste, dass seine Mutter immer an ihn geglaubt hatte, selbst als er selbst nicht an seine Fähigkeiten glaubte. Sie hatte ihm immer gesagt, dass er sein Herz benutzen sollte, um seine Handlungen zu lenken, nicht seinen Zorn, nicht seinen Schmerz.

Er drückte sein Gesicht etwas fester an seine Mutter und schloss die Augen, um ihre Gegenwart in sich aufzunehmen. Und dann, in dieser tränenschweren Stille, spürte er, dass er sie gehen lassen musste. Für sie. Für sich selbst. Er war kein Kind mehr, das wusste er. Er war nicht mehr derjenige, der sich hinter dem Schutz seiner Mutter versteckte. Jetzt war es an ihm, den Weg zu gehen, den sie immer von ihm verlangt hatte.

Er richtete sich langsam auf, ein letzter Kuss auf die Stirn seiner Mutter, bevor er einen letzten Blick auf sie warf, einen Blick, der unauslöschlich sein sollte. Dieser Blick war erfüllt von Liebe, Schmerz, aber auch von neuer Entschlossenheit, einer Kraft, die aus dem Verlust erwuchs. Gaspard wusste, dass er nie alles ungeschehen machen konnte, aber er konnte sich vielleicht wieder aufbauen. Für sie. Für das, was sie an ihn geglaubt hatte. Die Tränen flossen weiter, aber er hatte in seinem Herzen beschlossen, dass er von nun an nach vorne blicken musste. Weil seine Mutter es so gewollt hätte. Sie hatte das Leben immer von der positiven Seite gesehen. Und er wusste tief in seinem Inneren, dass er immer noch die Möglichkeit hatte, sich für das Gute zu entscheiden, für die Heilung, anstatt für die Bestrafung.

Mit einem letzten Blick stand er auf und ließ seine Mutter langsam und weinend in Frieden ruhen. Aber in seinem Herzen trug er ihr Lächeln, ihr Licht mit sich, wie ein Leuchtturm, der ihn auch in der Dunkelheit leiten würde.

Die Beerdigung von Marie-Adeline

Die Beerdigung von Marie-Adeline fand unter einem grauen Himmel statt, und ein leichter Wind schüttelte die Bäume rund um die Kirche. Die Menschenmenge drängte sich in den mächtigen Schatten des Gebäudes, ihre Gesichter waren vom Ernst der Lage gezeichnet. Alle waren anwesend. Die Familie Marly de La Rochefoucault, mit Jean-Eudes' älterer Schwester Isabelle, einer Frau von edler und strenger Erscheinung, in Begleitung ihres Mannes, einem soliden Mann, der genauso teilnahmslos war wie Jean-Eudes. Ihre Kinder, die Nichten und Neffen des Ehepaars, standen weiter entfernt mit geschlossenen Gesichtern, als ob auch sie tief im Inneren nach Antworten suchten, die sie nie bekommen hatten.

Dann gab es noch die Familie De Laminardiaise, diejenigen, zu denen die Familie Marly de La Rochefoucault nie eine einfache Beziehung gehabt hatte. Ein eisiger Blick, ein verschlossenes Gesicht, ein angespanntes Verhältnis, aber präsent, wie eine Familienpflicht, wie eine Form des Respekts, selbst wenn man sich nicht einigen konnte. Arrangierte Ehen führen immer zu Meinungsverschiedenheiten, die niemand in Frage zu stellen wagt.

Die Kirchentüren hatten sich mit einem schweren Geräusch geöffnet, und alle hatten sich niedergelassen, die Blicke gesenkt, peinlich berührt von der Feierlichkeit des Augenblicks. In der Stille war Gaspard in die erste Reihe an die Seite seines Vaters Jean-Eudes getreten. Er hatte nicht die Kraft gehabt, sich von ihrem Blick abzuwenden, obwohl jede Sekunde an ihrer Seite die wachsende Wut in ihm entfachte.

Der Sarg, der auf Stahlböcken stand, war ein Meisterwerk der Intarsienarbeit, ein dunkles, seltenes Holz, das bis zur Perfektion poliert und mit zarten Mustern graviert war, die fast die Geschichte eines ganzen Lebens zu erzählen schienen. Das sterbende Licht des Nachmittags streichelte das Holz wie eine letzte Huldigung, und jedes Detail dieses Kunstwerks schien die ruhige, aber zerbrechliche Schönheit seiner Mutter zu symbolisieren. Gaspard konnte seine Augen nicht von dem Sarg lösen. Seine Tränen glitten über seine Wangen, still und bitter. Er hätte schreien, lauter weinen und seiner Verzweiflung Ausdruck verleihen wollen, aber er stand da wie angewurzelt, wie versteinert von der Last der Abwesenheit.

Neben ihm war Jean-Eudes eine eisige Silhouette, die in ihrer eigenen Welt erstarrt war. Gaspard konnte nicht anders, als ihn zu mustern. Er konnte es nicht verstehen. Dieses absolute Schweigen, das Fehlen von Tränen, von tröstenden Gesten, von Zeichen des Schmerzes, all das empörte ihn. Sein Vater hatte nicht um seine Frau getrauert. Er zeigte nichts, als ob er dieses Leben, diese Ehe nie wirklich geteilt hätte. Gaspard, dessen Augen von Tränen getränkt waren, spürte, wie ein dumpfer Zorn in ihm aufstieg. Er war wütend auf seinen Vater. Auf ihn, der Marie-Adeline stillschweigend hatte leiden lassen, der sie in scheinbarer Gleichgültigkeit hatte ausbrennen lassen, und heute stand er wie angewurzelt da. Gaspard zwang sich, den Blick abzuwenden, aber der Schmerz über so viel Gleichgültigkeit war viel stärker als alles andere.

Der Priester, ein älterer Mann mit markanten Gesichtszügen, erhob sich und begann mit der Zeremonie. Seine tiefe, ruhige Stimme hallte durch die Kirche und vermittelte den versammelten Familien eine seltsame Art von Trost. Er sprach vom Leben, vom Licht, von der

Hoffnung im Tod und von den menschlichen Tugenden, doch jedes Wort schien für Gaspard hohl zu sein. Sie sprachen von seiner Mutter wie von einem Engel, aber er wusste, dass das nicht genug war. Er hätte sich gewünscht, dass alle sie als das sehen, was sie wirklich war: eine starke, sanfte und großzügige Frau, aber vor allem eine liebende Mutter, die alles gegeben hatte und der heute nicht einmal eine mitfühlende Geste ihres Mannes vergönnt war.

- Wir versammeln uns heute, um das Leben von Marie-Adeline zu feiern. Eine Frau, die durch ihre Güte das Leben derer, die sie kannten, bereicherte. Ihre großzügigen Taten und ihre Weisheit waren Leuchttürme in der Dunkelheit des Lebens. Sie ging durch diese Welt und brachte Licht und Liebe mit sich, und in diesem Licht lassen wir sie heute gehen. Möge ihre Seele Frieden finden.

Gaspard schloss die Augen. Er konnte nicht mehr zuhören. Mit jedem Wort, jedem Satz, den der Priester sprach, überkam ihn der Schmerz. Seine Mutter, die Frau, die er immer bewundert und geliebt hatte, war fort und alles, was ihm jetzt noch blieb, war diese riesige Leere. Alles, was er tun konnte, war, still zu weinen.
Der Moment der Segnung kam und mit ihm die ersten Gesten, die das Ende markierten. Der Sarg wurde sanft auf den Beerdigungswagen gestellt und die Prozession bewegte sich in Richtung Friedhof. Auch hier schien alles unwirklich zu sein. Die Friedhofsbäume ringsum schienen sich zu beugen, als wollten sie ihre letzte Ehre erweisen, und ihre Äste zitterten leicht im kühlen Wind.

Die Anwesenden folgten mit verschlossenen Gesichtern, einige murmelten tröstende Worte, aber das unterstrich nur die Leere, die er empfand. Als der Sarg auf den Boden der riesigen Familiengruft gestellt wurde, die mit bombastischen Skulpturen mit Engeln und einem großen Christuskreuz geschmückt war, spürte Gaspard einen stechenden Schmerz. Es war jetzt real. Sie würde nicht zurückkommen. Er würde seine Mutter hier ruhen lassen, in dieser stillen, friedlichen Ecke, weit weg vom Trubel dieser Welt.

Jean-Eudes, der immer noch unbeeindruckt war, machte keine Anstalten, sich zu bewegen. Gaspard beobachtete seinen Vater, wobei ihm ein dumpfer Zorn in der Kehle steckte. Er konnte nicht verstehen, wie dieser Mann so kalt und distanziert dastehen konnte, während seine eigene Frau, die Mutter seines Sohnes, vor ihm beerdigt wurde. Er hatte das Gefühl, dass sein Vater innerlich schon längst tot war und dass alles, was er jetzt erlebte, nur eine Folge von Schatten war.

Ein letzter Blick auf den Sarg, ein letzter Gedanke an Marie-Adeline. Gaspard schloss die Augen, Tränen überfluteten sein Gesicht, und er fühlte sich einsamer als je zuvor. Aber in ihm wuchs etwas, eine Entschlossenheit, das Andenken an seine Mutter zu ehren. Eine ruhige und mächtige Wut, die ihm zwar nicht das zurückbringen würde, was er verloren hatte, die ihn aber dazu bringen würde, weiterzumachen. Für sie. Für sich selbst. Für das, was er für richtig hielt.

Der Priester nahm seine harmonischste Stimme und war sehr sanft:
- Möge Marie-Adeline in Frieden ruhen. Und möge der Frieden auch zu jedem von uns kommen, die wir hier bleiben, mit den Erinnerungen an sie und der Liebe, die sie uns gegeben hat.

Die Stille setzte ein. Gaspards Tränen, sein Bedauern und seine Wut vermischten sich, aber er wusste, dass auch er seinen eigenen Weg gehen musste. Der Weg der Wiedergutmachung, der Erlösung und vielleicht eines Tages des Friedens.

Kapitel 6

Im Angesicht seines Schicksals

Die Konfrontation

Im Haus der Familie war es still, die Atmosphäre schwer wie eine Bleimatte. Gaspard stand im Wohnzimmer und starrte auf den Eingang, wobei ein seltsames Gefühl der Anspannung in der Luft lag. Der Tod seiner Mutter hatte eine große Leere in ihm hinterlassen, aber mehr noch war es die unerbittliche Kälte seines Vaters, die ihn langsam, Tag für Tag, zerstörte. Jean-Eudes hatte nicht geweint, er hatte nicht reagiert. Alles an ihm schien blockiert, in eisiger Gleichgültigkeit erstarrt, und das traf Gaspard wie ein Schlag, jede Sekunde, jedes Wort seines Vaters.

Jean-Eudes kam aus seinem Büro und betrat den Raum, seine schweren Schritte hallten in der bedrückenden Stille des Hauses wider. Seine sonst harten und strengen Augen spiegelten nichts wider, keine Emotionen, keine Traurigkeit. Er stand aufrecht mit verschränkten Armen, als wäre er ein Fremder, oder noch schlimmer, als wäre er nur ein Zuschauer dieser Familientragödie. Gaspard, der die Fäuste geballt hatte, richtete sich plötzlich auf, sein Blick war stechend. Er konnte diese Kälte, diese Distanz nicht mehr ertragen. Die Wut kochte in ihm, der Schmerz auch, und in einem Anflug von Klarheit erkannte er, dass er einen Punkt erreicht hatte, an dem es kein Zurück mehr gab.

Jean-Eudes sprach ihn in eisigem Tonfall an:
- Nun, mein lieber Sohn, wie fühlst du dich? Hat dich der Verlust deiner Mutter etwas gelehrt? Vielleicht öffnet dir ein bisschen Schmerz endlich die Augen.

Gaspard fühlte sich durch diese mit Verachtung und Gleichgültigkeit beladenen Worte verletzt, und mit vor Zorn bebender Stimme antwortete er ihr:
- Du hast nichts verstanden. Nichts von dem, was ich getan habe, war für mich. Ich wollte dich immer stolz machen. Aber du hattest nicht einmal den Anstand zu weinen. Sie war immerhin deine Frau und so sprichst du an diesem Tag über sie, obwohl es kaum eine Woche her ist, dass wir sie zu ihrer letzten Ruhestätte begleitet haben. Schäm dich!", rief er.

Jean-Eudes sah auf ihn herab und hatte einen Ausdruck tiefer Gleichgültigkeit auf dem Gesicht. Er tat so, als sei sein Sohn nur ein launisches Kind, eines dieser Wesen, die Aufmerksamkeit fordern, ohne sie verdienen zu können.

Jean-Eudes immer noch verächtlich :
- Stolz sein? Auf was? Auf dich? Auf deine Macht? Ich bin nicht stolz auf dich, Gaspard. Du bist nichts als ein Unfall. Ein Fehler. Aber wer macht keinen Fehler, nicht wahr! Ich habe meiner Frau diesen Wahnsinn erlaubt, dieses Kind zu adoptieren, das sie nicht gebären konnte. Und ich weiß, dass es sie glücklich gemacht hat, aber der Fehler war, dass ich dachte, du könntest einer von uns sein.

Das Wort fiel wie ein Fallbeil. Gaspard spürte einen stechenden Schmerz in seinem Herzen. Ein Teil von ihm, der innerste, wollte zerbrechen, sich vom Hass überwältigen lassen. Doch tief in seinem Inneren erhob sich eine dunklere, ältere Stimme, ein Urinstinkt, als Antwort auf diese Ablehnung, diese Verachtung.

Gaspard biss die Zähne zusammen, um seinen Zorn zu unterdrücken:

- Ein Fehler? Behandelst du mich wie einen Fehler? Du hast mir alles genommen, sogar die Liebe einer Mutter, und du bist nur ein Gespenst, ein seelenloses Monster.

Jean-Eudes' Blick verhärtete sich, aber er reagierte nicht. Er schien undurchlässig für alles, was von seinem Sohn ausging, als wäre er Lichtjahre von Gaspards Leiden entfernt. Er hatte kein Mitleid, kein Bedauern.

Jean-Eudes fuhr in einem trockenen, fast spöttischen Ton fort, der wie ein tiefer Wille klang, seinen Adoptivsohn zu verletzen:
- Du bist nichts, Gaspard. Nichts als ein Produkt der Umstände. Glaubst du, deine Mutter hat dich geliebt? Nein, sie hat dich beschützt, aber sie hat nie gesehen, was du wirklich bist. Du bist nur ein Monster.
Jean-Eudes wollte absichtlich beleidigend werden, um den Eindringling für immer zu verscheuchen. Er drückte sich wie ein echter, seelenloser Staatsanwalt aus. Wie ein herzloser Henker.

Die Worte seines Vaters hallten in ihm nach wie ein Gift. Ein Monster. Das war es in seinen Augen. Das war alles, was er war. Doch dann übernahm etwas noch Mächtigeres, Irrationaleres die Kontrolle. Eine tiefe Wut, die durch jahrelanges Leiden und Lügen genährt wurde, ließ seine Macht in ihm aufsteigen. Es war nicht mehr nur ein Ventil, es war eine letzte Warnung.

Gaspard beschimpfte seinen Vater mit eisiger Stimme, ballte die Fäuste und nahm ihn bei seinem eigenen Spiel:
- Willst du mich als das sehen, was ich wirklich bin? Dann sieh genau hin, Jean-Eudes. Denn ich werde dir zeigen, wie es sich anfühlt, im Schatten deiner Gleichgültigkeit und deines Hasses zu leben.

Er schloss für einen Moment die Augen, konzentrierte sich und spürte, wie sich die Kraft in ihm aufbaute. Bisher hatte er seine Kraft noch nicht so radikal eingesetzt. Aber heute gab es keinen Platz mehr für Zögern. Er ließ seine Energie einfach fließen. Die Luft um ihn herum lud sich mit einer spürbaren Spannung auf, einem fast elektrischen Gefühl. Er spürte, wie sie den Raum erfüllte, jeden Winkel, wie eine unsichtbare Kraft, die ihn durchströmte.

Jean-Eudes blieb abrupt stehen, seine Augen weiteten sich und ein erster Schimmer von Überraschung huschte über sein unbewegtes Gesicht.

Jean-Eudes sprach in einem leiseren Ton, immer noch verächtlich, aber zögernder:
- Glaubst du wirklich, dass deine Fähigkeit dir die Wahrheit bringen wird, nach der du suchst? Glaubst du, dass sie alles lösen wird?

Gaspard, dessen Augen vor Zorn glühten, ließ seine Stimme unter der Intensität seiner Macht brechen:
- Du bist ein seelenloser Mensch, ein Wesen, das sich in seinen Lügen verloren hat. Ich könnte dich brechen, aber das brauche ich nicht. Ich werde dir einfach zeigen, was du mir angetan hast. Dir zeigen, wie sehr deine Gleichgültigkeit gegenüber meiner Mutter zu dir zurückkommen kann wie dieser Bumerang, den du noch nicht siehst.

Der Boden unter ihren Füßen vibrierte leicht. Eine Schockwelle ging durch den Raum. Der sonst so selbstbewusste Jean-Eudes wich leicht zurück, wie von der unsichtbaren Gewalt der Macht seines Sohnes getroffen. Sein Gesichtsausdruck blieb jedoch kalt und distanziert. Er wirkte immer noch zurückhaltend, als ob er sich weigerte, der Realität ins Auge zu sehen. Vielleicht dachte er immer noch, dass er von seiner engen, elitären Position aus von der Kraft, die Gaspard ihm zufügte, nicht berührt werden könnte.

Jean-Eudes lächelte grausam und fuhr in seinem verächtlichen und hochmütigen Tonfall fort:
- Du beeindruckst mich nicht. Du bist nur ein wütendes Kind. Und du bist immer noch nur ein einfaches Monster, das nicht weiß, wie es seine Gefühle kontrollieren soll. Aber das wird dich niemals größer machen, Gaspard. Du bist nichts anderes als ein Bastard, den ich mit aller Kraft verabscheue.

Jean-Eudes' letzte Worte waren eine Herausforderung, ein Ansporn, noch weiter zu gehen. Doch Gaspard keuchte und spürte, wie die Wellen des Schmerzes ihn überrollten. Er hatte aus purer Wut gehandelt, ohne die Konsequenzen wirklich zu bedenken. Er hob die Hände, bereit, die ganze Kraft, die in ihm steckte, zu entfesseln. Doch im letzten Moment durchfuhr ihn ein stechender Schmerz. Die Stimme seiner Mutter drang wie ein Flüstern in seinen Kopf.
- Lass dich nicht vom Hass leiten, mein Sohn. Nutze deine Macht, um zu heilen, nicht um zu zerstören.

Ein Moment der Klarheit. Gaspard ließ die Arme sinken. Sein Körper zitterte unter der Anstrengung, diese Macht zu bändigen, aber er wusste, dass er eine Wahl treffen musste. Er konnte nicht das werden, was sein Vater von ihm wollte. Seine Wahl wurde getroffen und obwohl er seinen Wunsch nach Rache im Zaum hielt, nutzte er seine Macht, um den Mann, den er mehr als alles andere hasste, zum Schweigen zu bringen. Er drehte sich um und ging mit Tränen in den Augen zur Tür.

Gaspard mit brüchiger Stimme, aber wie ein Höchsturteil:
- Du wirst mich nie wieder so ansehen, wie du es mit deinen Vorurteilen und deiner allgegenwärtigen Verachtung immer getan hast. Ich werde dich in dein Verderben sinken lassen, wo du mit deinem Hass allein bist, ohne jemanden, der dich durch all die Schmerzen begleitet, die jetzt auf dich warten.
Gaspard hatte dieses kleine Lächeln auf seinem Gesicht, ein eindeutiges Zeichen dafür, dass sein Rachegeist sein ewiges Mitgefühl besiegt hatte.

Jean-Eudes antwortete nicht, seine Augen waren immer noch kalt, sein Blick voller Verachtung, aber dennoch besorgt über die letzten Worte, die er gehört hatte. Aber tief in seinem Inneren spürte er, dass etwas in seinen Eingeweiden geschehen war, ohne einen besonderen Schmerz auszudrücken.
Und er hatte in seinem Stolz und seiner Kälte einen Teil von dem verloren, was er hätte sein können: ein Vater.

Aber im Gegensatz zu seinen früheren Aktionen ging Gaspard über das übliche Maß hinaus, vielleicht aus Rache. Während heftige Schmerzen begannen, Jean-Eudes zu erschüttern und zu beunruhigen - Schmerzen, die anhalten und sich zu einem Crescendo des Unerträglichen steigern sollten -, waren die folgenden Wochen von einer schweren Stille im Haus der Familie geprägt. Gaspard war zwar besorgt über das, was geschehen war, konnte aber nicht umhin, eine gewisse Genugtuung angesichts des Leidens seines Vaters zu empfinden. Dieser war von Schmerzen geplagt und konnte nicht verstehen, woher seine Beschwerden kamen. Er fühlte, wie er langsam die Kontrolle über seinen Körper verlor, ein Gefühl, das er in seinem Leben immer bekämpft hatte, das ihn aber heute zu überfordern schien.

Die ersten Symptome waren harmlos, fast unmerklich: Gelenkschmerzen, anhaltende Kopfschmerzen und eine allgemeine Müdigkeit, die er auf das Alter und den Stress zurückführte. Doch schon bald wurden die Schmerzen immer stärker. Jean-Eudes, der immer eine außergewöhnliche Charakterstärke bewiesen hatte, fand sich in seinem eigenen Körper gefangen, sein Geist wurde von einem Schmerz gequält, den er sich nicht erklären konnte und der mit der Zeit nur noch stärker wurde.

Eines Morgens, als er vor dem Spiegel stand, bemerkte er rote, geschwollene Flecken auf seiner Haut und seine Hände zitterten leicht, als er die Bürste auf das Waschbecken legte. Das Undenkbare war geschehen: Der aufgestaute Stress, die Gewissensbisse und vor allem die Anspannung, die er während der Konfrontation mit

Gaspard erlebt hatte, hatten eine seltene Autoimmunkrankheit ausgelöst. Diese Krankheit, die sein eigenes Gewebe angriff, schien eine direkte Folge des seelischen Leids zu sein, das er seinem Sohn zugefügt hatte, aber auch der Gedanken und Gefühle, die Gaspard ihm unvorsichtigerweise wie eine stille Rache geschickt hatte.

Jean-Eudes sank in seinem Stuhl zusammen. Er war immer ein Mann der Kontrolle gewesen, ein Mann der Macht, aber diesmal war er hilflos. Die Schmerzen wurden unerträglich. Seine Gliedmaßen wurden steif, seine Gelenke verformten sich durch die Entzündung. Die Krankheit breitete sich aus und machte es ihm unmöglich, sich normal zu bewegen oder schmerzfrei zu atmen. Jede Bewegung war für ihn eine Qual, jeder Atemzug eine Tortur. Die Ärzte konnten keine unmittelbare Erklärung dafür finden, außer dass ihr Immunsystem auf den starken Stress reagiert hatte.

Gaspard hingegen beobachtete den langsamen Verfall seines Vaters, ohne jemals aktiv einzugreifen. Er wusste, dass das Leiden, das Jean-Eudes auffraß, nicht nur das Ergebnis seiner eigenen Macht war, sondern auch von Jahren der Vernachlässigung, Ablehnung und emotionalen Gewalt. Endlich, dachte er! Jean-Eudes, dieser grausame und gefühllose Vater, war nun im Strudel des Schmerzes gefangen und unfähig, sich zu wehren.

Im Grunde empfand Gaspard eine seltsame Mischung aus Mitgefühl und Abscheu. Er konnte sich nicht über dieses Leid freuen, aber er konnte auch nicht leugnen, dass es eine Form von Gerechtigkeit war, eine indirekte Antwort auf jahrelangen emotionalen Missbrauch. Aber die Schuldgefühle nagten an ihm. Er wusste, dass er eine

Grenze überschritten hatte, dass er seinen Vater in diese Position gebracht hatte, nicht aus Notwendigkeit, sondern vielleicht aus einem unbewussten Wunsch nach Rache. Diese Rache, die seine Mutter nie gewollt hätte, die er aber tat, weil er so stark an sie und ihren langsamen Abstieg in die Hölle der unheilbaren Krankheit dachte. Dennoch weigerte er sich, sie zu verlassen. Er sorgte dafür, dass es Jean-Eudes an nichts fehlte, auch wenn die wenigen Gespräche, die sie führten, von der eiskalten Gleichgültigkeit seines Vaters geprägt waren, der trotz allem nicht aufhörte, seine Situation zu verfluchen.

Die Tage vergingen, und Jean-Eudes' Krankheit schritt immer weiter voran. Er verlor zunehmend seine Unabhängigkeit, seine Fähigkeit, für sich selbst zu sorgen, und dieses endlose Leiden schien ihn zu verzehren. Trotz allem blieb er unerbittlich und weigerte sich, die Zerbrechlichkeit seines Körpers, seines Geistes und seines Lebens zu akzeptieren. Die einzige Person, die er in seiner Nähe duldete, war seine Tochter Ophelia. Diese lernte natürlich auch Gaspard kennen.

Eines Abends, als Jean-Eudes mit blasser, von Entzündungen gezeichneter Haut in seinem Bett lag, betrat Gaspard das Zimmer. Die beiden Männer sahen sich an, ihre Augen waren voll einer Mischung aus Niederlage und Resignation.

Jean-Eudes prahlte mit schwacher, aber immer noch von Verachtung geprägter Stimme weiter:
- Siehst du, Gaspard, was du aus mir gemacht hast ... Glaubst du, dass mich das berührt? Glaubst du, dass dieser Schmerz mich erreicht?"

Gaspard sah ihn an, ohne zu antworten, sein Herz war schwer, aber er blieb gleichgültig gegenüber dem, was er sagte. Er wusste nicht, was er sagen sollte. Worte waren nutzlos, sie hätten niemals ausgereicht, um auszudrücken, was er empfand. Er wusste, dass sein Vater mit einem inneren Schmerz kämpfte, der viel tiefer war als alles, was er ihm angetan hatte.

Gaspard antwortete ihm trotzdem in einem ruhigen, aber festen Ton:
- Ich wollte dich nicht leiden sehen, aber ich konnte nicht weiterhin das Ziel deines Hasses sein. Ich hatte keine Wahl.

Jean-Eudes schloss die Augen, als wollte er sich von der Realität abschneiden, aber der Schmerz, der seinen Körper verzerrte, war zu stark, um ihn zu ignorieren. Die Tränen, die er nie hatte fließen lassen, begannen in seinen Augenwinkeln zu glänzen.

Jean-Eudes in einem gebrochenen Flüstern klagte:
- Du hast alles genommen ... du hast alles genommen, und du lässt mich sterben ...

Gaspard stand auf und ging langsam auf ihn zu. Er legte eine Hand auf die Schulter seines Vaters, mit einer Sanftheit, die er nie gekannt hatte, aber sein Blick blieb intensiv, als ob er Jean-Eudes zeigen wollte, dass er die ganze Wahrheit gesehen und verstanden hatte.

Gaspard, mit schmerzgeladener Stimme, aber nicht für seinen Vater:
- Nein, ich lasse dich nicht sterben. Ich werde dich nie verlassen. Aber ich kann nicht auslöschen, was du mir und vor allem dieser wunderbaren Frau, die Marie-Adeline

war, angetan hast. Ich habe keine Entschuldigung für dich, aber ich werde dich nicht ohne Trost zurücklassen.

Jean-Eudes seufzte tief, sein Gesicht war schmerzverzerrt. Er schloss ein letztes Mal die Augen, als ob das Gewicht seiner jahrelangen Fehler zu schwer zu tragen wäre. Das geistige und körperliche Leid hatte ihn schließlich überwältigt. Und in diesem letzten Moment schien er bei halbem Bewusstsein zu erkennen, dass er keine Macht mehr über irgendetwas hatte.

Gaspard wusste tief in seinem Inneren, dass das Ende nahte. Aber er empfand weder Erleichterung noch Rache, sondern nur eine tiefe Leere. Seine Wut auf seinen Vater war mit den Tagen verraucht und hatte einem Gefühl der Ohnmacht Platz gemacht.
Einige Tage später tat Jean-Eudes seinen letzten Atemzug. Gaspard blieb schweigend an seiner Seite und starrte auf sein Gesicht. Der Mann, den er gefürchtet, gehasst, aber auch geliebt hatte, war nur noch eine Erinnerung.

Ophelias Beschwerde

Ophelia, die sich während der schicksalhaften Szene zwischen ihrem Vater Jean-Eudes und ihrem Halbbruder Gaspard im Schatten versteckt hatte, hätte sich nie träumen lassen, dass das, was sie sah, den Lauf ihres Lebens verändern und sie dazu bringen würde, Entscheidungen zu treffen, die sie nie für möglich gehalten hätte. Als Zeugin eines Streits, der sich zu einer fast übernatürlichen Konfrontation entwickelte, hatte sie ihren Vater gesehen, der gebeugt und niedergeworfen war, als würde sein Körper einen elektrischen Schlag erhalten, mit, wie sie empfand, unerträglichen Schmerzen, und Gaspard, dessen Gesicht von einer kalten Entschlossenheit beseelt schien. Die Szene kam ihr unwirklich vor: Gaspard schien Jean-Eudes solche Schmerzen zuzufügen, dass dessen Körper zitterte, als stünde er unter dem Einfluss irgendeiner bösen Macht. Ophelia fiel es nicht schwer, daraus zu schließen, dass hier eine übernatürliche Kraft am Werk war und nicht nur ein Familienstreit.

Diese Konfrontation, die sie als erbarmungslose, fast teuflische Rache empfand, hinterließ einen tiefen Eindruck bei ihr. Gaspards entschlossener Blick, die Intensität seiner Geste, der Schmerz, den er ihrem Vater zufügte - all das hatte etwas von einem okkulten Ritual. Ophelia, die aufgrund der Situation ihres Vaters bereits zerbrechlich und emotional war, wurde sich des Ausmaßes von Gaspards Tat bewusst: Es war kein einfacher Streit, sondern eine gewalttätige und vorsätzliche Tat. Sie wurde überzeugt, dass Gaspard Kräfte eingesetzt hatte, die er niemals haben sollte, um Jean-Eudes eine so seltene und verheerende Krankheit zuzufügen.

In den nächsten Tagen, als Jean-Eudes immer tiefer in seiner Krankheit versank, besuchte Ophelia ihren Vater fast jeden Tag, aus Pflichtgefühl, aber auch aus Schuldgefühlen. Sie sah, wie er litt und langsam abbaute, und bei jedem Besuch konnte sie nicht anders, als diese Agonie mit dem in Verbindung zu bringen, was sie an jenem Tag gesehen hatte. Sie beobachtete den Schmerz ihres Vaters, diesen erschrockenen und verlorenen Blick, den er immer öfter aufsetzte, und in ihrem Kopf fügten sich die Puzzleteile zusammen. Gaspard hatte seinen Vater durch seine Tat zu ewigem Leid verurteilt. Es war keine einfache Krankheit. Es war pure Rache, eine Rache, die sich in Folter verwandelt hatte.

Ophelia war nicht der Typ, der Ungerechtigkeiten hinnahm, schon gar nicht, wenn sie sie mit eigenen Augen sah. Sie begann, regelmäßig zur Polizeiwache zu gehen. Zunächst, um zu verstehen, was sie gesehen hatte, und dann, um es laut auszusprechen. Sie legte einen Handlauf an, einen formellen Akt, der deutlich machte, was sie beobachtet hatte. Doch das reichte Ophelia bald nicht mehr aus. Sie war wie besessen von dem Gedanken, dass es sich um einen Mord handelte, der sich als seltene Krankheit verkleidete.
Sie wusste, dass das, was sie in dieser Nacht gesehen hatte, nicht etwas war, das sie einfach ignorieren konnte. Gaspards Tat war ein Verbrechen. Und er musste den Preis dafür zahlen. In ihr stieg jeden Tag eine dumpfe Wut auf. Sie war wütend auf Gaspard, aber noch mehr war sie wütend auf die Situation, auf den Vater, der sie nie hatte anerkennen wollen und doch seinem Adoptivsohn ausgeliefert gewesen war, diesem Sohn, der eine unverzeihliche Macht zu besitzen schien.

Bei jedem Besuch im Krankenhaus, das ihr Vater aufsuchte, wenn seine Schmerzen immer stärker wurden, überzeugte sich Ophelia davon, dass es ihre Pflicht war, etwas zu tun. Jeder schmerzhafte Atemzug von Jean-Eudes, jeder leere Blick, den er auf sie richtete, jede Minute, in der er um Atem und Überleben kämpfte, nährte ihre Überzeugung, dass Gaspard ihren Vater getötet hatte.

Eines Morgens beschloss sie, dass die Zeit gekommen war. Die Beschwerde, die sie eingereicht hatte, würde nicht ausreichen. Sie musste weiter gehen. Gaspard musste für das bezahlen, was er getan hatte. Sie machte sich erneut auf den Weg zur Polizeiwache. Diesmal reichte sie nicht nur Berichte ein, sondern bat um ein Treffen mit dem Leiter der Kriminalpolizei.

Ophelia drückte sich mit kühler Entschlossenheit aus:
- Ich möchte, dass Sie diese Beschwerde ernst nehmen. Das ist keine Krankheit, das ist Mord. Gaspard hat meinen Vater getötet, nicht mit Waffen, sondern mit seinen Kräften, die ich selbst nicht erklären kann. Er hat ihn so lange gefoltert, bis sein Körper es nicht mehr aushielt. Er ist ein Mörder.
Der Polizist war etwas überrumpelt und schaute sie lange an. Er wusste, dass Ophelia nicht in ihrem normalen Zustand war, aber er konnte die Klarheit ihrer Worte nicht ignorieren. Ihre Geschichte klang seltsam, aber sie hielt sich an Tatsachen, die sie selbst erlebt hatte.
- Ophelia, wir haben Ihre Aussage zur Kenntnis genommen. Wir werden der Sache nachgehen. Aber Sie müssen verstehen, dass wir mehr als nur Eindrücke brauchen, um weiterzukommen.

Ophelia warf ihren harten, unverminderten Blick:

- Ich versichere Ihnen, dass Sie genug finden werden, um ihn anzuklagen. Ich habe gesehen, was er getan hat. Und er muss sich für seine Taten verantworten.

Sie wirkte ruhig, aber ihre Gedanken waren in Aufruhr. Sie wusste, dass sie gegen einen unsichtbaren und mächtigen Feind kämpfte, aber sie war entschlossen, Gerechtigkeit zu erlangen. Sie wollte Gaspard nicht ungeschoren davonkommen lassen.

Die Tage vergingen und Ophelia unterstützte ihren Vater weiterhin, aber ihr Herz war gespalten. Einerseits wurde sie von Schuldgefühlen geplagt, weil sie zu Lebzeiten nie genug für Jean-Eudes da gewesen war, aber andererseits spürte sie, dass ihre Aufgabe nun woanders lag. Sie konnte Gaspard nicht mehr ansehen, ohne ein Gefühl des Verrats und des tiefen Hasses zu empfinden. Sie sah in ihm die Verkörperung der reinen Rache, der ungerechten Gerechtigkeit, und sie konnte sich nicht damit abfinden, dass er sein Leben weiterführte, als wäre nichts geschehen.

Eines Tages, nach einem weiteren Besuch, bei dem ihr Vater noch schwächer wirkte, fasste Ophelia einen Entschluss. Sie machte sich erneut auf den Weg zu Gaspard. Es war an der Zeit, den Mann zur Rede zu stellen, den sie beschuldigte, ihren Vater getötet zu haben.

Sie erschien ohne Vorankündigung im Haus der Familie, mit einem eisigen Blick in den Augen. Gaspard war allein im großen Wohnzimmer. Er sah sie überrascht an, hatte aber keine Zeit zu antworten, bevor sie mit eisiger Stimme ihre harten Worte an ihn richtete.

- Du hast ihn getötet, Gaspard. Du hast ihn gefoltert. Du weißt, was du getan hast. Du hast kein Recht, damit durchzukommen. Die Gerechtigkeit wird für dich kommen.

Gaspard sah sie an, mit einer schweren Müdigkeit in den Augen, aber ohne echte Reue zu zeigen. Und vor allem blieb er ruhig genug, um seine Unschuld in Bezug auf die erhobenen Vorwürfe zu beweisen.

- Ich habe das nicht gewollt, Ophelia. Ich wollte ihn nicht töten. Aber wie kommst du auf diese völlig abwegigen Ideen?

Ophelia ballte die Fäuste und spürte, wie eine starke Kälte sie überkam. Sie wollte seine Argumente nicht hören und auch kein Plädoyer für seine Verteidigung. Und obwohl Gaspard alles abstritt, konnte er sie nicht überzeugen.

Die Anklage gegen Gaspard

Die Anklage gegen Gaspard folgte bald dem Schwung von Ophelias Klage. Der Prozess, der ihn mit der Justiz konfrontieren würde, zeichnete sich am Horizont ab, und die Situation für ihn wurde immer erdrückender. Die Staatsanwaltschaft schien, gestützt auf die laufenden Ermittlungen, über stichhaltige Beweise zu verfügen.

Von Beginn der Ermittlungen an folgten die Fakten aufeinander und erwiesen sich als unerbittlich. Nachdem die Polizei die medizinischen Berichte des Krankenhauses und die Aussagen der Angehörigen gesichtet hatte, stellte sie fest, dass das Opfer, der Mann, der von Gaspard an den Kais des Jachthafens von La Rochelle angegriffen worden war, unter ähnlichen Umständen gestorben war wie Jean-Eudes. Tatsächlich wiesen die Autopsieberichte auf starke körperliche Schmerzen, eine plötzliche Verschlechterung des Gesundheitszustands und Erstickungsanzeichen hin. Dies bestärkte die These, dass die von Gaspard zugefügte Gewalt, ob absichtlich oder unabsichtlich, eine Hauptrolle beim Tod des Opfers gespielt hatte.

Bei seiner Festnahme hatte Gaspard zunächst jede böse Absicht bestritten, aber schon bald hatten die Ermittler von seinem Treffen mit seinem Vater Jean-Eudes erfahren, bei dem heftige, auf den ersten Blick körperliche Schmerzen nach einer Begegnung von Angesicht zu Angesicht auch diesen befallen hatten, als wäre eine Art Fluch oder übernatürliche Kraft freigesetzt worden. Die Zufälle zwischen den beiden Ereignissen waren auffällig und erschwerten die Mordanklage.

Aufgrund der gesammelten Beweise wurde Gaspard formell wegen Mordes angeklagt. Er wurde nicht nur wegen des Todes von Jean-Eudes angeklagt, sondern auch wegen des Todes seines Angreifers, dessen Todesursache dieselbe Art von unerklärlichem, starkem Leiden zu beinhalten schien. Die Anklage war schwerwiegend: Mord mit Vorsatz und Einsatz einer übernatürlichen Kraft, um unerträgliche und tödliche Schmerzen zuzufügen.

Die Anklage gliederte sich in mehrere Fakten. Die Zeugenaussagen und das medizinische Gutachten zeigten, dass der Polizeibericht über den Angriff auf den Mann im Jachthafen überwältigend war. Das Opfer war bewusstlos aufgefunden worden und hatte unter extremen Schmerzen gelitten. Der Gerichtsmediziner hatte einen Fall von unerträglichen körperlichen Schmerzen beschrieben, für die es offenbar keine rationale Erklärung gab. Das Opfer war in ein Krankenhaus gebracht worden, wo es an den Folgen der Schmerzen verstarb.

Zeugenaussagen wie die Aussage von Jean-Eudes' unehelicher Tochter Ophelia verstärkten die Situation. Sie hatte klar beschrieben, was sie bei der Konfrontation zwischen Gaspard und ihrem Vater gesehen hatte, und die Erzählungen, die sie über die von Jean-Eudes erlittenen Schmerzen gehört hatte, bestätigten die medizinischen Befunde.

Gaspards Verhalten während der Untersuchung, obwohl er von den Ereignissen verwirrt und überwältigt zu sein schien, machte deutlich, dass Gaspard sich bei seinen ersten Aussagen des Ausmaßes seiner Taten nicht voll bewusst war. Sein Verhalten während des Verhörs ließ eine Art emotionale Abkopplung erkennen. Bisher schien er nicht zu begreifen, dass seine Kräfte - welche auch immer - den Tod so unmittelbar und gewaltsam herbeiführen können. Die Tatsache, dass er während der Verhöre weder

Reue noch offensichtliche Emotionen zeigte, verstärkte das Bild eines Menschen, dem das Leid anderer gleichgültig war.

Die Ermittler hatten verdächtige Elemente in Gaspards Umgebung gefunden, Gegenstände, die auf eine Form von Esoterik oder okkulte Praktiken hindeuteten. Obwohl diese Dinge nicht direkt bewiesen, dass Gaspard eine übernatürliche Kraft gegen seinen Vater oder den Angreifer eingesetzt hatte, verstärkten sie die Vorstellung von einem seltsamen und beunruhigenden Verhalten und betonten die Unheimlichkeit seiner Handlungen.

Die Autopsien hatten ergeben, dass Jean-Eudes in den Stunden nach der Konfrontation mit Gaspard ähnliche Schmerzen erlitten hatte wie das Opfer im Hafen. Es waren Muskelkrämpfe, Atembeschwerden, Erstickungsanzeichen und extreme Anspannung beobachtet worden. Diese ähnelten stark den Folgen, die bei dem Angreifer im Hafen beobachtet worden waren. Ein solches Wiederauftreten abnormaler und tödlicher Symptome ließ keinen Raum für Zweifel.

Angesichts dieser überwältigenden Beweise machte der Staatsanwalt in seiner Entscheidungsfindung keine Zugeständnisse. Gaspards Absicht schien klar, wenn auch nicht eingestanden: Er hatte seinem Vater über mehrere Wochen hinweg unerträgliche Schmerzen zugefügt, und obwohl seine Macht übernatürlich erschien, war es schwer zu bestreiten, dass diese Macht nicht vorsätzlich eingesetzt worden war. Der Staatsanwalt war unnachgiebig: Der Mord war erwiesen und die für dieses Verbrechen geforderte Strafe war die Todesstrafe.

Die Anklage stützte sich auf die Tatsache, dass Gaspard seinem Vater absichtlich das Leben genommen hatte, dass er aus einem Rachegefühl heraus gehandelt hatte, das von ungelösten Familienkonflikten genährt wurde, und dass seine Macht, obwohl sie geheimnisvoll und unerklärt war, dazu benutzt worden war, extremes und tödliches Leid zu verursachen. Das den Opfern zugefügte psychische und physische Leid rechtfertigte die schwerste Strafe im Rahmen der geltenden Gesetze.

Die Presse, die schnell informiert wurde, griff den Fall auf und verstärkte das Bild von Gaspard als einem zugleich verfluchten und monströsen Wesen und nährte die Spekulationen über seine mysteriöse Macht. Der Prozess sollte nicht nur die Ereignisse, die zu Jean-Eudes' Tod geführt hatten, ans Licht bringen, sondern auch, was aus Gaspard aufgrund seiner unkontrollierbaren Macht geworden war.

Angesichts dieser vernichtenden Anklage wusste Gaspard nicht, was er denken sollte. Waren seine Handlungen von persönlicher Rache oder von seinem Überlebensinstinkt geleitet worden? War er für das zugefügte Leid verantwortlich oder hatten seine Kräfte ihn als Geisel in einem Strudel gefangen gehalten, den er nicht kontrollieren konnte?

Er fand sich in einer Situation wieder, in der seine eigenen Ängste und Qualen auf eine unerbittliche Gerechtigkeit trafen, bereit, sich einer ungewissen und düsteren Zukunft zu stellen.

Im Gerichtssaal herrschte eine schwere und bedrückende Atmosphäre. Der Gerichtssaal im Schwurgericht war überfüllt mit Journalisten, Neugierigen und Mitgliedern der Familie Marly de la Rochefoucault, die Zuschauer flüsterten untereinander, aber alle konzentrierten sich aufmerksam auf den Ausgang dieses Prozesses. Gaspard, der auf der Anklagebank saß, wirkte erschöpft, von Schuldgefühlen und der Last der Ereignisse zerfressen. Seine Augen waren leer und starrten auf den Horizont, als ob ihn der Gedanke an seine Taten noch mehr erschreckte als der unerbittliche Prozess, der sich vor ihm abspielte.

Der Gerichtspräsident, eine imposante Gestalt, klopfte auf seinen Hammer und die Anhörung verstummte. Es war der Beginn dessen, was zweifellos ein Meilenstein in der Justizgeschichte werden würde.

Der Staatsanwalt, ein Mann mit einem scharfen Blick und einer tiefen Stimme, erhob sich mit unerbittlicher Gewissheit. Er ging langsam zum Rednerpult und holte tief Luft, bevor er mit seinem Plädoyer für die Anklageschrift begann.

- Meine Damen und Herren Geschworenen, wir sind heute hier, um über einen Mann zu urteilen, der durch seinen Rachegeist und seine übernatürliche Macht unerträgliches Leid verursacht und seinem eigenen Vater, Jean-Eudes Marly de La Rochefoucault, sowie einem Mann, einem Unbekannten, im Hafen von La Rochelle das Leben genommen hat. Wir werden zeigen, dass es sich dabei nicht um einen unglücklichen Unfall oder eine unkontrollierte Misshandlung handelte. Nein, was Gaspard Marly de La Rochefoucault tat, waren schlichte Morde. Sie wurden kaltblütig und vorsätzlich begangen.

Er handelte tatsächlich mit Vorsatz. Obwohl der Angeklagte vorgab, Opfer einer Macht zu sein, die er nicht kontrollieren konnte, handelte er in einem Rahmen bewussten Leidens, das er seinem Vater, der sich in einer bereits labilen Situation befand, zufügte. Der Ablauf ist klar: Herr Gaspard Marly de La Rochefoucault hat unter Ausnutzung seiner Macht Jean-Eudes unerträgliches Leid zugefügt und ihn zu einem Opfer extremer körperlicher Schmerzen gemacht, bevor er seinen Tod herbeiführte.

Diese Macht, die er nicht kontrollieren will, ist in Wirklichkeit eine Waffe, die er schamlos einsetzt. Ob als Strafe oder zur Bekräftigung einer Form von persönlicher Rache, seine Tat bleibt unentschuldbar. Und dieser Mann scheint nicht zu verstehen oder zumindest nicht verstehen zu wollen, dass er die Konsequenzen seines Handelns tragen muss. Wir haben überwältigende Zeugenaussagen, medizinische Berichte, die darauf hinweisen, dass das Leiden, das den beiden Opfern, Jean-Eudes und dem Angreifer im Hafen, zugefügt wurde, ähnliche Anzeichen aufweist, extreme Schmerzen und physiologische Störungen, die aus einer gewalttätigen und vorsätzlichen Handlung resultieren.

Die Familie Marly de La Rochefoucault trauert, aber noch mehr muss die Gesellschaft vor denen geschützt werden, die sich, anstatt zu heilen, dafür entscheiden, Schmerzen zuzufügen. Um dies zu erreichen, ist es unsere Pflicht, dafür zu sorgen, dass die Gerechtigkeit vollständig und ohne Nachsicht ausgeübt wird. Ich fordere, meine Damen und Herren Geschworenen, dass Gaspard Marly de La Rochefoucault zum Tode verurteilt wird.

Der Staatsanwalt setzte sich mit einem entschlossenen Gesichtsausdruck wieder hin, wobei sein eisiger Blick auf den Angeklagten gerichtet war. Er wusste, dass dieser Fall ein Präzedenzfall sein würde und dass eine exemplarische

Verurteilung von größter Bedeutung war. Die Honoratioren in den siebziger Jahren waren mit diesem Anklageplädoyer zufrieden und schienen die geforderte Verurteilung zu akzeptieren.

Der Verteidiger, Maître Olivier Reynaud, ein erfahrener Mann, erhob sich langsam. Sein ruhiges Gesicht stand im Gegensatz zur Schwere der Anklage. Er rückte seine Krawatte zurecht und atmete tief durch, bevor er sich an die Geschworenen wandte.

- Meine Damen und Herren Geschworenen, ich verstehe die Bestürzung und den Schmerz, die Sie empfinden, und die Aufregung, die dieser Fall ausgelöst hat. Gestatten Sie mir jedoch, Ihnen eine einfache Frage zu stellen: Wenn Gaspard Marly de La Rochefoucault den Tod seines Vaters verursacht hat, wenn dieser Mann unvorstellbares Leid zugefügt hat, geschah dies dann aus freiem Willen? Die Antwort, das versichere ich Ihnen, lautet: Nein.

Wir können nicht ignorieren, dass Gaspard ein menschliches Wesen ist, tief geprägt von traumatischen Ereignissen, die sein Leben geformt haben. Ein adoptiertes Kind, ein Sohn, der die Liebe seiner Eltern sucht, aber auch ein Mann, der von einer Macht gequält wird, um die er nie gebeten hat und die er nicht kontrollieren kann. Diese Macht, die er nicht versteht, hat ihn zu Taten getrieben, die er bitter bereut. Aber, meine Damen und Herren Geschworenen, es war kein Mord. Es war keine kalte Hinrichtung. Was wir gesehen haben, war ein von Schmerz und Verwirrung geplagter Mann, der die Kontrolle verloren hat.

Ja, seine Macht ist seltsam und unverständlich. Aber es handelt sich nicht um ein absichtliches Übel. Ist die Macht, die ihm zugeschrieben wird, wirklich eine solche? Welche Beweise gibt es dafür, dass diese starke irrationale Macht wirklich der Grund für die angeblichen Morde ist?

Es ist offensichtlich, dass Gaspard Marly de La Rochefoucault unter dem Einfluss einer Kraft gehandelt hat, die er nicht versteht und die er nie gewählt hat. Wenn er ein Opfer seines eigenen Körpers, seiner eigenen Fähigkeiten war, bitten wir das Gericht zu bedenken, dass das Leid, das er seinem Vater zugefügt haben könnte, zwar unerklärlich ist, aber nicht als Mord und schon gar nicht als Vorsatz ausgelegt werden sollte. Es gibt keine Böswilligkeit und keine kriminelle Absicht.

Im Gegenteil: Gaspard Marly de La Rochefoucault handelte stets aus reinem Herzen und versuchte, seine Mutter, seinen Vater und die Menschen, die er liebte, zu schützen. Er mag einen tragischen Fehler begangen haben, aber das macht ihn nicht zu einem Verbrecher. Er verdient eine zweite Chance, er verdient es, geheilt zu werden, und er verdient die Gnade des Gerichts. Ich bitte Sie, meine Damen und Herren Geschworenen, diesen Mann nicht auf der Grundlage einer unbewiesenen Kraft zu verurteilen, die umgekehrt, wenn wirklich bewiesen ist, dass diese innere Kraft tatsächlich existiert, niemals von meinem Mandanten gewählt wurde. Wenn dieses übernatürliche Wesen den Schaden angerichtet hat, um den es hier geht, dann wäre es von größter Wichtigkeit, die Folgen und vor allem die Fähigkeit, sie zu nutzen, nachzuweisen. Auch wenn mein Klient innerlich Dinge erlebt, die er nicht beherrschen und verstehen kann, und er manchmal davon überzeugt ist, dass er davon durchdrungen ist, bitte ich Sie, die Demut und Reue dieses Mannes zu berücksichtigen.

Maître Reynaud setzte sich wieder und warf einen letzten Blick auf Gaspard, der völlig gebrochen schien und dessen Gesicht von Schmerzen gezeichnet war.

Gaspards Prozess wurde schnell zu einem Spektakel von eisiger Intensität, das durch die scheinbare

Gleichgültigkeit des Angeklagten und die öffentliche Verurteilung, die ihn umgab, angeheizt wurde. Gaspard schien sich trotz seiner Fähigkeiten als Anwalt aus dieser Welt zurückgezogen zu haben und war mehr Zuschauer als Akteur seiner eigenen Verteidigung. Nie reagierte er, wenn ein Zeuge aufstand, um gegen ihn auszusagen, oder wenn ein Anwalt oder Staatsanwalt die Anschuldigungen gegen ihn vorbrachte. Sein Blick starrte ins Leere und verriet keine Gefühle, keine Reue, keine Reaktion der Reue oder der Verteidigung. Er schien die Bedeutung dieses Prozesses oder seiner eigenen Existenz in diesem Gerichtstrubel nicht mehr zu erkennen.

Bei jeder Frage, die der Staatsanwalt oder die Zeugen stellten, blieb Gaspard unerbittlich. Kein einziges Wort. Keine einzige Geste. Er verteidigte sich nicht, wie man es von einem Mann erwarten würde, der Ressourcen und Intelligenz bewiesen hat, sondern starrte nur auf den Boden oder die Wände des Gerichtssaals und war in seinen eigenen Gedanken versunken. Diese Stummheit, diese vermeintliche oder tatsächliche Teilnahmslosigkeit fiel denjenigen, die ihn beobachteten, zutiefst auf. Wie konnte ein so intelligenter Mann sich so in die Mühlen der Justiz begeben, ohne sich zu verteidigen? Ohne jemals den Eindruck zu erwecken, dass er auch nur die geringste Absicht hatte, um sein eigenes Leben zu kämpfen.
Der Verteidiger, der sich des nicht zu rechtfertigenden Leidens seines Mandanten bewusst war, fühlte sich hilflos angesichts dessen, was er als eine Form der moralischen Vernachlässigung wahrnahm, eines Mannes, der jede Verbindung zu seiner Identität, seiner Vergangenheit und seiner Zukunft gekappt zu haben schien.

Die Zeitungen hingegen urteilten über Gaspard mit unerbittlicher Kälte. Viele Journalisten machten sich über ihn lustig und bezeichneten ihn als "unehelichen Sohn" und in aristokratischen Kreisen als "Parvenü". Selbst der Klerus hatte sehr harte Worte für Gaspard gefunden und ihm unermüdlich das Etikett "Gesandter des Satans" angehängt. Es schien, als könne er in dieser Gesellschaft, in der die Aristokratie und die alten Familien noch immer Gesetz waren, in der Geburt und Adelstitel mehr galten als die Menschlichkeit eines Individuums, niemals als vollwertiger Mensch angesehen werden.

Ein Mann, der, obwohl er in einem Waisenhaus aufgewachsen war, das Glück gehabt hatte, hinter die Kulissen der Aristokratie vorzudringen, der aber ihrer Meinung nach seinen Platz unter ihnen nicht verdient hatte. Die Gesellschaft, insbesondere diese Elite, die sich von den Realitäten des Volkes abgekoppelt hatte, verzieh ihm nicht, dass er es "gewagt" hatte, die unsichtbaren Grenzen zu überschreiten, die die Reichen von denjenigen trennten, die außerhalb der Privilegien geboren worden waren. Und das, obwohl er von den Marly de La Rochefoucaults, einer Aristokratenfamilie, adoptiert worden war. Er war immer noch dieser "Sohn von niemandem", der es trotz der Chancen, die ihm geboten wurden, nie schaffte, sich vollständig in den engen Kreis der Elite zu integrieren.

Die Richter und die gemäßigtere Öffentlichkeit wurden angesichts des Prozesses immer ungeduldiger und wünschten sich eine Art Erlösung oder Rechtfertigung durch den Angeklagten. Doch Gaspard schien nichts zu sagen zu haben, als hätte die Last, die er trug, das Leid, das sich in Jahren des Zweifels und der Ablehnung angesammelt hatte, ihm jegliche menschliche Substanz entzogen.

Die Zeugen, ob sie nun der Familie Marly de La Rochefoucault nahestanden oder aus dem Umfeld des

Jachthafens stammten, brachten überwältigende Beweise. Die Aussagen des Gerichtsmediziners und derjenigen, die die Auswirkungen seiner Macht bei dem Angriff auf dem Kai gesehen hatten, bestärkten Gaspard nur noch mehr in seiner Rolle als kaltes Monster. Der Autopsiebericht, gepaart mit den Aussagen der Ersthelfer im Krankenhaus, zeigte extreme, fast übernatürliche Schmerzen in den letzten Momenten von Jean-Eudes und dem Angreifer. Die meisten Zeugen sagten nur, dass sie einen Mann gesehen hätten, der kurz davor stand, dem Wahnsinn zu verfallen, ohne sich darüber im Klaren zu sein, dass es sich um denselben Mann handelte, der sein ganzes Leben lang abgelehnt und misshandelt worden war.

Der Staatsanwalt sah, dass Gaspards fehlende Verteidigung die öffentliche Meinung über ihn nur noch weiter verschlechterte, und hatte kein Mitleid. Er stand aufrecht und beherrschte den Saal mit seinem durchdringenden Blick.

- Meine Damen und Herren, hier ist ein Mann, der nie den Mut hatte, sich der Realität zu stellen. Er hatte das Glück, in eine aristokratische Familie aufgenommen zu werden, er wurde in den goldenen Salons der High Society erzogen. Und doch scheint er unfähig zu sein, die geringste Verantwortung für seine Taten zu tragen oder zu übernehmen. Er versteckt sich hinter seiner Stummheit und seinen angeblich übernatürlichen Kräften, um das Ungerechtfertigte zu rechtfertigen. Gaspard Marly de La Rochefoucault kann sich trotz seiner schweren Vergangenheit und seines schwierigen Lebenswegs nicht der Wahrheit entziehen: Er ist für den Tod seines Vaters verantwortlich. Diese Macht, in die er sich flüchtet, um vor seiner eigenen Schuld zu fliehen, ist nur eine Ausrede, ein Vorwand, um sich seiner Verantwortung zu entziehen.

Er hat nicht nur seinen Vater, sondern auch einen Teil der Menschheit getötet.

Der Staatsanwalt wandte sich dann mit einem fast abfälligen Blick an Gaspard.
- Und Sie, Gaspard Marly de La Rochefoucault, der die Gelegenheit hatte, sich einen Platz unter den Mächtigen zu sichern, haben es vorgezogen, im Schatten zuzuschlagen und unehrenhaft zu handeln. Sie sind der lebende Beweis dafür, dass es möglich ist, selbst an den hellsten Orten seine Seele zu verlieren. Sie haben sich hinter dieser bösen Macht versteckt und getötet. Sie sind nichts weiter als ein Betrüger, der sein Unglück dazu benutzt hat, sich seiner Verantwortung zu entledigen. Möge die Vernunft an diesem Tag wie das Fallbeil sein, das allein in der Lage sein wird, ein Wesen endgültig zu bestrafen, das es nicht verdient, einer von uns zu sein.

Mit jedem Satz des Staatsanwalts wurde das Gemurmel im Gerichtssaal lauter. Die Mitglieder der Familie Marly de La Rochefoucault, die Verwandten von Jean-Eudes, fühlten sich in ihrem Hass auf Gaspard gerechtfertigt. Die Familie De Laminardiaise, die seit langem eine Abneigung gegen die Marly de La Rochefoucaults hegte, versäumte es nicht, durch ihre Blicke und ihre Mimik daran zu erinnern, dass dieser junge Mann nur ein Parasit in dieser Welt der Erben und des edlen Blutes war.

Die Journalisten machten sich derweil ein Festmahl aus der Situation und berichteten über jedes Wort, jede Geste als Bestätigung für Gaspards Arroganz und Entmenschlichung.

Das Gericht zog sich zur Beratung zurück. Die Wartezeit war lang und erdrückend. Gaspard saß mit zitternden

Händen in einem kalten Raum und kämpfte mit seinen eigenen Dämonen. Er wusste, dass der Fall nicht leicht zu lösen sein würde. Und er konnte nicht anders, als sich zu fragen, ob er das, was kommen würde, im Grunde verdient hatte.

Das Urteil kam nach mehrstündigen Beratungen. Trotz des Ausmaßes der Anschuldigungen und des Fehlens einer klaren Verteidigung Gaspards hatten die Zuhörer ein seltsames Phänomen beobachtet: einen Mann, der durch seine Isolation und Passivität jede Form von Erlösung abzulehnen schien. Das Gericht verurteilte Gaspard unter dem Einfluss des öffentlichen Drucks und der Argumente des Staatsanwalts zum Tode, da er nach der Interpretation des Gerichts bewusst, unter dem Einfluss einer Macht außerhalb seiner Kontrolle mit Vorsatz in Bezug auf den Mord an seinem Adoptivvater getötet hatte.

Das Urteil fiel in eine bedrückende Stille. Gaspard rührte sich nicht. Kein Freudenschrei, keine Erleichterung, nur eine fast zufriedene Akzeptanz seines Schicksals. Die Gesellschaft schien mit dem Urteil zufrieden zu sein, aber für Gaspard war das alles unwichtig.
- Meine Damen und Herren Geschworenen, Sie wurden aufgefordert, über einen Mann zu urteilen, dessen Handlungen zwar von tiefem Leid motiviert waren, aber irreparable Verluste verursacht haben. Recht kann nur gesprochen werden, wenn es auf Tatsachen beruht, und diese Tatsachen sind eindeutig. Gaspard Marly de La Rochefoucault ist für den Tod seines Vaters, Jean-Eudes Marly de La Rochefoucault, und für den Angriff, der zum Tod des Mannes im Hafen führte, verantwortlich.
Wir müssen jedoch auch die besonderen Umstände dieses Falles berücksichtigen. Gaspard handelte unter dem Einfluss einer Macht, die er zwar angeblich nicht versteht

oder beherrscht, und obwohl er die Beherrschung dieses surrealen Einflusses leugnete, ist es offensichtlich, dass er die Absicht hatte, seinen Vater zu töten und somit einen vorsätzlichen Mord zu begehen. Er handelte wie ein kaltblütiger Verbrecher und vor allem wie ein rachsüchtiger Mensch, der in einem Strudel aus Groll und kalter, kalkulierter Rache gefangen war.

Daher ist das Gericht, das die Schwere der Tat anerkennt, der Ansicht, dass in diesem Fall die Todesstrafe verhängt werden sollte. Gaspard Marly de La Rochefoucault wird daher dazu verurteilt, dass ihm der Kopf durch die Guillotine abgetrennt wird. Er kann gegen diese Entscheidung Berufung einlegen und ansonsten kann nur der Präsident der Republik Gnade walten lassen, wenn er ihm die Begnadigung durch den Präsidenten gewährt.

Das Urteil wirkte wie ein Donnerschlag. Das Publikum war gespalten. Die Familienmitglieder, die auf ein hartes Urteil gehofft hatten, schienen zufrieden, während die Verteidigung von einem solchen Urteil des Gerichts völlig verblüfft zu sein schien. Gaspard hingegen schien kaum zu reagieren. Er stand da und starrte ins Leere, noch immer unfähig, die ganze Tragweite des soeben gefällten Urteils zu begreifen.

Als sich das Gericht erhob und der Saal sich leerte, stand Gaspard regungslos da. Er war unfähig, auf ein solches Urteil zu reagieren. Vielleicht war er davon überzeugt, dass dies sein einziges Schicksal war!

Kapitel 7

Das tragische Ende

Die Einzelhaft im Gefängnis von Fleury-Mérogis war eine Prüfung, auf die Gaspard nicht vorbereitet war, obwohl die Jahre der Misshandlung und des Aufbegehrens ihn zu einem harten und entschlossenen Mann gemacht hatten. Es war nicht so sehr der Gedanke an die Einsamkeit, der ihn ins Wanken brachte, sondern vielmehr die Gewalt, die er um sich herum spürte, die Gewalt der Mitgefangenen, deren brutale Instinkte keinen Platz für irgendeine Form von Empathie ließen. Als er in dieses Gefängnis geworfen wurde, in dem in jeder Zelle Groll und Hass brodelten, wurde ihm klar, dass die Haft ein Zermürbungskrieg werden würde, nicht nur gegen das Gefängnissystem, sondern auch gegen sich selbst.

Seine ersten Tage waren ein echter Schock. Jede Bewegung, jede Geste wurde genauestens beobachtet, jedes Wort, das er sagte, konnte eine gewalttätige Reaktion auslösen. In diesem menschlichen Dschungel, in dem das Gesetz des Stärkeren zu herrschen schien, musste Gaspard einer brutalen Realität ins Auge sehen: Er war nur ein zerbrechlicher, verletzlicher Körper, gefangen in einem System, das kein Erbarmen mit seinen abweichenden Kindern hatte. Was ihn jedoch am meisten traf, war die Art und Weise, wie einige Mitgefangene, getrieben von einer grenzenlosen Wut, versuchten, ihn zu demütigen und zu brechen. Gaspard erinnerte sich an die Worte seiner Mutter Marie-Adeline, die ihn immer gelehrt hatte, seinen Körper und seinen Geist zu kontrollieren. Sie hatte ihm gesagt, dass er nie wirklich gefangen war, solange er seine innere Freiheit nicht aufgab. Diese Worte verfolgten ihn an diesem geschlossenen Ort, wo der Schatten des Todes ständig schwebte und auf seine Stunde wartete.

Zunächst versuchte er, den Spott, die Drohungen und die Schläge, die er manchmal erhielt, zu ignorieren. Er konzentrierte sich auf den Gedanken, dass er durchhalten musste und sich nicht unterkriegen lassen durfte. Doch eines Tages näherte sich ein besonders gewalttätiger Mitgefangener, ein großer Mann mit einem vom Leben und von Kämpfen gezeichneten Gesicht, seiner Zelle. Er hieß Jeremy und hatte unter den anderen Insassen einen schrecklichen Ruf. Seine Hände waren mit Tätowierungen bedeckt, die Drachen, Schlangen und Totenköpfe darstellten. Gaspard erkannte sofort, dass eine Konfrontation unvermeidlich war.

- Na, Kleinbürger, bist du bereit zu sterben?", warf er ihm mit rauer Stimme wie eine Herausforderung an den Kopf. Gaspard, der alles andere als der Typ war, der sich einschüchtern ließ, antwortete ruhig, als ob er mit einem anderen Mann sprechen würde:
- Willst du wissen, ob ich bereit bin zu sterben? Die einzige Frage, die zählt, ist, ob du bereit bist, mit der Gewalt, die du entfaltest, zu leben.

Er hatte das ohne zu zögern und ohne zu zittern gesagt. Jeremy sah ihm einen Moment lang mit hochgezogenen Augenbrauen nach, als ob Gaspards Antwort seine Gewissheit gestört hätte. Dann spuckte er einfach auf den Boden, ging weg und ließ Gaspard in einem Zustand der Ungewissheit zurück. War das das Ende der Bedrohung oder der Beginn von etwas viel Schäbigerem?

Am nächsten Tag wurde Gaspard mitgeteilt, dass er in Einzelhaft kommen würde, eine Entscheidung, die die

Gefängnisverwaltung zu seiner Sicherheit getroffen hatte. Er wusste nicht, ob dies eine Erleichterung oder eine neue Form der Folter war. In der Einzelhaft gab es keine vertrauten Gesichter und keine möglichen Dialoge. Er konnte sich nur auf sich selbst verlassen. Es war in dieser leeren und kalten Zelle, wo er mit seinen Gedanken allein war. Das Licht war schwach, die Wände grau und das Geräusch der Schritte der Wärter auf dem Beton war das einzige Geräusch, das die bedrückende Stille durchbrach.

Die ersten Tage waren hart. Aber Gaspard, obwohl er von der Einsamkeit getroffen war, erinnerte sich an die Worte seiner Mutter: "Nichts ist stärker als der Gedanke. Niemand kann sie dir nehmen". Also flüchtete er sich in dieser Umgebung der völligen Abgeschiedenheit in die Lektüre. Bücher, die ihm von einem wohlwollenden Anwalt oder manchmal von den wenigen Besuchern, die sich noch an ihn erinnerten, geschickt wurden, wurden zu seinen einzigen Begleitern. Er verschlang die Seiten von Romanen, Gedichten und manchmal sogar von philosophischen Essays. Jedes Buch war für ihn ein offenes Tor zu einer anderen Welt, einer Welt, in der er nicht mehr gefangen war, sondern frei im Geiste.

"Ich bin hier, Gaspard, bei dir", dachte er manchmal, schloss die Augen und lauschte der Stille in seiner Zelle. Manchmal flüsterte er seinen Namen, sprach mit sich selbst, als ob er die sanfte Stimme seiner Mutter widerhallen lassen wollte, und hörte sie fast im Rauschen des Windes draußen. Es war wie eine stille Gemeinschaft, eine unsichtbare, aber tiefe Verbindung. Seine Mutter schien, obwohl sie tot war, immer noch über ihn zu wachen, ihr Geist umhüllte seine intimsten Gedanken, wie eine sanfte und beruhigende Präsenz in dieser Welt aus Eisen und Beton. Gaspard hatte durch seine Einsamkeit gelernt, sich von körperlichem Leid zu lösen. Sein Geist wurde zu seiner einzigen Zuflucht, einer uneinnehmbaren Festung gegen die Gewalt der Gefängnisumgebung.

Manchmal sprach er laut, wie um sich selbst zu beruhigen oder wie um sich daran zu erinnern, dass er noch nicht völlig verloren war. Er flüsterte den Namen seiner Mutter, als wäre es eine magische Beschwörungsformel, ein Heilmittel gegen den Wahnsinn, der ihn zu überwältigen drohte. "Ich bin hier, Mama, ich bin hier." Und in seinen Träumen kehrte sie zu ihm zurück und bot ihm ihre unsichtbaren Arme an, einen Schutz vor Schmerz und Angst.

Die Wochen vergingen, und Gaspard begann, sich in einer Routine zu verlieren, in der Lesen und Meditieren seine einzigen Fluchtmöglichkeiten waren. Ihm wurde klar, dass die Isolation nicht nur eine Sicherheitsmaßnahme war, sondern auch eine Form der psychologischen Folter, die dazu bestimmt war, den Geist der Menschen zu brechen. Aber er war entschlossen. Er war nicht bereit, sich zerstören zu lassen. Jeden Morgen stand er früh auf, nahm eine Meditationshaltung ein und hörte auf seinen Körper und seinen Geist. Das half ihm, in diesem inneren Chaos so etwas wie Ruhe zu finden.

Eines Tages hielt ein älterer Wärter, ein Mann, der seiner Jahre im Strafvollzug müde geworden war, vor Gaspards Zelle an. Er sah ihn einen Moment lang an, ein Blick, als ob er alles über ihn wüsste, als ob ihn die Einsamkeit des jungen Mannes berührt hätte. Es war ein flüchtiger Moment, aber Gaspard spürte, dass in diesem Austausch mehr Verständnis steckte als in all den Beleidigungen und Drohungen, die er erduldet hatte.

- Weißt du, Kleiner, was du hier tust, nennt man Überleben", sagte der Aufseher mit leiser Stimme zu ihm und ging ohne ein weiteres Wort weg.

Es wurde wieder still. Gaspard widmete sich wieder seinen Büchern, seinen Gedanken und seiner Mutter. Er wusste nicht, wie viel Zeit er noch dort verbringen würde, in diesem Gefängnis, in dem sich die Minuten wie Stunden dehnten, aber er wusste, dass er schon viel Schlimmeres überlebt hatte: Einsamkeit, Gewalt, Angst. Und vor dem Schafott würde er weiterleben, solange seine Mutter ihn im Geiste führen würde.

Dialog mit dem Jenseits

In der bedrückenden Stille seiner Einzelzelle fand sich Gaspard in einen Zustand zwischen Wachen und Schlafen versetzt, in dem die Realität verschwommen, fast unwirklich erschien. Er war allein, völlig allein, gefangen in seinen Gedanken und den Betonmauern. Ein Tag folgte dem anderen, ohne dass er erfassen konnte, wo er anfing und wo er endete. Doch in dieser schwebenden Raum-Zeit ereignete sich ein seltsames Phänomen: Seine Mutter Marie-Adeline, die er für immer verloren geglaubt hatte, schien sich ihm anzuschließen, zwar nicht greifbar, aber in seinem Geist zutiefst real.

Die ersten Male, als dies geschah, glaubte er an eine Halluzination, eine bloße Spiegelung seines durch Isolation und Angst zerrütteten Geistes. Doch bald wurden diese Besuche klarer und deutlicher, wie Tagträume, in denen seine Mutter vor ihm stand, hell, sanft, so wie er sie immer gesehen hatte, trotz des Schmerzes über ihren Verlust. Er spürte ihre unermessliche Liebe, eine Liebe, die selbst nach dem Tod nicht erlosch. Es war, als wäre sie immer da, zwischen der Vorhölle und dem Jenseits, immer für ihn da, als hätte sie nie aufgehört, ihn zu beschützen.

Sein erstes Gespräch mit Marie-Adeline betraf das, was er "den Atem der Zeit" nannte, die Zeit, die wie eine leichte Brise durch seine Seele zieht.
Eines Nachts, als die Luft in der Zelle schwer war und das Licht schwach durch die Gitterstäbe flackerte, flüsterte Gaspard seinen Namen in die Dunkelheit, als wolle er sich selbst davon überzeugen, dass das alles real war.

- Mama ...", sagte er fast laut, wobei ihm die Worte wie ein zitternder Atemzug aus dem Mund entglitten.

Nach einigen Augenblicken durchfuhr eine Antwort, leicht wie eine Brise, seinen Geist. Es war, als wäre sie da, direkt an seinem Ohr, ungesehen, aber völlig präsent.

- Mein lieber Gaspard, ich bin hier", antwortete eine sanfte, von Zärtlichkeit erfüllte Stimme. Sie schien in der Luft zu schweben, so real wie die Stille um ihn herum. Gaspard schloss die Augen und spürte, wie sich seine Schultern leicht entspannten. Allein die Tatsache, dass er ihre Stimme hörte, beruhigte einen Teil seiner Seele, der im Grunde nie aufgehört hatte, nach ihr zu suchen.

- Ich weiß nicht mehr, wie lange ich es noch aushalte, Mama. Dieser Ort, diese Hölle, ich... ich weiß es nicht mehr. Seine Stimme brach, als er sein Gesicht in seine Hände fallen ließ. Die Not, die Monate des Leidens, die Schläge, die Erniedrigungen ... alles schien sich in seinem Geist zu vermischen und ihn langsam zu ertränken.

- Du hältst durch, weil du stärker bist, als du denkst. Erinnere dich, Gaspard. Du hast gelernt, deinen Körper und deinen Geist zu beherrschen.
Die Stimme ihrer Mutter war fest, wie ein sanfter Befehl. Sie hatte die Macht, ihm eine unerschütterliche Stärke einzuhauchen.
 - Erinnere dich an das, was ich dir gesagt habe. Lass dir von niemandem, nicht einmal vom Tod, nehmen, was du bist. Lass niemals den Kopf hängen.

Gaspard blickte auf und starrte in die Leere vor sich, als könnte er sie durch das Nichts hindurch sehen. Er spürte, wie eine sanfte Wärme ihn durchströmte, ein Gefühl der Sicherheit, das er seit Jahren nicht mehr gespürt hatte.

- Danke, Mama ... Ich weiß nicht, ob ich bereit sein werde. Aber ich möchte glauben, dass ich es sein werde. Für dich.

- Du bist es bereits, meine Liebe. Du bist es schon immer gewesen.

Die Antwort, sanft und voller Liebe, strömte wie eine Liebkosung in ihren Geist.

-Geh in deine Bücher, geh in deine Gedanken, geh in alles, was du weißt, und alles, was du glaubst, und du wirst sehen, dass die Freiheit dort beginnt.

So kam es, dass Gaspard in den folgenden Tagen, als die Isolation noch schwerer auf ihm lastete, sich dabei ertappte, dass er häufiger mit seiner Mutter sprach, als würde ihre Verbindung mit jedem Gespräch stärker werden. Wenn er sich schwach fühlte, war jedes Wort seiner Mutter wie ein Rettungsanker.

Einige Tage später hatte er ein weiteres Gespräch mit dem Jenseits, dem unauslöschlichen Bild von Marie-Adeline, seiner Mutter, seinem Bollwerk. Er fand, dass sie eine Art "Anruf aus dem Geiste" war. Eines Abends, als er sich besonders erschöpft fühlte und sein Gesicht von Müdigkeit gezeichnet war, flüsterte er fast wie ein Geständnis.

- Mama, ich habe Angst. Ich habe Angst, hier den Verstand zu verlieren.

Bei diesen Worten spürte er einen leichten Hauch, der sein Ohr streifte, einen beruhigenden Schauer, der über seine Haut lief. Sie war es, wieder einmal.

- Angst ist natürlich, mein Sohn. Aber wisse Folgendes: Die Angst wird dich nicht beherrschen, wenn du dich entscheidest, dich ihr zu stellen.

Gaspard schloss die Augen und konzentrierte sich auf die Stimme seiner Mutter. Sie hatte immer diese Fähigkeit gehabt, ihn zu beruhigen, ihn stärker zu machen.
- Was, wenn ich mich all dem nicht stellen kann? Was, wenn ich alle Hoffnung verliere?

- Du wirst nichts verlieren, Gaspard. Nicht, solange du die Verbindung, die wir haben, nicht aufgibst.
Marie-Adelines Stimme wurde immer lauter, wie ein Schutzversprechen.
- Ich bin da, durch dich, durch deinen Mut. Ich bin alles, was du in dir trägst. Und nichts kann dich brechen, solange du dich daran erinnerst.

- Ich erinnere mich ... ich erinnere mich an alles", antwortete er mit einem Atemzug, und seine Augen füllten sich mit Tränen.

Und dann, als ob die Grenze zwischen Leben und Tod noch mehr verschwimmen würde, fühlte sich Gaspard von der warmen Umarmung seiner Mutter eingehüllt, obwohl sie nur ein Geist war. Er stellte sich vor, wie er sich in ihre Arme warf und sich in die Sanftheit ihrer Liebe flüchtete, weit weg von der Brutalität des Gefängnisses.

Im Laufe der Wochen wurden diese Gespräche immer häufiger und intensiver. Eines Abends, als er am Fenster seiner Zelle stand und die Sterne in der Ferne betrachtete, murmelte Gaspard einen letzten Gedanken über "das Jenseits".

- Mama, ich habe alles verdorben. Ich hätte nie so weit kommen dürfen.

Eine Weile lang kam keine Antwort. Dann erhob sich langsam Marie-Adelines Stimme, klar und friedlich, wie ein ruhiges Meer nach einem Sturm.
- Du hast nichts verschwendet, Gaspard. Jeder Fehler, jedes Leid, jeder Schritt, den du gemacht hast, hat dich zu dieser Einsicht geführt. Das Leben, selbst wenn es schmerzhaft ist, ist ein Weg. Nicht das Ende ist wichtig, sondern die Reise. Und diesen Weg hast du mit Würde zurückgelegt.

Die Worte legten sich wie eine warme Decke auf sein Herz. Und dort, in der Stille der Zelle, fühlte Gaspard sich endlich in Frieden, als wäre er gleichzeitig lebendig und schon jenseits, versöhnt mit seiner Vergangenheit.
- Ich bin bereit, Mama ... Ich werde mich dem stellen, was kommt.

- Du bist nie allein, mein Sohn. Vergiss das nie.
Und die Stimme verstummte sanft, wie ein Atemzug, der am Morgen entweicht, und ließ Gaspard in einer tiefen Ruhe zurück, einer Ruhe, die er nie zuvor gekannt hatte.

Ihre letzten Gespräche waren von Zärtlichkeit geprägt, wie ein letzter Segen vor dem Unvermeidlichen. In den Armen des Jenseits fühlte er sich frei, ein vollständiger Mensch, der bereit war, sich furchtlos allem zu stellen.

Die Hinrichtung

Das Warten in der Einzelzelle war nicht einfach nur ein Vergehen von Zeit. Es war eine absolute Leere, ein Abgrund, den Gaspard allein bewältigen musste, jeden Tag ein bisschen mehr, im Bewusstsein seines bevorstehenden Endes. Die Stunden zogen sich hin, lang und gleichgültig, und das Datum seiner Hinrichtung rückte unerbittlich näher, wie ein wachsender Schatten über seinen Gedanken. Paradoxerweise war Gaspard jedoch gelassen. Er war nicht von Angst oder Beklemmung überwältigt, wie man es sich hätte vorstellen können. Im Gegenteil, er fühlte sich wie ein Mann, der eine Art inneren Frieden gefunden hatte, eine Ruhe, die weit über das hinausging, was man von einem Menschen im Angesicht des Todes hätte erwarten können.

Es war schwer zu sagen, was ihn in dieser Gelassenheit hielt. Vielleicht die Liebe seiner Mutter, die ihn weiterhin leitete, oder vielleicht diese völlige Akzeptanz seines Schicksals, als ob er im Grunde nie die Kontrolle über das gehabt hätte, was aus ihm geworden war. Die Gefängnismauern waren in seinem Kopf schon lange verschwunden. Was blieb, war die stille Präsenz seiner Gedanken, Erinnerungen und Träume und die Stimme seiner Mutter, die manchmal in der Tiefe seines Geistes widerhallte.

Von Zeit zu Zeit kam ein Mann, um Gaspard zu besuchen. Es handelte sich nicht um einen Bediensteten des Gefängnisses oder einen anderen Häftling. Dieser Mann war ein Priester, der Gefängnisseelsorger, ein gläubiger Mensch, dessen Aufgabe es war, den zum Tode verurteilten Häftlingen spirituellen Trost zu spenden. Auf den ersten Blick schien er von Gaspards Welt weit entfernt zu sein. Seine religiösen Überzeugungen hatten in seinem Leben nie eine zentrale Rolle gespielt. Dennoch schätzte er die Besuche, die Momente, in denen der Seelsorger zu ihm kam und mit ihm sprach, auch wenn sie unterschiedliche Glaubensrichtungen vertraten. Diese Begegnungen hatten etwas an sich, das ihm half, die letzten Tage zu überstehen.

Anfangs waren ihre Gespräche banal, fast förmlich. Der Seelsorger besuchte ihn regelmäßig und brachte Gebetsbücher und tröstende Worte mit. Gaspard machte ohne große Überzeugung mit. Im Laufe der Zeit wurden die Gespräche jedoch persönlicher.

Bei der ersten Begegnung nahm der Seelsorger, ein älterer, gütiger Mann mit einem Gesicht, das vom jahrelangen Dienst in den Gefängnismauern gezeichnet war, Gaspard gegenüber Platz. Einen Moment lang herrschte Schweigen, bevor er sprach.
Der Kaplan versuchte eines Tages ein Gespräch über die Last des Gewissens, und Gaspard war weder überrascht noch verunsichert.

- Sie müssen sich in einer schwierigen Lage befinden, Gaspard.
Der Priester sah ihn sanft an.
- Ich weiß, dass die Hinrichtung näher rückt. Aber Sie sollen wissen, dass Gott Ihnen selbst in den dunkelsten Momenten Frieden schenken kann.

Gaspard blickte auf, begegnete dem Blick des Kaplans, dessen Ausdruck nicht zu deuten war.

- Frieden?", sagt er, fast wie eine Frage. Ich bin bereits im Frieden. Ich glaube, dass Gott mir nicht mehr Frieden bieten wird als den, den ich in mir selbst gefunden habe.
Er machte eine Pause.
- Ich war nie ein Mann des Glaubens, wie Sie wissen, aber in den letzten Tagen ... fühle ich mich wie ein besänftigter Mann.

Der Seelsorger schien einen Moment lang nachzudenken, seine Augen waren von einem verständnisvollen Leuchten geprägt.
- Der innere Frieden ist auch eine Gnade, Gaspard. Er ist etwas, das Gott denjenigen anbietet, die offen dafür sind, ihn zu empfangen.

- Ich glaube, meine Mutter hat mir diesen Frieden gegeben", antwortete Gaspard mit sanfter Stimme. Sie hat mich immer gelehrt, meinen Geist zu kontrollieren. Wenn Sie von Gott sprechen, denke ich an sie. Sie ist mein Glaube, wenn Sie so wollen. Nicht ein Gott, nicht ein Priester, sondern die Liebe einer Mutter. Das hat mich gerettet.

Der Seelsorger antwortete nicht sofort. Er ließ seine Worte wie einen leichten Hauch in den Raum zwischen ihnen eindringen. Dann nickte er langsam.

- Die Liebe kann in der Tat stärker sein als viele Dinge in dieser Welt. Und manchmal überwindet diese Liebe alles, sogar den Tod.
Er sah Gaspard wohlwollend an.
- Aber meinen Sie nicht, dass Sie in Ihrem Herzen vielleicht auch einen Platz für Gott haben?

- Vielleicht, aber nicht so, wie Sie sich das vorstellen. Ich spüre nicht das Bedürfnis, an irgendeinen Gott zu glauben, sondern ich spüre, dass die Liebe größer ist als alles andere. Diese Liebe hat mich bis hierher geführt und sie wird mich auch bis zum Ende führen.
Gaspard lächelte leicht:
- Ich bin nicht allein.

Die Besuche des Seelsorgers wurden fortgesetzt, und jedes Mal schien sich Gaspard ein wenig mehr zu entspannen. In den Gesprächen mit dem Mann des Glaubens lag etwas, das Licht in seine dunkle Zelle brachte. Sie führten oft Gespräche über den Sinn des Lebens, über Leiden und Vergebung. Der Kaplan teilte zwar nicht denselben Glauben wie Gaspard, war aber ein guter Zuhörer, und das ermöglichte es ihm, frei über seine Gedanken zu sprechen, ohne Angst vor einem Urteil haben zu müssen.

Eines Nachmittags, als die Sonne kaum durch die Gitterstäbe des Fensters drang, kam der Kaplan mit einem kleinen Gebetsbuch in den Händen zurück und erzählte ihr von der Freiheit des Geistes.

- Gaspard, Sie scheinen eine Art Ruhe gefunden zu haben. Sie sprechen von Ihrer Mutter als einer Art Wegweiserin. Aber manchmal, in den letzten Momenten, kann es tröstlich sein, zu beten, sich einer Kraft hinzugeben, die größer ist als wir.

- Wissen Sie, Vater, ich habe Bücher gelesen", antwortete Gaspard mit ruhiger Stimme. Manche sprechen von einem Gott, der wacht, andere vom Universum. Aber ich habe gelernt, Herr meiner eigenen Gedanken zu sein, zu verstehen, dass ich keinen Gott brauche, um Frieden zu finden. Das ist kein Mangel an Respekt, sondern eine Form von Freiheit.

Er stand langsam auf und lehnte sich gegen die Wände seiner Zelle. - Der menschliche Geist kann stärker sein als alles andere, sogar stärker als der Tod.

Der Seelsorger, der von Gaspards Aufrichtigkeit sichtlich gerührt war, antwortete sanft.

- Vielleicht ist die Freiheit des Geistes auch eine Form der Gnade, Gaspard. Und wenn es einen Gott gibt, dann ist er in dieser Freiheit da.

- Ich stimme dir zu, Vater. Vielleicht ist das, was wir Gott nennen, die Energie, die dafür sorgt, dass wir existieren, dass wir lieben, dass wir kämpfen. Vielleicht ist das die Essenz des Lebens.

Sie sahen sich an, und es herrschte Schweigen zwischen ihnen. Der Kaplan, obwohl er von Gaspards Überzeugungen weit entfernt war, erkannte, dass er eine Art Wahrheit in diesen Worten miterlebt hatte.

- Und vielleicht suchen wir Menschen alle nach diesem Frieden, wie auch immer wir ihn nennen mögen.
Der Seelsorger lächelt.
- Aber das Ende eines Weges, Gaspard, ist auch ein neuer Anfang, sogar über dieses Leben hinaus", gestand er ihm.

Gaspard sah ihn mit einem dankbaren Leuchten in den Augen an.
- So fühle ich mich auch.
Er ließ eine Stille entstehen.
- Wenn ich dort bin, jenseits von allem, werde ich in Frieden sein, Vater. Das hat mich meine Mutter gelehrt.

Liebe und Frieden sind alles, was man mit sich nehmen kann.

Das Geräusch der Zellentür hallte wie ein Donnerschlag in Gaspards stiller Abgeschiedenheit wider. Es war der Seelsorger, der kam, aber diesmal war er nicht allein. Hinter ihm stand ein unpersönlicher, massiver und ausdrucksloser Mann. Es war der Gefängnisdirektor. Der Seelsorger senkte den Blick, als wüsste er nicht, wie er das Kommende ankündigen sollte.
Gaspards Blick ruhte auf ihnen, ohne Überraschung. Er wusste, dass dieser Moment irgendwann kommen würde, dass er unausweichlich war, wie ein Ozean, der sich endlos vorwärts bewegt und alles auf seinem Weg mit sich reißt.
Der Direktor ergriff das Wort, mit trockener Stimme, ohne wirkliche Emotionen, aber mit einem leichten Mitgefühl, das man in seinen Augen bemerkte.

- Gaspard.
Er machte eine Pause, blickte verstohlen zum Kaplan, bevor er fortfuhr. Ihre Hinrichtung wurde heute Morgen angekündigt. Sie soll in drei Tagen stattfinden, in den frühen Morgenstunden um sechs Uhr. Wir werden Ihren letzten Wünschen und Ihrer letzten Mahlzeit Aufmerksamkeit schenken. Wenn Sie mit einer bestimmten Person Ihrer Wahl sprechen möchten, lassen Sie es mich bis heute Abend wissen, damit wir das Treffen so schnell wie möglich organisieren können. Das Treffen findet in einem Besuchsraum statt, wobei die betreffende Person getrennt wird, wenn sie damit einverstanden ist. Der letzte Tag ist auch dem Gnadengesuch an den Präsidenten der Republik gewidmet. Dieses Gesuch wird von unseren Diensten am letzten Tag um 8 Uhr gestellt. Zögern Sie nicht, uns Ihre spezifischen Anträge zu

schicken, und wir werden sie erfüllen, wenn wir sie für zulässig halten.
Ich wünsche Ihnen einen guten Tag, Gaspard.

Es herrschte eine lange, schwere Stille, aber in der Zelle änderte sich nichts an Gaspards Haltung. Er zuckte nicht, er zitterte nicht. Es gab keinen Schock, keine extreme Aufregung. Nur ein ruhiges Akzeptieren, wie ein innerer Sturm, der bereits aufgehört hatte zu toben.

- Ich sehe", sagte er schließlich mit seiner sanften, aber klaren Stimme, ohne zu zittern. Ich kann nur vermuten, dass es unvermeidlich war.

Der Direktor nickte, ohne zu antworten, und wandte sich an den Seelsorger.

- Lassen Sie ihn in seinen letzten ruhigen Momenten. Wir werden ihn in drei Tagen wieder abholen.

Der Seelsorger wartete, bis der Direktor die Zelle verlassen hatte, und wandte sich dann Gaspard zu, wobei ein mitfühlender Ausdruck in seinen Augen lag.

- Gaspard", sagte er sanft, "macht Ihnen das Angst?

Gaspard starrte ihn einen Moment lang an. Er dachte über die Frage nach.
- Nein, Vater, das macht mir keine Angst. Ich warte schon lange darauf. Er seufzte und stand langsam auf, seine Bewegungen waren fast nonchalant.
- Ich bin bereit.

Die Zeit in den letzten drei Tagen verging auf seltsame Weise, wie ein Nebel, der sich am Morgen lichtet. Gaspard schloss sich in eine tiefe Selbstbeobachtung ein, eine unerschütterliche Gelassenheit, die immer stärker zu werden schien, je näher die schicksalhafte Stunde rückte.

Die Wachen, die sonst distanziert und gleichgültig waren, begannen seine Ruhe zu bemerken. Die meisten Verurteilten verloren sich schließlich in der Angst vor ihrem baldigen Ende, einige wurden nervös, andere begannen endlos zu reden, ihre Gedanken liefen auf Hochtouren und suchten nach einem Ausweg aus ihrer Hölle. Gaspard jedoch blieb still und konzentriert. Es war, als wäre er bereits woanders, weit weg von diesen Mauern, bereit, diesen Körper, der ihm Schmerzen bereitet hatte, ohne Illusionen oder Reue abzustreifen.

Die ersten Augenblicke nach der Ankündigung waren von großer Ruhe geprägt. Der Kaplan kam wie jeden Tag zurück und brachte seine Gebete und tröstenden Worte mit. Diesmal betonte er jedoch nicht die Erlösung oder das Versprechen der Erlösung. Gaspard ließ ihm keine Gelegenheit dazu. Stattdessen waren ihre Gespräche von gegenseitigem Verständnis, von einer Art stiller Akzeptanz geprägt.

- Vater", sagte Gaspard, der am Fenster seiner Zelle stand und in den Himmel in der Ferne blickte, "ich weiß nicht, was nach all dem kommt. Aber eines weiß ich: Ich bin bereit. Der Tod, mein eigener oder der Tod anderer, ist nur eine Tür, ein Durchgang. Vielleicht werde ich zu meiner Mutter gehen, wer weiß?

Der Kaplan sah ihn an, und in seinen Augen lag eine ausgeprägte Traurigkeit.

- Sie klingen wie ein Mann, der sein Schicksal akzeptiert hat, Gaspard. Vielleicht haben Sie Recht, vielleicht ist das, was wir Tod nennen, nur eine Veränderung der Form.

Gaspard lächelte leicht, seine Augen verloren sich im Horizont.

- Der Tod - er ist das, was wir aus ihm machen. Vielleicht ist dieser Übergang im Grunde nichts anderes als ein Weg zu etwas noch Größerem.

Der zweite Tag war der Tag des Schweigens. Gaspard erhielt keinen Besuch außer dem des Kaplans. Er verbrachte die Stunden lesend, in seine Bücher vertieft, und manchmal flüsterte er sich selbst Worte zu, Gedanken, die er mit seiner Mutter geteilt hatte, Erinnerungen, die ihn in eine ferne Zeit zurückversetzten, vor dem Gefängnis, vor all dem. Manchmal glaubte er, ihre Stimme zu hören, die sanft und beruhigend war und ihm sagte, dass alles in Ordnung sei, dass die Liebe größer sei als die Angst.

Aber es gab auch meditative Momente, in denen er sich auf seine Atmung konzentrierte, auf jede Geste, die er machte. Er hatte sich noch nie zuvor die Zeit genommen, seinem Körper auf diese Weise zuzuhören. In diesem Moment war die Einsamkeit keine Last mehr. Es war eine Form von Freiheit, ein schwebender Moment, in dem nichts wichtig zu sein schien, außer diesem einen Moment.

Der dritte Tag kam schnell, wie eine Welle, die ohne Vorwarnung auf den Strand trifft. Es gab kein Zurück mehr, keine Ausflüchte. Im Morgengrauen, als kaum noch Licht in die Zelle drang, besuchte der Seelsorger Gaspard ein letztes Mal. Die Gespräche waren kurz, aber bedeutungsvoll.

- Gaspard", sagte er mit sanfter, aber fester Stimme, "Sie sind dabei, eine Schwelle zu überschreiten. Ich möchte, dass Sie wissen, dass Gott Sie begleitet, auch wenn Ihr Glaube sich von meinem unterscheidet.

Gaspard sah ihn mit einem ruhigen Lächeln an, in seinen Augen blitzte Dankbarkeit auf.
- Ich habe nie daran gezweifelt, dass die Liebe mich begleiten wird. Und ob ich nun allein bin oder nicht, ich werde bereit sein. Ich werde meine Mutter finden, und das genügt mir.

Der Seelsorger nickte, seine Stimme zitterte, war aber voller Mitgefühl.
- Möge der Friede mit Ihnen sein, Gaspard. Mögen Sie in Frieden sein.

- Danke, Vater.
Die Worte waren einfach, aber sie hatten ein immenses Gewicht. - Danke für Ihre Anwesenheit und für Ihr Wohlwollen. Sie hinterlassen in meinem Herzen Ihre Gelassenheit und Ruhe, Ihre unterstützenden Worte, die ich wirklich geschätzt habe und die mich stark beruhigt haben. Danke, mein Vater, und da Sie es mir sagen könnten, sage ich es Ihnen auch: Gott segne Sie.

Dann stand er auf und ging zur Tür seiner Zelle, ohne sich mit Gesten zu überfließen. Er brauchte nur noch einen letzten Blick auf den Kaplan zu werfen, einen Blick des Abschieds. Dann kam der Wärter und die unausweichliche Maschine begann ihren unaufhaltsamen Gang. Er wartete nicht einmal darauf, dass die Begnadigung, um die er selbst nicht gebeten hatte, ausgesprochen wurde.

Der letzte Besuch war eine Form des Segens, still und voller Respekt. Gaspard wartete in seiner Isolation. Und dieses Warten nahm er an, mit der gleichen Gelassenheit, die er wiedergefunden hatte, mit der Liebe seiner Mutter als letzter Führung.

Der Todeskorridor lag vor ihm, kalt und still, wie ein letzter Gang, den er mit der Ruhe eines Mannes durchschritt, der sich bereits von der Welt verabschiedet hat. Kein Schrei, keine Panik, keine Revolte. Nur die Gewissheit, dass er dorthin ging, wohin er gehen musste.

In diesen letzten Augenblicken spürte Gaspard, dass seine Mutter am Ende des Weges auf ihn wartete, bereit, ihn zu empfangen, und er schloss die Augen, in Frieden, ohne Angst.

Epilog

Gaspard. Dieser Name klingt in den Schatten wie eine tragische Litanei, ein Grabgesang eines Mannes, der sein ganzes Leben lang von der Welt, in der er lebte, gefangen gehalten wurde, einer Welt, die ihn sowohl geformt als auch verraten hat. Er wurde unter dunklen Vorzeichen als Sohn eines unbekannten Vaters und einer abwesenden Mutter geboren und erwachte in der Kälte des Waisenhauses zur Welt, wo sich jeder Kinderschrei in der Leere verlor.

Gaspard, dieser Name, der zu einem Schatten geworden ist, der über die Gesellschaft geworfen wird, spiegelt die Tragödie eines Menschen wider, der auf der Suche nach Sinn und Liebe ist in einer Welt, in der Anerkennung und Erlösung einer Elite vorbehalten zu sein scheinen, die oftmals weder Herz noch Gewissen hat. Geboren als Verlassener, aufgewachsen im Waisenhaus und schließlich von einer Adoptivmutter aufgenommen, war er sein ganzes Leben lang eine Anomalie in einem System, das sich damit begnügt, Menschen nach äußeren Kriterien zu beurteilen: ihrem Status, ihrem Aussehen und ihrer Fähigkeit, sich den Gesetzen einer entmenschlichten Zivilisation zu beugen.

Gaspard, der arme Waisenjunge, der zum Mann wurde, wurde in den höchsten Sphären der Gesellschaft erzogen. Doch diese Sphären waren in Wirklichkeit nichts anderes als goldene Gefängnisse, Käfige, in denen sich die Seele in Illusionen von Größe und Macht entfaltete. Aufgewachsen in einer Welt der Privilegien und des Komforts, hatte er nie das, was jedes Kind haben sollte: einen rechtmäßigen und unangefochtenen Platz in den

Herzen seiner Eltern, ein Erbe der Liebe und Menschlichkeit. Marie-Adeline, seine Adoptivmutter, war die einzige, die ihm das bieten konnte, aber in seinen Augen war sie ein Segen, der nicht ausreichte, um den Schmerz einer unwiderruflichen Verlassenheit und die Grausamkeit einer Welt, die ihn nie gewollt hatte, auszugleichen.

Das Schicksal, obwohl es grausam war, ließ diesen namenlosen jungen Menschen nicht völlig im Stich. In der Verzweiflung über seine Verlassenheit wurde er von Marie-Adeline aufgenommen, dieser seltsamen Frau, die ihm die Liebe schenkte, die er nie gekannt hatte, dieser Adoptivmutter, die für ihn zur Verkörperung der Zärtlichkeit wurde. Sie war nicht nur diejenige, die ihn ernährte, sondern auch diejenige, die ihn lehrte, dass Liebe eine Form von Stärke sein kann, eine Macht, die über bloße Gesten hinausgeht. Gaspard war unter ihrem Dach ein geliebtes Kind, ein junger Mann, der nicht nur in den Buchstaben und Künsten, sondern auch in den Gesetzen der Welt erzogen wurde. Er wuchs in Reichtum und Komfort auf, in den höchsten Sphären der Gesellschaft, wo es Privilegien im Überfluss gibt, aber auch dort, wo das Leid für diejenigen, die es nie erlebt haben, unsichtbar bleibt.

Was Gaspards Werdegang zweifellos prägte, war seine übernatürliche Kraft, die Gabe, über das Sichtbare hinaus zu sehen, die Wahrheit zu erkennen, wo die meisten Menschen nur den Schein sahen. Diese Macht, die ein Segen für die Gerechtigkeit hätte sein sollen, war in Wirklichkeit eine Last. Gaspard konnte sich nicht mit Passivität abfinden. Seine Mutter, Marie-Adeline, hatte ihm die Liebe in ihrer reinsten Form vermittelt, eine Liebe, die sich gegen jede Ungerechtigkeit, gegen jedes grundlos zugefügte Leid wehrte. Und genau das machte ihn sowohl heldenhaft als auch tragisch. Denn seine Gabe erlaubte es ihm nicht, sich der bestehenden Ordnung anzupassen, sondern trieb ihn im Gegenteil dazu an, diese Ordnung herauszufordern. Er kämpfte gegen Ungerechtigkeiten und versuchte, eine Form göttlicher oder zumindest menschlicher Gerechtigkeit wiederherzustellen, wo die Gesellschaft nur Regeln und Zwänge bot. Doch seine Welt war dafür noch nicht bereit.

Aber, Gaspard war kein gewöhnlicher junger Mann, der seine Adoptivmutter in ihrer unermesslichen Liebe anbetete, der er das Geheimnis dieser besonderen Gabe anvertraute. Er war nicht einfach nur zur Tugend erzogen worden, er besaß diese übernatürliche Macht, diese Fähigkeit, die alles übertraf, was er sich vorstellen konnte. Er verstand die Geister, wusste sie zu manipulieren, sah die Wahrheit, wo andere nur Illusionen erkannten. Diese Macht hätte ihn eigentlich in die Lage versetzen sollen, große Dinge zu vollbringen, einer höheren, reineren Gerechtigkeit zu dienen. Doch in einer von Ungerechtigkeit zerfressenen Welt musste Gaspard feststellen, dass ihn diese Macht nur noch näher an das menschliche Elend heranbringen würde. Er wurde in Machtspiele verwickelt, musste zwischen Licht und Schatten navigieren, zwischen dem, was er für richtig hielt, und dem, was ihm als richtig aufgezwungen wurde.

Die Welt hatte keine Arme, die breit genug waren, um einen Mann wie ihn aufzunehmen. Zu viel Liebe in seiner Seele, zu viel Sensibilität, um sich den brutalen Logiken der Gesellschaft um ihn herum zu unterwerfen. Er konnte das Leid anderer nicht ignorieren und nicht wegschauen, wenn Ungerechtigkeit zuschlug. Die Macht, die er besaß, setzte er ein, um dieser Ungerechtigkeit entgegenzuwirken, um diejenigen zu bestrafen, die unterdrückten und das Leben unschuldiger Menschen zerstörten. Doch mit jedem Akt der Gerechtigkeit, den er vollbrachte, lehnte die Welt ihn mehr und mehr ab. Mit jeder Entscheidung, die er traf, entfernte er sich ein Stück weiter von den Ehren der Gesellschaft, er entfernte sich von dem, was man "Normalität" nennt. Er wurde zum Opfer eines doppelten Fluches: des Individuums außerhalb des Systems und des verurteilten Henkers.

Und genau darin liegt Gaspards Tragödie: Er verkörperte das, was von der Welt nicht akzeptiert werden konnte. Seine Macht, weit davon entfernt, ihn zu einer sozialen Erlösung zu führen, wurde zum Instrument seines Untergangs. Die Institutionen, die ihn ausbildeten, und die Welt, die ihn formte, sahen in ihm nichts anderes als ein Monster, einen Unruhestifter, einen Mörder. Seine Gesten wurden, obwohl sie vom Ideal der Gerechtigkeit geleitet waren, als Gewalt, Rebellion und Bedrohung interpretiert. Die Gesellschaft stieß ihn in den Schatten, verurteilte ihn als Kriminellen, als Mörder, ohne jemals zu versuchen, die Tiefe seines inneren Kampfes zu verstehen, ohne jemals das Licht zu sehen, das unter seinem Schleier des Leidens verborgen war.

Gaspard kämpfte mit unerschütterlicher Inbrunst für seine Ideale, aber die Last des Schicksals war zu schwer zu tragen. Er hatte nie den Blick eines Vaters auf sich, nie die Anerkennung der Gesellschaft, die ihn großgezogen hatte und die ihn letztlich nur als Instrument sah, als Figur auf einem Schachbrett, die man im richtigen Moment loswerden konnte. Er wurde nie geehrt, nie für seine Größe, sein reines Herz und seine Opfer gelobt. Die Liebe, die er in sich trug, diese unermessliche Liebe, die er von seiner Adoptivmutter erhalten hatte, war seine Last und sein Licht zugleich. Und es war die gleiche Liebe, die ihn zu Fall brachte.

Gaspard konnte trotz seiner Bemühungen, einen Platz in der Welt zu finden, seinem tragischen Schicksal nie entgehen. Ein verlassenes Kind kann nur ein Außenseiter sein, selbst wenn es eine Ausbildung in den höchsten Kreisen genießt. Die Liebe, die Marie-Adeline ihm entgegenbrachte, war alles, was ihm helfen konnte, erwachsen zu werden. Doch diese Liebe konnte die Leere nicht füllen, die durch die Abwesenheit seines Vaters und die Ablehnung der Gesellschaft, in der er aufgewachsen war, entstanden war.

Er wurde zum Tode verurteilt und wie ein gewöhnlicher Krimineller, ein Mörder, ein Monster in den Todestrakt geworfen. Das war das Ende, das er verdiente, oder besser gesagt, das Ende, das die Gesellschaft für ihn vorgesehen hatte: ein grausames, kaltes Ende ohne jegliche Anerkennung oder Verständnis.
Das wahre Opfer in diesem Drama ist jedoch die Gesellschaft selbst. Sie war nicht in der Lage, das Wertvollste, was sie hatte, anzunehmen: die Aufrichtigkeit eines Mannes, der nicht den Schatten eines persönlichen Interesses hatte, sondern nur zum Wohle anderer handelte. Gaspard war weder ein Heiliger noch ein Monster; er war einfach ein Mensch, ein Mensch über alle Maßen, und diese Welt war nicht bereit für ein solches Wesen.

In diesem kalten Raum eines Gefängnisses, in der Morgendämmerung eines Frühlingstages, wartete Gaspard auf seine Hinrichtung. Er wusste, dass seine letzten Augenblicke nahe waren. Vielleicht hoffte er, dass seine Mutter dort oben im Jenseits ihn aufnehmen würde, wie sie es immer getan hatte, ohne Urteil, mit der gleichen unerschütterlichen Liebe. Doch das änderte nichts an der Realität seines Schicksals.

Anhand von Gaspards Geschichte wird deutlich, dass die Welt, in der er lebte, nicht für Menschen gemacht war, die es wagen, von einer reinen und totalen Gerechtigkeit zu träumen, ohne Kompromisse und ohne Lügen. Diejenigen, die es wagen, die etablierten Ordnungen herauszufordern, die die Grenzen der Moral und Ethik ausreizen, werden schnell als Verrückte oder Kriminelle abgetan. Die Welt zieht es vor, diejenigen, die sich nicht daran halten, in starre Gehäuse zu sperren und diejenigen auszugrenzen, die es wagen, die Struktur dieser Welt selbst in Frage zu stellen.

Gaspard starb, wie er gelebt hatte: einsam, unverstanden, ohne die Ehrungen, die man Helden zuteil werden lässt. Er bekam weder Ruhm noch Anerkennung. Ihm blieb nur die Kälte einer Gesellschaft, die in ihm nur ein Monster, einen Mörder sah, einen Mann, der geglaubt hatte, dass die Gerechtigkeit über die Ungerechtigkeit triumphieren könne. Aber er starb ohne Bedauern, ohne Angst, denn er wusste, dass die Liebe seiner Mutter ihn begleitete und dass nichts, nicht einmal der Tod, die Seele, die er trug, auslöschen konnte.

Gaspards Geschichte ist nicht die eines glorreichen Helden, sondern die eines Mannes, der von seiner Zeit entstellt wurde, eines Mannes, dessen Liebe und Macht zwei Seiten derselben Medaille waren, einer Medaille, die die Welt nie anerkennen wollte. Er war nicht von Natur aus ein Mörder, sondern aus Notwendigkeit. Seine Gerechtigkeit, so rein sie auch war, stieß immer auf die Brutalität derer, die die Macht innehatten.

Aber vielleicht ist die eigentliche Frage, die aus dieser Tragödie hervorgeht, nicht die, ob Gaspard ein Märtyrer oder ein Verbrecher, ein Held oder ein Mörder war. Die entscheidende Frage ist die nach dem Schicksal von Individuen wie ihm, die gleichzeitig zu sensibel und zu stark sind, um in einer Welt zu leben, in der die

Oberflächlichkeit immer über die Wahrheit siegt. Welcher Platz bleibt für diejenigen, die wie er das Ideal einer kompromisslosen Gerechtigkeit und einer absoluten Liebe verkörpern? Gaspards wahres Unglück bestand darin, dass er nie seinen Platz gefunden hatte, dass er ein Fremder in einer Welt geblieben war, die ihn im Grunde immer zurückgewiesen hatte.

Als die Frühlingsdämmerung anbrach und das Ende seiner Tage markierte, erreichte Gaspard weder das Urteil seiner Kollegen noch die Anerkennung seiner Zeitgenossen. Er ging zu seiner Mutter Marie-Adeline, die als einzige die Tiefe seiner Seele verstehen konnte. Und in dieser letzten Begegnung, fernab der anklagenden Blicke derer, die ihn als Monster gesehen hatten, fand er seinen Frieden. Vielleicht war dieser Frieden schließlich die einzige Belohnung, die er verdiente: die reine und einfache Liebe einer Mutter, einer liebenden Gestalt, fernab von den Qualen der Welt.

Doch durch seine Geschichte bleibt Gaspard ein Aufruf zum Nachdenken: über Gesellschaften, die diejenigen ablehnen, die sich nicht ihrem Modell anpassen können, und über Individuen, die aus Liebe und Überzeugung für ein Ideal kämpfen, von dem sie wissen, dass es unerreichbar ist. Und in dieser Konfrontation zwischen Individuum und Gesellschaft, zwischen Liebe und Gerechtigkeit liegt die wahre Tragödie Gaspards. Sein Schicksal war unausweichlich, nicht wegen der Fehler, die er begangen hat, sondern wegen einer Welt, die nicht auf ihn vorbereitet war und die nie verstehen wollte, was er wirklich war.

So war Gaspard weder ein Held noch ein Mörder, sondern einfach ein Mensch, nicht mehr und nicht weniger, in einer Gesellschaft, die ihn weder aufnehmen noch verstehen konnte. Seine Geschichte ist die Geschichte aller verlassenen Kinder der Welt, dieser verlorenen Seelen, die, ohne je nach Ruhm gestrebt zu haben, nichts anderes wollen, als geliebt und anerkannt zu werden für das, was sie sind.

FIN

Wir hatten noch nicht aufgehört, über die Liebe zu reden.
Wir waren noch nicht fertig mit dem Rauchen unserer Gitanos.
Man kann sich fragen, warum die Gerichte verurteilen
Ein Mörder, so schön, dass er den Tag verblassen lässt.
Jean Genet

Vom selben Autor

Die unsichtbare Stille
Adel der Revolte, unausweichliches Kaos

Orgeval Monet

Icon für Federdesign : https://fr.vecteezy.com/vecteur-libre/plume